Le testament de Kate

JULIE VACHON

Le testament de Kate

Guy Saint-Jean
ÉDITEUR

Guy Saint-Jean Éditeur
4490, rue Garand Laval (Québec) Canada H7L 5Z6
450 663-1777
info@saint-jeanediteur.com
www.saint-jeanediteur.com

....

Données de catalogage avant publication disponibles à Bibliothèque et Archives nationales du Québec et à Bibliothèque et Archives Canada.

....

Nous reconnaissons l'aide financière du gouvernement du Canada par l'entremise du Fonds du livre du Canada (FLC) ainsi que celle de la SODEC pour nos activités d'édition. Nous remercions le Conseil des arts du Canada de l'aide accordée à notre programme de publication.

Financé par le gouvernement du Canada | Canada

SODEC Québec

Conseil des Arts du Canada Canada Council for the Arts

Gouvernement du Québec – Programme de crédit d'impôt pour l'édition de livres – Gestion SODEC

Édition : Isabelle Longpré
Révision : Lydia Dufresne
Correction d'épreuves : Isabelle Pauzé
Conception graphique de la page couverture : Christiane Séguin
Conception de la grille graphique et mise en pages : Olivier Lasser
Photomontage de la page couverture : Depositphotos/yoka66 (livre) – Depositphotos/merrydolla (carte)

Dépôt légal – Bibliothèque et Archives nationales du Québec, Bibliothèque et Archives Canada, 2017
ISBN : 978-2-89758-308-8
ISBN EPUB : 978-2-89758-309-5
ISBN PDF : 978-2-89758-310-1

Imprimé au Canada
1re impression, juin 2017

ASSOCIATION NATIONALE DES ÉDITEURS DE LIVRES

Guy Saint-Jean Éditeur est membre de l'Association nationale des éditeurs de livres (ANEL).

Ce roman est dédié à ce que j'ai de plus précieux,
à mon trésor à moi.

Ma famille.

Et plus spécialement à mes deux filles adorées,
Elisabeth et Anna Grace
et à Bryan, mon amour et ma forteresse.

1.

Newport, Rhode Island
14 mai 2012

Jake Donovan consulta sa montre : 16 h 10. Seulement dix minutes de retard, songea-t-il, satisfait, en prenant place dans l'un des confortables fauteuils de cuir du bureau d'avocats Flaherty, Rosenberg et associés, où il avait été convoqué pour 16 h. Il apprécia la souplesse du cuir qui craquait sous son poids. Il avait franchi la distance entre Boston et Newport en une heure et dix minutes, ce qui n'était pas si mal compte tenu des embouteillages et de l'état de sa vieille Volvo.

Sa cousine, quant à elle, était bien sûr arrivée à l'avance.

Toujours impeccable, Sarah avait croisé ses jambes fuselées emprisonnées dans un bas de soie nacrée. Elle appliquait en petits coups de pinceau précis un rose translucide sur ses lèvres. L'ivoire de son teint, associé à un nez aristocratique, la faisait ressembler à une statue grecque. Aussi froide que le marbre qui la composait. Bien qu'elle fût loin d'être son type – il les aimait un peu plus pétillantes –, il concédait le fait que plusieurs la considéraient comme l'une des plus belles femmes de la haute société de Newport.

Elle rangea soigneusement son tube de rouge dans son minuscule sac Louis Vuitton qu'elle referma d'un claquement sec.

Ayant ainsi achevé sa tâche, elle tourna la tête vers Jake et posa sur lui ses grands yeux pâles. Elle détailla avec condescendance le tricot de coton noir qui s'ouvrait à l'encolure sur un t-shirt acheté en France l'été où l'équipe de soccer célébrait sa victoire. Il portait son sac de toile en bandoulière, dans lequel il transportait ses livres et notes de cours. Il étudiait le droit à Harvard et elle ignorait toujours comment cet abruti avait réussi à se rendre en troisième année. Le moins que l'on pouvait dire, c'est qu'il n'avait pas le physique de l'emploi. Ses cheveux châtains étaient trop longs, il n'était pas rasé et son haleine exhalait une vague odeur d'alcool. Elle plissa dédaigneusement le nez. Mais malgré la nonchalance vestimentaire de son cousin, force lui était de constater que cela ne diminuait en rien son élégance naturelle. Même ses Nike usées lui seyaient bien.

Il soutint le regard de sa cousine durant tout le temps que dura son examen. Et lorsqu'elle en eut terminé avec lui, il lui décocha un clin d'œil qui décomposa son sourire condescendant.

Toi, ma belle, tu n'en as pas terminé avec moi, songea-t-il en son for intérieur.

En effet, puisqu'ils étaient les seuls héritiers de leur tante, la richissime Katherine Ann Donovan, décédée quelques jours plus tôt, ils devenaient ainsi, tous les deux, les nouveaux dirigeants de la prestigieuse société Pegasus Corp. Et il y avait fort à parier que les prochaines réunions d'actionnaires seraient pour le moins explosives : sa cousine le détestait depuis qu'ils étaient jeunes.

Elle rapportait systématiquement à leur tante le moindre écart de conduite : une vitre brisée par une balle de tennis, des nids ou des grenouilles dissimulés sous son lit, de la nourriture volée aux cuisines. Puis, ses bagarres dans les bars, le nom des filles avec qui il sortait, les cours séchés, les examens échoués, les accidents de moto, les beuveries...

Mais Jake répliquait…

Kate avait exigé de Sarah qu'elle le parraine pour son admission au New York Yacht Club. Ce club très sélect avait accueilli toutes les générations de Donovan depuis plus de cent vingt-cinq ans, ainsi que divers autres membres au prestige indiscutable : les Astor, Edward Kennedy Jr, David Rockefeller, Franklin Roosevelt, Cornelius Vanderbilt. Il séduisit les amies de Sarah, subjuguées par le charme d'un jeune homme d'une décennie de moins qu'elles ; il fit du grabuge à la course de yachts et au pique-nique annuel du club, et chanta, accompagné de sa bruyante bande d'étudiants éméchés, des chansons grivoises lors de la remise des trophées. Kate, aussitôt prévenue par le coup de fil hystérique de Sarah, mit un terme définitif à ces enfantillages. S'il était incapable de se tenir en société, jamais il ne pourrait diriger l'empire Donovan. Il avait digéré la leçon qui lui avait néanmoins laissé un goût amer dans la bouche. Il s'était juré de ne plus jamais laisser sa rivalité avec sa cousine anéantir ses perspectives d'avenir.

Elle devait songer à la même chose que lui, car elle pinça les lèvres et plissa les yeux dans une attitude combative.

Ce serait une redoutable adversaire, il n'en doutait pas.

Mais il choisit pour le moment d'ignorer sa cousine et s'attarda plutôt sur le décor en attendant Me Rosenberg. La couleur chaude du mobilier d'acajou massif s'agençait parfaitement au cuir tan des fauteuils capitonnés. Sur les murs tapissés, des tableaux, dont deux superbes estampes japonaises, étaient mis en valeur par la lumière feutrée de deux lampes murales. Au fond du bureau, des rideaux de velours vert fougère se tendaient sur de larges baies vitrées. D'où il était, Jake pouvait distinguer l'entrelacement complexe des motifs d'inspiration espagnole de la rambarde de fer forgé du balcon sur laquelle un télescope avait été installé afin de profiter de la vue qui donnait sur l'océan Atlantique. À droite de la fenêtre, sur un guéridon, un flacon de cognac, accompagné de quatre verres de cristal ciselé, trônait dans un plateau d'étain. À la vue de l'alcool, Jake détourna vivement le regard en sentant monter traîtreusement un vague haut-le-cœur. La veille, malgré la période des examens qui s'annonçait, lui et quelques amis s'étaient retrouvés au pub. Des Canadiennes en vacances pour le week-end s'étaient jointes à eux et la soirée s'était joyeusement prolongée jusqu'aux petites heures du matin. Il fouilla dans ses poches de jeans à la recherche d'une gomme ou d'un bonbon à la menthe.

Des bruits de pas dans le couloir les firent se redresser. Me Marcus Rosenberg pénétrait dans son cabinet avec la même superbe qu'un monarque se présentant devant sa cour pour distribuer ses faveurs. L'illustre avocat avait pris la peine de présider lui-même l'ouverture du testament de Kate plutôt que de désigner un subalterne de l'étude.

De taille moyenne, il portait un impeccable complet anthracite signé Armani qui tombait élégamment sur des chaussures en cuir fin d'Italie. Une montre à l'épais bracelet d'or jaune (Jake supposa qu'il s'agissait d'une Rolex) ceignait son poignet, et de la poche de son veston apparaissait le coin d'un mouchoir jaune paille, assorti à sa chemise. Son crâne dégarni luisait de sueur, malgré le système de climatisation. Une persistante odeur de musc et de cèdre le précéda lorsqu'il traversa la pièce pour rejoindre son bureau.

Me Rosenberg sourit chaleureusement à la nouvelle succession des dirigeants de la Pegasus Corp. en prenant place derrière son bureau, tournant ainsi le dos à l'immensité bleutée de l'océan Atlantique qui emplissait toute la baie vitrée derrière lui.

Après avoir offert les condoléances d'usage, Me Rosenberg ouvrit le dossier devant lui et en retira une enveloppe cachetée : le testament de Katherine Ann Donovan, qu'il entreprit de lire sans plus tarder.

Il récitait d'un ton monocorde, mais expéditif, les passages plus généraux et clauses usuelles en levant régulièrement les yeux au-dessus de ses lunettes pour s'assurer de la bonne compréhension de ses clients. Arrivé aux clauses relatives aux legs, l'avocat ralentit délibérément le débit de sa voix, en articulant chacun des mots :

> *« Et je lègue à ma nièce Sarah, fille de mon frère David Donovan, toutes les actions et tous les intérêts que je possède dans la société Pegasus Corporation Ltd. »*

Une chape de plomb s'abattit sur Jake. Il cligna des yeux quelques fois, sous l'effet de la stupeur. Avait-il bien entendu ?

Le regard triomphant de sa cousine lui confirma ce qu'il avait peine à croire. Sa tante l'avait déshérité !

Il encaissait l'affront, le cœur battant. Son cerveau, comme insensible à sa douleur, lui répétait inlassablement, en détachant et rythmant les syllabes à la manière de ces comptines obsédantes : *Kate t'a déshérité… Kate t'a déshérité.*

C'était absurde de sa part, mais il ne pouvait s'empêcher de supposer que Kate avait eu, au dernier moment, des scrupules à léguer sa fortune à un bâtard… Ce mot, qui n'avait jamais rien signifié pour lui sinon les derniers vestiges d'une société snobinarde et élitiste à laquelle il n'appartenait pas, l'atteignait maintenant au plus profond de son être.

Et pourtant, le fait que Jake soit issu d'une relation extraconjugale n'avait jamais semblé gêner Kate, qui n'était guère le genre de femme à s'attarder aux conventions sociales...

Me Rosenberg s'était interrompu pour offrir à Sarah un sourire professionnel entendu. Elle devenait ainsi, grâce à ce legs, seule actionnaire du puissant empire naval. Il s'assurerait de conserver le privilège de demeurer son principal conseiller juridique. Cette société constituait un véritable filon d'or pour l'étude Flaherty, Rosenberg et associés…

Au fil des ans, les dirigeants de Pegasus Corp. avaient su s'adapter aux circonstances et à l'histoire, et l'entreprise s'était toujours distinguée par sa capacité à saisir les occasions. C'est ainsi notamment qu'en marge de ses activités initiales de transport de bois provenant des côtes canadiennes et de sucre du Brésil, elle avait mis à la disposition des Yankees une partie de sa flotte lors de la guerre de Sécession et entrepris de ravitailler toute la colonie en charbon à l'ère de la révolution industrielle. L'annonce de l'ouverture d'un puits en Pennsylvanie en 1859 marqua le début de l'intérêt de ses actionnaires pour les ressources pétrolifères, et la société décida rapidement de concentrer la majeure partie de ses activités au transport de ce précieux combustible.

Cette décision s'avéra judicieuse : en 1920, la consommation de pétrole remplaça celle du charbon et les États-Unis détrônèrent même la Grande-Bretagne. Malgré le krach de 1929, 275 millions de tonnes de pétrole étaient produites et transportées à travers la planète, de la mer du Nord, de l'Alaska et du Venezuela jusqu'en Europe ou au Japon, empruntant le détroit de Malacca, contournant le cap de Bonne-Espérance ou passant sur le canal de Suez.

À ce jour, des centaines d'employés de la société appartenant aux Donovan veillaient à coordonner les mouvements de ces superpétroliers qui sillonnaient les mers du monde entier.

Et Pegasus Corp. devait en partie cette formidable réussite au professionnalisme des avocats de Flaherty, Rosenberg et associés qui assistaient, négociaient et établissaient les liens nécessaires avec l'Arabie saoudite, la Russie et les autres puissances énergétiques de la planète.

Me Rosenberg était suffisamment perspicace pour comprendre que la nouvelle dirigeante, qui se trouvait assise devant lui, ne serait pas facile à amadouer. Il maudit intérieurement

Kate Donovan de n'avoir pas suivi ses conseils quant à l'établissement de la relève potentielle de l'empire familial.

Il reprit la lecture :

> *« Je lègue à mon bien-aimé neveu, Jake Donovan, le contenu d'un coffret de sûreté détenu à la Banque patrimoniale de Genève, en Suisse, dont les coordonnées lui seront remises par mon avocat, Me Rosenberg. »*

Jake sentit sa gorge se desserrer d'un seul coup. Son orgueil, quoique profondément écorché par son déshéritement, était partiellement réhabilité. Sa tante avait prévu quelque chose pour lui.

> *« Dans le cas où ma nièce Sarah me prédécéderait ou ne me survivrait pas trente jours, sa part appartiendra à mon neveu Jake. Le résidu de tous mes biens meubles et immeubles sera légué en entier à une fiducie sociale de bienfaisance envers les personnes nécessiteuses, laquelle sera choisie selon les volontés de mon liquidateur, Me Marcus Rosenberg. »*

— Je vous fais grâce des détails concernant la fiducie, reprit Me Rosenberg en toussotant pour camoufler son malaise.

En effet, l'expression ahurie de Sarah à la lecture des derniers paragraphes ne lui avait pas échappé.

Car malgré l'importance du legs dont Sarah bénéficiait, la fortune personnelle de Kate en termes de possessions immobilières était l'une des plus considérables de la côte est américaine. Elle possédait plusieurs parcs immobiliers, des immeubles à revenus, condominiums et propriétés luxueuses, plusieurs actions dans différentes sociétés à travers le monde et la fabuleuse demeure familiale érigée en front de mer par leur ancêtre Richard Donovan, le fondateur de Pegasus Corp. Un siècle et demi plus tard, d'illustres fortunes, tels les Astor et les Vanderbilt, s'étaient bâties le long de ces mêmes terres.

— À qui ira *Donovan's Manor*? s'enquit Sarah d'un ton pincé.

Érigé dans un parfait assemblage de pierres pâles et de fines colonnes de marbre respectant le style néo-classique, le château était saisissant. Il avait été entièrement rebâti en 1730 après qu'un incendie eut ravagé la première résidence des Donovan. Beaucoup plus imposante, plus somptueuse, la seconde demeure surclassait, et de loin, toutes celles de la côte. Rien n'avait été laissé au hasard pour démontrer la puissance de l'empire Donovan.

De l'extérieur, son architecture massive en imposait. Mais la délicatesse des frises, la finesse des sculptures et la parfaite régularité des motifs allégeaient l'ensemble et conféraient à la demeure une sobre magnificence. Une rampe carrossable dallée bordait toute la façade du manoir sur laquelle se succédaient une vingtaine de hautes fenêtres en arches. En plein centre, trois lions sculptés importés d'Italie crachaient leurs jets d'eau au milieu d'une fontaine.

Des ailes s'étaient rajoutées à la résidence initiale qui conservait néanmoins le même cachet au fil des siècles. Dans ce qu'on avait toujours appelé l'ancienne partie, on retrouvait, entre autres, la salle de bal éclairée d'une succession de lustres de cristal ainsi que la bibliothèque avec son âtre suffisamment profond pour brûler un tronc d'arbre mature et dans laquelle étaient conservés sous verre des livres et pièces de collection tous liés au thème du chantier naval ou de la navigation, ainsi que les archives familiales. Et, bien sûr, le célèbre cellier où Kate entreposait des bouteilles millésimées inestimables.

La demeure actuelle comptait maintenant plus d'une trentaine de chambres toutes équipées de leur propre salle de bain, deux cuisines dignes des meilleurs restaurants, une bibliothèque avec foyer dans la nouvelle aile, plusieurs salons et séjours, une piscine intérieure, un gymnase et des bains turcs.

Dans le jardin, des verrières avaient été rajoutées au fil des années, abritant des espèces exotiques d'arbres et de fleurs, mais aussi de fruits provenant de tous les endroits de la planète qui réussissaient à croître grâce à la constante chaleur dégagée par des tuyaux enfouis dans le sol.

Alexander Donovan, le père de Kate, avait en outre fait ériger pour son épouse, Jane Elisabeth, une ravissante maison de thé de pur style japonais. La pagode blanche et bleu de Sienne, érigée à l'extrémité du domaine, donnait l'impression de jaillir des ondes.

Un peu en retrait, à travers un massif d'arbres centenaires, une statue représentant l'emblème de l'empire Donovan avait été érigée trois siècles plus tôt: Pégase, le cheval ailé, surplombant les flots. Les sabots du cheval s'appuyaient sur un socle de pierre moussue au milieu d'un bassin d'eau où plongeaient les branches tombantes d'un vieux saule pleureur. Cette fontaine, érigée en même temps que la seconde demeure, semblait oubliée par le temps, envahie par la végétation et polie par les éléments, mais surtout éclipsée par les immenses bassins rectangulaires de baignade, par le terrain de tennis, par le charme des écuries et la splendeur des jardins bien entretenus.

Donovan's Manor demeurait, sinon la pièce maîtresse de l'empire Donovan, du moins la plus emblématique de sa formidable réussite. C'était aussi la demeure où Sarah et Jake avaient passé tous leurs étés. Elle représentait pour eux beaucoup plus qu'un investissement: c'était l'écrin qui préservait leurs derniers souvenirs d'enfance.

Sarah lissait avec application ses cheveux blonds coupés au carré qui reposaient de façon impeccable sur ses épaules. Jake reconnut ce geste qui lui était caractéristique lorsqu'elle était contrariée. Me Rosenberg toussota, visiblement mal à l'aise.

— Votre tante a légué le manoir à monsieur Jake Donovan.

Jake releva la tête avec étonnement et rencontra le regard méprisant de Me Rosenberg.

— Ainsi, elle m'a déshéritée, conclut sèchement Sarah. La colère lui raidissait les mâchoires. Elle ne pouvait concevoir que Kate l'eut spoliée de cette manière ! Elle savait pourtant à quel point elle le méritait ! Ses études en administration et en gestion où elle avait excellé, ses relations haut placées, son acharnement au travail. Comment Kate avait-elle pu avantager son idiot de cousin qui était plus occupé à boire et à courir les femmes qu'à s'occuper de l'entreprise familiale ? Elle était convaincue qu'il ignorait jusqu'au nom des membres du conseil d'administration !

— Pas tout à fait, mademoiselle, reprit Me Rosenberg d'un ton qu'il voulait conciliant. Vous devenez la seule actionnaire d'un empire colossal...

— Est-ce vous qui avez rédigé ce testament ? coupa Sarah. Son regard était d'acier, ses paroles désobligeantes, et même Me Rosenberg commençait à s'agiter nerveusement sur son siège.

— Non, mademoiselle, il a été entièrement rédigé de sa main et signé en présence de deux témoins. Hum… Mademoiselle Adèle Mc Dermott, déchiffra-t-il et madame Alicia Van Eyke.

Sarah s'était emparée du document et le parcourait rapidement des yeux. Madame Mc Dermott était la gouvernante de Kate et madame Van Eyke une amie de longue date. Son regard s'attarda sur la date de sa confection.

— Le 22 février 2012. Il date de quelques mois seulement, Me Rosenberg…

Me Rosenberg ne releva pas la remarque.

— Comme je vous le disais il y a quelques instants, mademoiselle, vous héritez tout de même d'un empire fabuleux ! Et d'ailleurs, à ce propos, intervint Me Rosenberg, il serait préférable de convoquer rapidement les membres du conseil d'administration afin d'établir les nouvelles modalités de gestion de l'entreprise et les rassurer quant à la transition…

Mais déjà, Sarah se levait, très digne dans son tailleur gris souris bien cintré.

— Je crois, Me Rosenberg, que l'essentiel a été dit. Pour les détails, nous verrons tout cela plus tard. Je vous recontacterai en temps opportun. Si toutefois nous considérons justifié de poursuivre notre relation d'affaires avec votre étude…

Jake demeura assis pendant que l'avocat escortait sa cliente en lui déclinant les dernières condoléances d'usage et en lui réitérant son support dans le règlement de cette triste affaire.

Lorsqu'enfin il revint, il avait perdu sa mine obséquieuse. Il retira de l'enveloppe une clé ainsi qu'une enveloppe plus petite marquée à l'effigie de la Pegasus Corp. et les tendit à Jake, demeuré assis.

— Je vous souhaite bonne chance, monsieur Donovan.

Visiblement, l'entretien était terminé. Déjà, il feuilletait un autre dossier qu'il avait retiré d'une crédence.

Jake s'empara de la clé et de l'enveloppe et ignora les salutations distraites de Me Rosenberg, qui ne prit même pas la peine de le raccompagner.

Le juriste entendit Dorothée, sa secrétaire, répondre poliment aux salutations du jeune homme, puis attendit que résonne le carillon de la porte.

Il déposa le dossier sur son bureau et se leva prestement; un simple coup d'œil lui assura que Jake était bien sorti.

— Je ne veux être dérangé sous aucun prétexte, Dorothée, ordonna-t-il avant de refermer sur lui la porte capitonnée. Il se dirigea vers son bureau.

Il inspira un grand coup, puis décrocha le combiné.

Ses doigts pianotaient nerveusement sur la vitre protectrice de son bureau. Il réprima un sursaut nerveux lorsque son interlocuteur décrocha l'appareil. Mais il se ressaisit rapidement. Il s'entendit articuler:

— Une clé et un numéro de coffret de sûreté à la Banque patrimoniale de Genève. Ce qui vous intéresse doit sans doute se trouver dans ce coffret.

— Oui, reprit-il après un silence, Jake Donovan n'a hérité que de cette enveloppe et du manoir. Mis à part les actions dans la Pegasus Corp., tout le reste de la fortune a été dévolu à une œuvre de bienfaisance.

Me Rosenberg raccrocha le téléphone. Cet appel, qui ne lui avait pris que quelques secondes, lui avait rapporté la somme de 250 000 dollars.

2.

Genève, Suisse
16 mai 2012

Le Boeing atterrit à Genève à 8 h 15 du matin ; contrairement à ses habitudes, Jake n'avait pu fermer l'œil du vol. Les événements des derniers jours le déconcertaient, partagé qu'il était entre l'excitation du voyage et le chagrin que lui avait causé le décès subit de sa tante.

Personne n'ignorait la malformation cardiaque qui affligeait Kate Donovan, mais il ne s'était jamais attardé à l'éventualité de sa mort. Son cœur se serra au souvenir du corps frêle de sa tante, exposé aux regards indécents de tous ceux qui s'étaient déplacés pour rendre un dernier hommage à cette femme remarquable.

Car Katherine Ann Donovan était véritablement une femme d'exception. Elle avait réussi là où beaucoup avaient échoué. Elle avait su, grâce à sa force de caractère et à sa détermination, mais aussi à son optimisme et à son goût du risque, se hisser à la tête de l'empire familial. C'était elle, la petite, comme ses frères la surnommaient – contrairement à la lignée des Donovan, Kate ne mesurait pas un mètre cinquante –, qu'Alexander Donovan avait désignée pour lui succéder à la tête de l'entreprise. C'était en s'opposant à son père en premier lieu, puis à ses frères, Michael et David, puis éventuellement à tous ceux avec qui elle devait négocier, sans faiblir et sans se plaindre, qu'elle en était venue à se faire respecter. Plusieurs la considéraient comme une femme implacable et froide…

Mais elle était d'une grande générosité et accueillait chaque été avec un réel plaisir ses neveux pour les vacances estivales. *Donovan's Manor* devenait alors le théâtre de somptueuses réceptions, où des femmes élégantes en robes de soirée et couvertes de bijoux buvaient du champagne, couvées des yeux par les plus puissants hommes d'affaires de la côte est sous les feux discrets des lanternes chinoises qui éclairaient les jardins comme autant de lunes… Au petit matin, on la retrouvait, seule femme au milieu des hommes, à discuter affaires, chevaux ou bateaux en savourant un scotch ou un whisky dans le salon de chasse. Elle s'était toujours sentie plus près des hommes que des femmes. Élevée seule au milieu de deux frères turbulents et compétitifs pour qui chaque activité devenait l'occasion de se démarquer, de gagner, de vaincre, elle n'avait pu faire autrement que s'adapter.

Désavantagée physiquement, elle avait dû user de finesse, de rapidité et d'esprit. Elle avait développé un solide sens de l'argumentation et excellait dans l'art du bluff. Et malgré son sale caractère, ses frères l'adoraient. Car elle pouvait aussi être drôle, vive et chaleureuse avec les siens. Personne ne demeurait insensible à cette dame. Surtout pas Jake.

Il avait un jour surpris une conversation où sa tante, en parlant de Sarah, avait confié à une amie : « Je suis navrée de le dire, mais cette jeune fille est réellement insipide. Ce n'est pas qu'elle soit sotte, mais elle se comporte comme si c'était le cas et ses propos sont d'une rare ineptie… »

Alors, pourquoi l'avoir préférée pour diriger la société familiale ? Pourquoi ne pas lui avoir fait confiance à lui ? Toutes ces questions demeuraient sans réponse et le torturaient. La clé se trouvait sans doute dans un coffret de sûreté en Suisse…

Mais alors, que pouvait-il bien contenir pour justifier son déshéritement ? De l'argent ? Des bijoux de famille ? Des titres immobiliers ? Des actions de compagnies ? Des concessions de diamants au Kenya ? Malgré lui, un frisson d'excitation le saisit. Car venant de Kate, tout était possible !

N'ayant aucune valise autre que son bagage à main, il échappa à l'attroupement de voyageurs exténués après le vol, massés autour du carrousel. Quelques instants plus tard, il était à l'extérieur et attrapait un taxi qui le mena directement au 11, quai du Mont-Blanc à l'Hôtel de la Paix où il avait déjà réservé une chambre depuis Newport.

Cet établissement réputé, bâti en 1865 sur les berges du lac Léman, était bien connu de la famille Donovan. L'endroit plut immédiatement à Jake. Le lobby ressemblait à l'intérieur d'un palais de l'Antiquité avec sa succession d'arcs et de voûtes déclinés en arcades et soutenus par des colonnettes ornées de frises et de volutes sculptées dans le marbre. La structure ainsi formée composait un balcon intérieur à la balustrade ajourée sur lequel déambulaient les clients de l'hôtel qui pouvaient ainsi admirer le lobby en contrebas. Le carrelage était composé d'un assemblage de dalles noires et blanches. L'ensemble faisait penser à une salle de bal du siècle dernier, n'eût été l'ameublement résolument moderne et le choix d'un rouge chatoyant comme couleur dominante.

Après avoir parcouru rapidement le journal en avalant un café bien tassé au bar de l'hôtel, il était monté à sa chambre pour se changer.

Lorsqu'il y pénétra, il laissa échapper un sifflement. Au milieu de la pièce trônait le lit recouvert d'un épais édredon blanc orné d'un cortège d'oreillers et de traversins immaculés. Au pied du lit, un banc de velours vert en demilune était disposé pour accueillir les coussins pour la nuit. Une imposante armoire en bois d'acajou massif dissimulait un écran de télévision gigantesque et accaparait presque tout un pan du mur. Bien que visiblement coûteuse et de bon goût, la chambre bénéficiait comme attraction principale de la vue majestueuse sur le lac Léman et sa fontaine. Il s'avança jusqu'à la porte française qui donnait sur le petit balcon et l'ouvrit.

Le soleil éclatant de mai faisait chatoyer les filets argentés crachés par l'imposante fontaine érigée au milieu du lac Léman, nourri par les eaux du Rhône descendues des Alpes. Sur les ondes, des cygnes majestueux glissaient avec grâce. Des massifs végétaux bien entretenus ourlaient les berges du lac, au milieu desquels pointaient des brassées de tulipes aux éclatants coloris.

Au loin, la masse diffuse du mont Blanc se dressait derrière les rangées d'édifices de verre du quartier d'affaires de Genève. Les rues, les édifices, les parcs, tout le décor était ordonné, paisible et majestueux, en parfaite symbiose avec le peuple helvète. En contrebas, des yachts et des voiliers amarrés formaient un agencement rafraîchissant de couleurs et de formes.

Jake consulta sa montre d'un rapide coup d'œil. Il n'avait pas beaucoup de temps avant sa rencontre à la banque et il tenait à parcourir le trajet à pied, promenade incontournable selon André, le préposé à la réception de l'hôtel. Tout en réintégrant sa chambre, il enleva son t-shirt qu'il jeta négligemment sur le lit et revêtit rapidement une chemise sur son jeans. Il claqua la porte derrière lui et dévala les escaliers vers le lobby. Une bouffée d'air frais lui caressa le visage lorsqu'il descendit dans la rue.

Même s'il ne connaissait Genève que par l'entremise d'un guide de voyage, il s'était tout naturellement imaginé que la Banque patrimoniale de Genève se trouverait dans la cité d'affaires, que les Genevois appelaient les Rues-Basses. Ce quartier regroupait les meilleurs joailliers, horlogers de précision, marchands de cigares et d'alcools rares, chocolatiers et boutiques de prêt-à-porter. Et constituait, en outre, le bastion de la haute finance.

Dans ces immeubles cubiques de grès olivâtre siégeaient les fameuses banques suisses qui accueillaient depuis le XIIIe siècle des banquiers et des commerçants de tous lieux.

Mais la Banque patrimoniale de Genève, institution presque aussi ancienne que la ville elle-même et profondément ancrée dans la tradition bancaire, était située dans les vieilles rues de Genève.

Il se dirigea donc vers le pont du Mont-Blanc, qu'il lui fallait franchir pour atteindre la rive gauche de la ville.

Il inspira profondément, espérant se laisser envahir par l'énergie tranquille qui émanait autour de lui et qui apaiserait ainsi le tumulte des émotions qui l'agitaient depuis son arrivée en Suisse. La douceur du temps de ce mois de mai ne recouvrait pas entièrement le fond d'air alpin qui piquait agréablement les narines.

Il avait rendez-vous avec madame Béatrice Toppler, la directrice de la Banque patrimoniale de Genève, à 11 h. D'ici une heure, il serait fixé.

Il leva les yeux vers la vieille ville.

Au XVIe siècle, la colline sur laquelle était assis le Vieux-Genève était encore ceinte de murailles de pierres, dont cependant aucun vestige ne subsistait aujourd'hui. Au milieu, il apercevait les tours de l'imposante cathédrale Saint-Pierre qui pointaient vers le ciel. C'est dans cette même cathédrale, érigée sur un ancien lieu saint datant d'avant Jésus-Christ, que Jean Calvin avait prêché, malgré les vives oppositions suscitées par ses idées.

L'ensemble du Vieux-Genève, comme une toile peinte dans des camaïeux de gris, donnait l'impression d'un nuage emprisonné sous un dôme de verre.

Les rues étroites et pentues, le long desquelles se blottissaient d'anciennes constructions de calcaire aux fenêtres à accolades, abritaient des antiquaires, des galeries d'art, des restaurants ou d'anciennes auberges. Il allongea le pas pour gravir les passages pavés de pierres.

Ses pas le menèrent jusqu'à l'austère façade d'une construction de pierres grises, en tout point semblable à toutes celles qui l'entouraient. Sur l'étroite porte en chêne était placardée une laconique petite plaque de bronze gravée « BPG » : la Banque patrimoniale de Genève. Au-dessus de la plaque se trouvait un boîtier métallique. En levant les yeux, il aperçut deux caméras de surveillance, habilement dissimulées dans le roc à l'extérieur.

Il appuya avec insistance sur un bouton situé sur le panneau. Une voix s'enquit :

— Votre nom, monsieur ?

— Jake Donovan.

— Auriez-vous l'obligeance de vous placer bien en face de la plaque où est inscrite l'adresse. Ceci afin que nous puissions obtenir une identification visuelle.

Jake obtempéra docilement et se retint juste à temps de sourire comme pour un portrait.

La porte s'ouvrit et il pénétra dans un large vestibule dont les hautes voûtes se rejoignaient plus de trois mètres au-dessus du sol pour former un ornement circulaire sculpté de motifs floraux. Au centre, une rosace en vitrail constituait la seule ouverture sur l'extérieur. Le plancher était recouvert de petites pièces en marbre vert olivier et sang-de-bœuf, finement assemblées.

L'endroit, qui ne bénéficiait d'aucune fenêtre, était éclairé par d'élégantes lampes de table disposées sur des guéridons d'acajou et qui diffusaient une lumière feutrée. Deux gardes armés se tenaient immobiles dans le hall d'entrée, secondés par des caméras de surveillance dissimulées. Déjà, un jeune homme élégamment vêtu s'avançait vers lui. La perfection suisse, songea Jake, non sans admiration. Son guide touristique de poche mentionnait que la mentalité suisse se décrivait en cinq points : propreté, précision, ponctualité, perfectionnisme et pragmatisme. Le jeune homme devant lui incarnait parfaitement l'ensemble de ces qualités.

Il portait de fines lunettes à monture d'écaille supportées par un long nez aux étroites narines. Même les cheveux étaient impeccablement lissés et se séparaient sur le côté en une raie nette et blanche. Un discret nuage d'eau de Cologne le précéda lorsqu'il s'avança vers Jake.

— Monsieur Donovan ?

Jake hésita un bref instant : devait-il tendre la main ? Mais déjà le jeune homme l'invitait à prendre place sur l'un des confortables fauteuils du vestibule.

— Accepteriez-vous un café espresso ou une eau gazéifiée, monsieur Donovan ?

Jake refusa. Il aurait nettement préféré un bourbon, mais cela ne faisait visiblement pas partie des habitudes. Il jeta son dévolu sur un carré de chocolat parmi un éventail disposé sur un cabaret d'étain. Avec un peu de chance, il serait fourré au kirsch.

— Madame Toppler sera avec vous dans quelques instants, monsieur Donovan.

Il n'eut pas à attendre trop longtemps. Déjà, une dame d'une cinquantaine d'années lui tendait une main chaude et vigoureuse. Elle portait une jupe couleur aubergine qui moulait ses hanches fines et qu'elle avait agencée à un chemisier de soie orangé. Le résultat aurait pu être explosif, ce qui n'était étrangement pas le cas. Elle avait épinglé sur le revers de son veston une broche d'ambre à travers lequel Jake pouvait discerner la tache sombre de l'insecte fossilisé en son centre. Quelques mèches blanches se mêlaient à son épaisse chevelure auburn coupée aux épaules.

Elle lui offrit un sourire avenant tout en évitant courtoisement de s'attarder sur la tenue vestimentaire qui détonnait, encore une fois, dans l'ambiance.

Après les politesses et condoléances d'usage offertes à la suite du décès de Katherine Donovan, elle l'invita à la suivre. Ils traversèrent un petit salon à la décoration plus contemporaine, meublé de coûteux fauteuils de cuir blanc et d'une épaisse moquette à motifs deux tons. Sur les murs, des toiles au rouge dominant étaient disposées avec goût et donnaient à l'ensemble une touche lumineuse qui contrastait avec l'atmosphère guindée du vestibule.

Avant de pénétrer dans l'ascenseur, Jake dut remettre son passeport à l'un des gardiens postés près du détecteur de métal. « Comme dans *Star Trek* ! », songea-t-il, fasciné, en observant les panneaux latéraux qui tournoyaient autour de son corps. Madame Toppler lui rappela de demeurer immobile pendant que l'appareil procédait à la détection.

Ils s'engouffrèrent ensuite dans l'ascenseur. La cage de fer forgé ouvragé se referma doucement sur eux, et à la profonde stupéfaction de Jake, qui retint un haut-le-cœur de surprise, l'ascenseur, plutôt que de s'élever, s'enfonça profondément dans le sol.

— C'est en effet très surprenant, la première fois, lui dit-elle. Lorsqu'elle souriait, seul le coin gauche de sa bouche se relevait.

— Nous sommes l'une des seules banques de Suisse munies de voûtes souterraines. Elles ont été aménagées lors de la Seconde Guerre mondiale en prévision d'attaques allemandes. Heureusement, la Suisse a été épargnée.

Jake prenait plaisir à s'imaginer que toutes les richesses contenues dans cette banque étaient entassées sous la terre, comme si elles étaient gardées par des gobelins. Il garda ses pensées pour lui, convaincu que l'austère banquière ne partagerait pas son excitation.

Quelques secondes s'écoulèrent avant que la porte grillagée ne s'ouvre enfin.

Il suivit madame Toppler jusqu'à la voûte protégée par deux immenses portes de cuivre qui devaient bien faire un mètre d'épaisseur.

Madame Toppler inséra sa carte numérisée dans la fente, et les portes s'ouvrirent sur une vaste pièce aux murs placardés de petits casiers chiffrés. Jake estima qu'elle devait en compter au moins un millier. Certaines avaient la grandeur d'une boîte postale, alors que d'autres, comme le lui apprit madame Toppler, s'ouvraient sur de véritables petits salons privés.

Des tables de travail en acajou éclairées par des lampes Tiffany avaient été disposées pour le confort des clients. Et au centre de la pièce, protégé par un cubicule de verre pare-balles, un homme entouré d'écrans et de caméras assurait la sécurité.

Madame Toppler se dirigea au fond de la salle et s'immobilisa devant un casier à peine plus grand que celui d'une boîte aux lettres. Jake réussit juste à temps à dissimuler sa déception. Il retira de sa poche la fameuse clé qu'il inséra dans l'un des trous de la serrure, en simultané avec celle de la banquière.

Madame Toppler eut la délicatesse de ne pas remarquer ses mains agitées de tremblements. Le mécanisme bien huilé tourna et ils entendirent le cliquetis les informant que le casier était déverrouillé.

— Vous disposez de tout le temps nécessaire, monsieur Donovan.

Elle se retira discrètement. Il entendit ses talons marteler les dalles de marbre, puis le bruit de la cage d'ascenseur qui s'ouvrait.

Il jeta un œil vers le gardien de sécurité. Protégé par les vitres pare-balles de son cubicule, celui-ci tapotait sur son clavier, sans se soucier de lui. Il ouvrit la petite porte.

Un coffret de bois obstruait presque entièrement l'ouverture du petit réduit. Il le retira délicatement et constata avec surprise qu'il s'agissait en fait d'une petite horloge sur pied. Du genre de celles qui ornent un manteau de cheminée.

Il espéra que le contenu du coffret ne se limitait pas à cette pièce, aussi ravissante soit-elle.

Il la manipula avec précaution, car elle lui semblait être assez ancienne. Le boîtier, fait de noyer, était marqué d'entailles laissées par le temps ou l'usure, et il aperçut même de minuscules petits trous rongés par les vers. Mais on pouvait encore discerner, gravés dans le bois, des motifs animaliers et floraux aux coloris délavés, dont certains avaient été remplis par de petits éclats d'ivoire luisants.

Jake retourna l'horloge pour vérifier si l'artisan avait laissé une quelconque inscription qui l'aurait orienté sur une date ou l'endroit de sa fabrication, mais la patine du temps les rendait illisibles.

Il la ferait évaluer par son ami Daniel Finley, qui tenait une boutique d'antiquités à Newport. Ce dernier saurait lui dire s'il s'agissait d'une pièce de valeur. Il la déposa sur la table derrière lui.

Il retira encore du coffret une grande enveloppe de papier jaune scellée, avec son nom écrit dessus. Il l'approcha instinctivement près de son nez et sourit : tante Kate avait l'habitude d'utiliser du papier parfumé pour sa correspondance. Il huma la lourde odeur poudreuse de roses – ou de pivoines peut-être ? – que l'enveloppe exhalait. Il la décacheta et reconnut l'écriture illisible de Kate.

Il la posa sur le guéridon, avec l'horloge. Il la lirait ce soir, bien tranquillement, en revenant à l'hôtel.

Il trouva aussi ce qui semblait être un dossier d'une centaine de pages simplement intitulé *20 avril 1721* et un paquet de documents retenus ensemble par un ruban de soie vert. Il feuilleta rapidement la liasse de documents : rien qui ressemblât de près ou de loin à des titres de propriété ou à des certificats d'actions. Que des photocopies de registres de naissances sur lesquels figuraient des noms inconnus de consonance française, des articles de journaux, quelques manuscrits dont l'écriture laissait supposer qu'ils avaient été rédigés il y avait longtemps. Tout était écrit en français. Ça ne posait aucun problème pour Jake puisqu'il était parfaitement bilingue.

Le coffret ne contenait rien d'autre. Rien qu'on aurait normalement pu s'attendre à trouver dans le coffret de sûreté d'une banque suisse.

Il contempla son héritage étalé devant lui. Il était déçu, bien sûr. Mais étrangement, pas autant qu'il ne l'aurait cru.

En somme, il bénéficiait toujours des revenus versés par la fiducie créée en sa faveur. Et cela lui avait toujours été suffisant.

Et puis, voilà bien longtemps qu'il ne s'étonnait plus des excentricités de sa tante ! Lorsque sa cousine Sarah avait fêté ses 16 ans, elle lui avait offert un Range Rover sport. Lorsqu'il atteignit le même âge, il s'attendit à recevoir la même chose : elle se targuait d'agir avec une irréprochable équité. Mais la conception de l'équité chez Kate n'était pas la même que chez le commun des mortels.

— Tu n'as pas besoin d'une voiture neuve, lui avait-elle déclaré d'emblée en l'embrassant sur les joues pour lui souhaiter bon anniversaire. Par contre, avait-elle rajouté en souriant, j'ai prévu autre chose pour toi.

Il avait ouvert avec beaucoup de suspicion l'enveloppe qu'elle lui tendait. Elle l'avait inscrit pour l'été dans une école de navigation : il allait passer l'été sur un catamaran dans les Caraïbes. Il sourit au souvenir de cet inoubliable été, grâce auquel il s'était découvert une véritable passion pour la voile.

Ensuite, ce séjour à cheval au Montana qu'elle lui avait offert pour ses 22 ans. Uniquement accompagné d'un guide amérindien taciturne qui ne parlait pas un mot d'anglais, il avait chevauché les vastes plaines couleur de blé, dormi à la belle étoile, la tête bien calée sur sa selle de cuir, l'âme envahie par l'immensité du ciel, et pêché la truite dans les rivières glacées. Ce voyage lui avait révélé ce qu'était la liberté.

Il entendit le bruit sourd des portes de bronze s'ouvrir, puis vit un couple pénétrer dans la voûte. L'homme, d'origine méditerranéenne sans aucun doute vue la couleur sombre de son teint, était entièrement vêtu de blanc et portait une mallette noire. Son épouse était vêtue d'un élégant tailleur de satin safran et son cou supportait plusieurs colliers d'or.

Jake ramassa son héritage et le fourra dans son sac. Il avait suffisamment perdu de temps ici. D'ailleurs, il avait faim et décida qu'il méritait indéniablement un remontant.

Sa nervosité s'était dissipée, mais il se sentait las, comme après avoir fourni un intense effort.

Après les formalités d'usage requises pour la fermeture du coffre, il retrouva le grand air avec soulagement.

Après le calme de la banque, l'agitation de la rue le rassura. Il prit quelques instants pour s'orienter, puis décida de redescendre par une rue étroite bordée de petits restaurants aux devantures colorées. Des effluves alléchants s'entremêlaient les uns aux autres selon les spécialités servies.

Il prit place à une table ronde fichée en pente sur le pavé inégal et commanda un mérou au beurre noir et un verre de shiraz bien corsé, malgré l'insistance du serveur qui aurait voulu le voir choisir un vin blanc sec, beaucoup plus harmonieux avec le poisson. Mais Jake préférait le vin rouge et ne se laissa pas fléchir.

Malgré l'excellence de son repas, il sentait le sommeil alourdir ses paupières. Son expérience lui avait appris que le meilleur moyen de contrer le décalage horaire était de l'ignorer. Mais ses pensées revenaient sans cesse au moelleux édredon de plumes qui recouvrait son lit. Il paya rapidement et se dirigea vers l'Hôtel de la Paix avec une seule idée en tête : celle de se laisser choir comme un sac.

Il venait d'emprunter le pont du Mont-Blanc lorsqu'une longue voiture passa près de lui à faible allure. Un homme vêtu de couleur sombre lui jeta un bref coup d'œil. Il le vit transmettre quelques ordres brefs dans l'émetteur installé contre son oreille. Puis, il accéléra. Avant que Jake n'ait pu faire un geste, il entendit derrière lui le crissement de pneus sur la chaussée : une autre voiture fonçait droit sur lui.

L'impact fut tel qu'il fut projeté dans les airs comme une poupée et vint s'écraser mollement contre le parapet du pont. Il s'en était fallu de peu que son corps ne soit projeté dans les eaux du lac Léman. Les deux voitures filèrent à toute allure tandis que les passants, le premier choc passé, accouraient vers Jake qui gisait, inerte, sur le pavé.

Jake passa sa langue dans sa bouche : le goût ferreux et chaud du sang lui souleva le cœur. Il sentit confusément la chaleur rassurante d'un corps qui se penchait sur lui. Des mains habiles glissèrent sur ses côtes, puis s'insérèrent à l'intérieur de sa chemise, s'attardant quelques secondes sur son cœur. Quelqu'un vérifiait ses signes vitaux. Il tenta d'ouvrir les yeux, mais il sentit brusquement sa tête élancer ; dans un effort, il repoussa les mains qui le tâtaient et se retourna instinctivement sur le côté pour ne pas s'étouffer avec le sang qui s'écoulait dans sa gorge.

Puis, le néant. Il s'évanouit au milieu de la cohue qui s'attroupait précipitamment autour de son corps.

Lorsqu'il ouvrit les yeux quelques minutes plus tard, il crut rêver. Il leva péniblement son bras et se surprit de son étrange lourdeur. Il réussit néanmoins à atteindre la molle cascade de cheveux bruns cuivrés qui s'étalait sur son torse et qui lui caressait doucement le visage.

Surprise, la jeune femme qui avait posé la tête sur la poitrine de Jake pour vérifier son rythme cardiaque releva la tête. Il put alors contempler de magnifiques yeux ourlés d'un épais rideau de cils noirs. Elle avait la peau mate et le grain serré des femmes du Sud. Provençale peut-être ou Andalouse.

— Vous allez bien ? s'enquit-elle visiblement soulagée que le blessé soit revenu à lui.

Elle s'exprimait parfaitement en anglais, mais avec un léger accent.

Elle sortit de son sac un mouchoir et lui tamponna délicatement le visage. L'entaille qui lui barrait le nez, pourtant superficielle, saignait abondamment.

— Que s'est-il passé ?

Il avait l'esprit embrumé.

— Un chauffard vous a heurté de plein fouet avant de prendre la fuite ! s'indigna la jeune femme. J'ai déjà contacté les secours, ils seront ici d'un instant à l'autre. Je vous en prie, poursuivit-elle en constatant qu'il tentait de se relever, demeurez immobile jusqu'à leur arrivée.

Il se souvint alors de l'impact. Ignorant les conseils de la jeune femme, il se releva à demi en se frottant la tête. À première vue, il était indemne.

— Que faites-vous ? s'exclama-t-elle en tentant vainement de le recoucher. La colonne vertébrale est peut-être atteinte !

— Non, non, c'est inutile, la rassura Jake. Je vais bien.

Il se leva péniblement sur ses coudes en réprimant avec peine quelques grognements. Bien qu'il sût n'avoir rien de cassé, il se sentait ankylosé comme si chacun de ses membres était enserré dans un étau. La tête lui tournait légèrement, et il réprima un haut-le-cœur qui s'estompa aussi rapidement qu'il était survenu.

La carrure athlétique de Jake ainsi que son agilité naturelle lui avaient probablement sauvé la vie. Il avait eu le réflexe de se protéger la tête de ses bras avant de rouler sur le sol.

Résignée et légèrement rassurée sur l'état de Jake, la jeune femme l'aida à se relever. Il vacilla. Elle le pria de s'asseoir sur le trottoir. Un élancement soudain l'obligea à poser sa tête entre ses genoux.

La jeune femme sortit prestement une bouteille d'eau de son sac et en imbiba son mouchoir qu'elle appliqua en petits coups sur la nuque de Jake qui sentit, au contact rafraîchissant de l'eau, ses sens revenir.

Une voiture de police fendit la foule. Un officier descendit du véhicule et s'approcha de lui. Après s'être enquis de l'état de la victime, il lui demanda de fournir ses papiers.

— Que s'est-il passé exactement? demanda l'officier en jetant un regard sur le permis de conduire américain de Jake.

— Je l'ignore, reprit Jake. Je n'ai vu qu'une voiture noire, et l'instant d'après, j'étais étendu de tout mon long.

— Y a-t-il des témoins? demanda plus fort l'officier en s'adressant aux passants encore attroupés.

La jeune femme relata en quelques mots ce qu'elle avait vu.

— Je sortais tout juste de l'hôtel quand j'ai entendu un crissement de pneus. Je suis accourue immédiatement. La voiture avait déjà quitté les lieux et je n'ai pas réussi à relever le numéro de plaque.

L'officier s'empara de son radio-émetteur afin de demander du renfort pour retrouver une voiture noire correspondant à la description fournie par le témoin.

— Suivez-nous, monsieur, nous vous conduisons à l'hôpital.

— Non, c'est inutile, protesta Jake. Je vais bien. Une bonne douche et tout ira mieux.

L'officier balaya Jake du regard comme pour analyser son état. Son examen sembla satisfaisant. Le jeune homme s'avérait costaud et les couleurs lui étaient revenues.

— C'est comme vous voulez, finit-il par répondre. Nous ne pouvons vous contraindre. Mais j'insiste pour vous escorter jusqu'à votre hôtel.

— Je l'accompagnerai, monsieur l'agent.

Elle interrogea Jake du regard, étonnée de sa propre audace. Mais Jake lui sourit.

— Très bien alors, concéda l'officier. Nous devons être en mesure de vous joindre pour l'enquête. À quel hôtel logez-vous?

— À l'Hôtel de la Paix, tout près d'ici, répondit Jake en désignant d'un signe de tête l'immense immeuble qui se profilait non loin de là.

La jeune femme avait ramassé le sac de Jake et le lui tendit. Elle remarqua les petites étoiles qui brillaient dans ses yeux lorsqu'il souriait. C'était vraiment un homme très séduisant.

Les passants qui s'étaient massés sur les lieux de l'accident se dispersèrent tranquillement en commentant le drame. Il s'en était fallu de peu que le corps du jeune homme ne soit propulsé dans les eaux du lac Léman ! L'agent de police continuait la rédaction de son rapport tout en maintenant le contact radio. Des effectifs de police étaient mis en place afin de retrouver les auteurs du délit de fuite.

La jeune femme s'empara de son bras en le soutenant ainsi du mieux qu'elle le pouvait. Appuyés l'un sur l'autre, ils franchirent tranquillement les quelques pas qui les séparaient de l'Hôtel de la Paix.

— Merci pour ton aide…

Jake lui avait doucement pris le bras et la jeune femme se tourna vers lui, leurs deux visages se tenant à quelques centimètres seulement l'un de l'autre. Il pouvait sentir la chaleur de son haleine et admirer la teinte particulière de ses yeux. Sa pupille était gris fumée, et l'iris légèrement plus pâle se pailletait de petits points sombres. Il glissa lentement un doigt le long de son oreille pour repousser une mèche de cheveux.

— Caroline… Je m'appelle Caroline, balbutia-t-elle, son regard emprisonné dans celui de Jake.

— Tu as des plans pour ce soir, Caroline ? demanda-t-il. Sa voix sonnait comme du miel à ses oreilles.

— Je connais un endroit génial tout près d'ici où l'on peut déguster une excellente entrecôte, se reprit-elle. Je suis certaine qu'une bonne pièce de viande bien saignante finirait de te remettre d'aplomb.

Il était tout à fait de cet avis. Ils convinrent de se retrouver vers 18 h.

Elle le salua d'un petit geste de la main en s'éloignant. Il ne put résister à l'envie de la suivre des yeux quelques instants. Elle avait la démarche souple et chaloupée particulière aux femmes du Sud. Il l'imaginait sur un cheval arabe, chevauchant en amazone, ses longs cheveux cuivrés ondoyant dans le vent… Mais il fut subitement tiré de son rêve éveillé, son regard attiré par un homme installé près du bar de l'hôtel dans un fauteuil cuvette de cuir rouge qui semblait ridiculement petit comparativement à son imposante stature. Il avait d'épais cheveux blonds, presque blancs et visiblement teints, mi-longs et coiffés vers l'arrière. Sa mâchoire était large, angulaire et la peau se tirait sur l'ossature, découvrant deux rangées de dents trop parfaites pour être naturelles.

Il feuilletait tranquillement un journal en aspirant à petites gorgées un espresso. Ses manières étaient policées, presque efféminées, ce qui contrastait bizarrement avec l'impression de puissance sauvage qui émanait de lui. Ses vêtements sombres à la coupe impeccable ainsi que le bracelet de sa montre en or laissaient supposer un homme d'affaires prospère ou un important financier qui appréciait le raffinement. Mais la carrure athlétique ainsi que le teint basané révélaient plutôt un grand sportif: un adepte de ski alpin sans doute. Toutefois, l'un n'excluait pas l'autre.

Jake plissa les yeux et l'observa avec attention. Il aurait juré avoir déjà rencontré cet homme quelque part. Celui-ci se détourna quelques instants pour commander un second espresso au garçon. Il s'exprimait parfaitement en français, mais avec un accent dur à consonance germanique.

Se pouvait-il que Jake l'ait déjà rencontré? Ou peut-être s'agissait-il d'un personnage public. Il fouilla sa mémoire, sans succès. Il lui était impossible de se rappeler où il avait vu cet homme. Il confondait, sans doute. Il avait remarqué, à l'issue de ses nombreux voyages, que l'esprit cherchait à trouver des points d'ancrage avec ce qui lui paraissait rassurant, c'est-à-dire le connu. À l'étranger, on avait toujours l'impression de reconnaître tout le monde.

Mais comme irrésistiblement attiré par une force extérieure, il se retourna une seconde fois vers l'homme. Celui-ci avait déposé son journal sur le guéridon qui lui faisait face, et son regard d'acier le transperça. Il soutint le regard de l'étranger malgré le frisson qui lui parcourait la colonne vertébrale. Des détails surgissaient dans sa mémoire. Un regard lancé à travers une vitre teintée, une voiture qui accélérait, puis l'impact. L'homme, inconscient des sentiments qu'il inspirait, reprit tranquillement la lecture de son journal.

Non, c'était impossible. Il avait dû rêver. Et pourtant.

— Monsieur Donovan…

Il sursauta. C'était André, le majordome de l'hôtel.

— Monsieur Donovan, votre nez ! Mais vous saignez ! s'exclama André. J'appelle immédiatement un docteur, décida-t-il résolument en s'emparant du combiné.

— Ce n'est pas la peine, André, je vous remercie. Ce n'est qu'une blessure superficielle.

— L'épouse de monsieur Lasserre, le gérant de l'hôtel, est médecin, monsieur. Elle se fera un plaisir d'évaluer votre état.

— Non, c'est inutile, le rassura Jake. Le ton s'était fait plus tranchant.

Il se sentait brusquement vidé de toute énergie et un puissant mal de tête lui comprimait les tempes. Caroline avait insisté pour qu'il se rende à l'hôpital, ne fût-ce que pour le rassurer. Ou plutôt la rassurer elle… Mais il ne souffrait pas d'une commotion cérébrale, il en était convaincu. Il savait en reconnaître les symptômes pour en avoir déjà eu quelques-unes dans sa vie. Ses yeux se fermèrent quelques secondes et il imagina un puissant jet d'eau brûlante ruisseler sur tout

son corps courbaturé. Une douche suivie d'un bourbon. Rien que d'y penser, il se sentait déjà ragaillardi.

— À votre guise, monsieur, répondit André visiblement déçu.

— Par contre, reprit Jake plus aimable, pourriez-vous me faire monter un double bourbon ?

— Certainement, monsieur. À l'instant.

Jake grimpa péniblement les marches menant à sa chambre. Chaque pas était douloureux. Il devait avoir les jambes recouvertes d'ecchymoses.

Dans un dernier effort, il inséra sa carte et s'appuya contre la porte de sa chambre qui s'entrebâilla sous son poids. Il laissa lourdement tomber son sac sur le guéridon d'entrée et se dirigea directement vers la salle de bain. Il bénit la Suisse en levant les yeux vers le ciel en signe de gratitude : elle était munie d'une douche spacieuse et luxueuse à jets multiples et non de la baignoire en fonte glaciale et la douche téléphone dont se contentaient les Français.

Un quart d'heure plus tard, il émergeait dans un épais nuage de vapeur. Il avait ceint ses reins d'une large serviette ouatinée, et lorsque le groom cogna à la porte et lui tendit son bourbon sur glace, il s'était définitivement réconcilié avec la vie.

Il s'en tirait somme toute avec une légère coupure qui lui barrait le nez et une série d'ecchymoses pourpres sur les cuisses et sur les hanches. Le choc avait en outre réveillé la douleur dans son genou gauche ainsi que dans le bas de son dos, affaiblis depuis un accident de moto alors qu'il avait 18 ans. Il exécuta quelques mouvements d'exercice qui délièrent son corps. Tout semblait fonctionner normalement. Par contre, un malaise quasi imperceptible ne le quittait pas.

Avait-il été l'objet d'une tentative d'assassinat ou s'agissait-il d'un simple accident doublé d'un délit de fuite ? Il n'arrivait pas à y voir clair. Ses traits se contractèrent en repensant à l'homme du lobby. Il aurait juré reconnaître cet individu.

Il hocha la tête pour en chasser toute pensée. Il aurait de toute façon des nouvelles des autorités sous peu. Il se promit cependant d'agir avec plus de prudence à l'avenir.

Il se dirigea vers la porte qui donnait sur le balcon. Les faibles rayons du soleil, filtrés par la couche duveteuse des nuages, se reflétaient dans le jet de la fontaine qui coulait au milieu de l'étendue bleutée. C'était calme et apaisant. Il entendait bien faire profiter Caroline de la vue ce soir...

La seule perspective d'un souper avec une jolie femme avait éradiqué sa douleur et son malaise. Et, avec eux, l'objet de son séjour à Genève… La lettre de Kate lui revint en mémoire.

Il interrogea le cadran : encore une heure avant de retrouver Caroline. Il rejoignit le lit et se cala confortablement contre une montagne de coussins avant de s'attaquer à la lettre de tante Kate. Il bâilla bruyamment : le décalage horaire le rattrapait. Mais il lui fallait résister. S'il succombait maintenant au sommeil, il ne s'éveillerait que le lendemain matin.

Il approcha son sac duquel il retira les documents prélevés dans le coffret de sûreté. Il en ressortit l'horloge qui avait miraculeusement survécu au choc et l'admira quelques instants avant de la déposer sur la table de nuit. Il retira de l'enveloppe décachetée la lettre et entreprit de déchiffrer l'écriture de tante Kate.

Cher neveu,

Je ne me suis jamais encombrée de quoi que ce soit, et la mort n'y changera rien. Mon médecin ne m'a pas appris grand-chose en me disant que mes jours étaient comptés.

Je t'écris assise près de la fontaine, aux pieds de la sculpture de Pégase, le symbole de notre famille, Mitsy et Molly blotties sur les genoux. Tu n'ignores pas qu'il s'agit de mon endroit préféré… D'ici, je peux contempler l'océan à perte de vue…

Jake réprima un petit frisson. C'est à ce même endroit que madame Mc Dermott, la gouvernante, avait retrouvé le corps inanimé de Kate.

La mer... Je l'ai toujours aimée... Et elle m'a toujours fascinée. Parce qu'elle a joué un rôle considérable dans l'histoire des Donovan. Tu comprendras bientôt à quel point.

Tu n'es pas sans savoir que la fortune familiale est colossale. Encore au-delà de ce que tu as pu évaluer.

J'ai pensé et repensé à la façon dont il convenait d'agir, crois-moi. J'espère, cher neveu, que tu m'as déjà pardonné de t'avoir évincé des affaires de la famille. Tu seras sans doute d'accord avec moi, jamais toi et ta cousine n'auriez pu vous entendre, et il était hors de question de mettre la société en péril. Ce qui vous sépare ne pourra jamais être réparé. Sa haine à ton égard est trop profondément ancrée en elle. Elle a toujours cru que ton père était à l'origine de la mort de son propre père.

En effet, David insistait pour que la société investisse dans les casinos et les hôtels du Nevada à une période où l'immobilier s'y vendait à perte. Parce que cela était susceptible de rapporter gros, mais surtout parce qu'il avait contracté d'énormes dettes qu'il lui fallait rembourser rapidement. Michael avait des scrupules à se lancer dans ce type d'affaires et nous refusâmes finalement de diversifier les activités de la société. Mais David le prit très mal et il décida de vendre sa part de l'entreprise. Il reçut moins que la valeur réelle, notamment à cause de la crise économique qui sévissait alors, mais aussi parce qu'il désirait se débarrasser de sa part rapidement. De toute façon, ce qu'il en retira fut rapidement englouti dans des investissements douteux et d'innombrables dettes de jeu. Il se mit à boire de plus en plus et à s'afficher avec des gens peu scrupuleux. Comme tu le sais, nous retrouvâmes son corps criblé de balles dans le coffre d'une voiture abandonnée dans le désert. Sarah et sa mère ont toujours considéré, à tort bien sûr, que ton père était à l'origine de la mort de David.

Jake savait que son oncle était mort assassiné, mais il ignorait tous les détails de cette sordide histoire. Cela expliquait, en partie du moins, l'animosité que lui vouait sa cousine.

Vous deux à la tête de Pegasus Corp., c'était mener l'entreprise à sa perte. C'était elle ou c'était toi. Et j'ai choisi Sarah. Ne crois surtout pas qu'il en fut ainsi parce que tu étais un enfant illégitime : j'ai toujours maintenu que cela n'avait aucune sorte d'importance pour moi. Tu es d'ailleurs, de mes neveux, celui qui me ressemble le plus. Mais contrairement à moi, tu n'es pas fait pour les affaires…

Jake leva les yeux au ciel, excédé malgré lui à la lecture de ce passage. Il repensa au jour où il lui avait annoncé avec fierté qu'il débutait des études de droit. Il avait rejoint Kate dans la serre vitrée du jardin qui abritait ses rosiers.

— Tu n'es qu'un idiot !

Elle avait rageusement lancé sa petite pioche, effrayant ainsi Mitsy et Molly, ses deux vieilles chattes qui s'étaient dispersées, indignées.

— Qu'est-ce que tu me reproches ? De vouloir faire quelque chose de ma vie ?

— Ce n'est pas que tu décides de faire quelque chose de ta vie qui me consterne ! C'est ton manque de discernement ! Le droit ! Quelle idée !

Elle avait dit cela sur le même ton qu'elle aurait utilisé s'il lui avait avoué vouloir devenir un moine cloîtré.

— Tu t'imagines travailler dans un cabinet qui sent le renfermé, avec des secrétaires au long nez (elle avait toujours pensé qu'il s'agissait là d'un trait particulier aux secrétaires), des papiers, des dossiers empilés sur ton bureau, à parler affaires et chiffres à longueur de journée !

Elle avait récupéré son instrument et bêchait rageusement les florissants plants de roses trémières qui faisaient sa fierté et pour lesquels elle accumulait honneurs et mentions au club d'horticulture qu'elle présidait. La réputation de sa roseraie s'étendait jusque dans les cercles horticoles de Boston.

Jake, comprenant que la conversation était close, n'avait pas insisté.

Le droit n'avait pas toujours été son rêve. Il aurait évidemment préféré enseigner l'escalade ou la voile dans les Îles, ou encore voyager le sac au dos. Mais il avait 26 ans à l'époque, et il était grandement temps pour lui de départager sa vie d'adolescent de sa vie d'adulte.

Il vida d'un trait ce qui restait de son verre.

Tu dois être déçu, mon cher Jake…

Mais sache que je ne t'ai pas déshérité. Bien au contraire. Car je t'ai légué autre chose. L'histoire des Donovan. Ce que nous avons de plus précieux.

Cette histoire, je l'ai retrouvée par pur hasard lorsque j'ai fait exécuter les travaux de réfection dans la vieille bibliothèque… J'y ai retrouvé, dissimulés dans une cavité aménagée dans les murs, plusieurs documents d'archives, dont un singulier manuscrit écrit par René de Saint-Malo qui t'intéressera sans aucun doute. Après avoir effectué quelques recherches, j'ai découvert qu'il était, en 1740, un journaliste reconnu au Rhode Island Journal. *Mais plus important encore, il était le protégé de notre aïeul Richard Deneuve, pêcheur normand expatrié à l'île Bourbon.*

Ah… c'est curieux, ne put s'empêcher de songer Jake à part lui à l'évocation du mot Bourbon. Ce penchant pour cet alcool provenait peut-être finalement de son aïeul…

Il a changé son nom en Donovan lorsqu'il a émigré en Amérique. Toute l'histoire de notre famille débute avec lui… J'ai rassemblé divers documents d'archives qui font partie du patrimoine de notre clan. Conserve-les précieusement. Certains ont une très grande valeur.

Lis cette histoire. Je souhaite de tout mon cœur qu'elle fasse rêver ton âme d'aventurier. Sache que c'est, quant à moi, la plus grande des richesses que je pouvais te léguer.

Affectueusement,

Tante Kate

P.S. Je te confie la garde de mes deux chattes, Mitsy et Molly. Je sais qu'elles seront heureuses avec toi.

Les yeux de Jake s'agrandirent de stupéfaction.

Les chattes de Kate ! Deux petites boules de poils hypocrites. C'est son chien Zeus qui allait être heureux d'avoir de la compagnie ! Elles allaient le terroriser !

Il fit mentalement le décompte de son héritage : un roman sur l'histoire de la famille Donovan, une liasse de vieux documents poussiéreux, une horloge et deux chattes. Heureusement, il lui restait *Donovan's Manor*...

Il ne possédait aucune action dans la société, mais il possédait le cœur et l'âme de la famille Donovan. Et, visiblement, il lui faudrait se contenter de cela.

Le manuscrit, qui devait compter une centaine de pages, était simplement intitulé *20 avril 1721.*

Il jeta un coup d'œil navré à son verre vide. Avait-il le temps de composer le service aux chambres pour qu'on lui en monte un autre ? Il se leva pour aller récupérer sa montre qu'il avait laissée dans la salle de bain, lorsqu'un léger bruit le freina dans son élan.

Des pas feutrés s'étaient immobilisés près de sa porte.

Il attendit encore quelques secondes en tendant l'oreille : le bruit s'était tu, mais il sentait une présence derrière la porte. Il s'avança silencieusement, le souffle suspendu. Puis, d'un mouvement soudain, ouvrit la porte qui vint cogner furieusement contre le chambranle.

Un cri d'effroi le figea sur place. Caroline, surprise par la brutalité du mouvement, se tenait pétrifiée, la bouche encore ouverte par la surprise.

— Qu... Que se passe-t-il ? souffla-t-elle, les yeux agrandis par la terreur.

Jake regarda autour de lui, mais le corridor était désert.

— Je suis désolé, j'ai cru qu'il y avait quelqu'un derrière la porte.

— En effet, il y avait moi, répondit-elle nerveusement.

Il esquissa un petit sourire dans le but de détendre l'atmosphère, mais elle le dévisageait encore fixement, hésitante.

Elle se demandait sans doute ce qui l'avait convaincue d'accepter une invitation à souper d'un homme qu'elle ne connaissait pas quelques heures à peine auparavant.

— Tu es très élégante, reprit-il avant qu'elle ne rebrousse chemin en courant.

Elle avait revêtu un pantalon noir très classique et enfilé un tricot noir au décolleté révélateur. Pour ne pas succomber aux soirées encore fraîches, elle s'était enroulée dans un large foulard de cachemire couleur cacao qui s'harmonisait parfaitement avec la couleur de ses yeux.

— Entre, lui dit-il, accorde-moi quelques minutes.

Caroline frémit sous la chaleur de la large main qui transperçait l'étoffe de son chandail et qui la poussait doucement à l'intérieur de la pièce.

— Je suis un peu en avance peut-être, s'excusa-t-elle finalement en détournant rapidement les yeux de la serviette qui bâillait légèrement.

Jake la replaça d'un mouvement rapide sans aucune gêne. Il lui proposa de profiter de la vue sur le lac Léman tandis qu'il finissait de s'habiller dans la salle de bain. Elle poussa un soupir admiratif en entrant dans la chambre.

— C'est splendide, souffla-t-elle en admirant le lac. Quelle ville merveilleuse ! La fenêtre de ma chambre donne sur un mur de brique…

Jake se retint à temps pour ne pas lui déclarer que le soir venu, il serait aisé de choisir entre sa chambre ou la sienne. Il avait toujours opté pour le style direct, dans toutes les sphères de sa vie, et cela l'avait toujours bien servi. Mais avec Caroline, il sentait qu'il lui faudrait user d'un peu plus de réserve, surtout après l'épisode déplorable qu'il venait de lui faire subir. Il avait encore un peu de travail de réhabilitation à faire avant de lui proposer de le rejoindre dans sa chambre.

Elle apprécia du regard le choix d'une chemise bleu pâle qui accentuait la couleur de ses yeux. Il s'était rasé de près, ce qui mettait avantageusement en valeur la carrure de sa mâchoire et révélait une bouche aux lèvres pleines. Son jeans moulait parfaitement ses cuisses musclées où son regard s'attarda bien involontairement quelques instants. Elle avait toujours eu un faible pour les hommes grands, et Jake la comblait entièrement.

Il ramassa son sac qu'il passa en bandoulière. Il avait l'air d'un jeune prof d'université. Un peu trop sexy pour être prof, songea pourtant Caroline en se mordillant les lèvres malgré elle.

Il glissa naturellement son bras autour de sa taille tandis qu'ils sortaient de la chambre et empruntaient les escaliers de l'hôtel. Trop occupés à discuter, ils ne remarquèrent ni l'un ni l'autre l'homme dissimulé dans l'ombre qui se glissa furtivement vers la chambre de Jake.

Jake avala avec satisfaction la dernière gorgée de l'excellent haut-médoc grand cru chaudement recommandé par le sommelier. Il appréciait les vins corsés et robustes, et celui-ci accompagnait à merveille la goûteuse entrecôte qu'ils avaient tous deux commandée saignante.

Il se cala dans la banquette de cuir rouge et laissa son regard errer nonchalamment autour de lui. Il avait immédiatement été charmé par ce petit restaurant à l'abord pourtant anodin.

Il y régnait une ambiance chaleureuse et animée, à la manière des brasseries parisiennes : d'élégants serveurs aux gestes précis évoluaient avec aisance entre les tables recouvertes de nappes de coton blanches, où trônaient les plateaux de fruits de mer en étain remplis de glace pilée, et la plaque, où pétillait une pièce de viande nappée d'une mayonnaise bouillonnante aux herbes. Et, bien sûr, la cave à vin, qui était particulièrement réputée.

— C'était délicieux !

Caroline s'essuyait délicatement la bouche avec un coin de sa serviette. Elle n'avait rien laissé de l'entrecôte et avait redemandé de la salade. Il appréciait à leur juste valeur les femmes qui avaient de l'appétit. Il lui sourit.

L'éclairage feutré se reflétait dans ses yeux et les pailletait de dizaines de petites étoiles. Lorsqu'elle souriait ainsi, de minuscules ridules d'expression ourlaient les coins de sa bouche et ses yeux se fendaient légèrement. Ses cheveux, qu'elle avait laissés libres, tombaient mollement sur ses épaules. Ce n'était pas une de ces beautés parfaites qui semblaient sculptées dans la porcelaine. Caroline dégageait un charme envoûtant.

Elle leva un doigt en direction de la serveuse et commanda un alcool fort pour terminer le repas après avoir interrogé Jake du regard :

— Deux Grand Marnier, conclut-elle à l'attention de la serveuse. Et des îles flottantes pour le dessert…

— Ton retour pour Washington est prévu quand ? s'enquit Jake en déposant sa serviette sur la table.

Avant de répondre, Caroline prit le temps de tremper ses lèvres dans le liquide ambré que la serveuse avait déposé devant elle et de sentir la chaleur de l'alcool sur sa langue. Jake la troublait. Elle appréciait la profondeur de son regard, son sourire, la façon qu'il avait de s'intéresser aux gens tout en maintenant une distance naturelle avec eux. Elle baissa les yeux et s'attarda sur sa chemise qui se tendait sous les muscles lorsqu'il portait son verre à sa bouche. Il était grand et semblait robuste comme un chêne. Même l'entaille qui lui barrait le nez lui semblait incroyablement sexy. Il dégageait un quelque chose d'indéfinissable auquel elle était sensible.

Elle avait d'ailleurs constaté qu'elle n'était pas la seule à s'émouvoir. La serveuse, une ravissante brunette aux cheveux coupés à la garçonne et aux grands yeux de biche ourlés de khôl, le dévorait du regard depuis leur arrivée.

— Je suis ici pour deux jours encore, répondit-elle enfin. J'assiste à une dernière conférence demain après-midi et ensuite je suis libre.

Elle avait terminé à Paris des études en anthropologie avant de déménager à Washington où elle avait fait un stage. Sa thèse portait sur les mœurs, religions et autres aspects symboliques des peuples colonisés, mais son travail actuel à l'Institut d'anthropologie de Washington consistait à assister les autorités fédérales dans la gestion de leurs relations avec les pays étrangers, que ce soit au niveau diplomatique, culturel ou commercial. Elle avait entretenu Jake de la différence entre les méthodes de négociation d'un Algérien et celles d'un Japonais ou d'un Américain. Une poignée de main ne signifiait pas la même chose d'un pays à l'autre, d'où l'importance de s'imprégner de la culture commerciale d'un pays avant de s'y s'implanter.

— Qu'est-ce qui t'a amenée à t'intéresser à l'anthropologie?

— Oh ! Ce n'était pas du tout ce que je voulais faire dans la vie ! En fait, j'adore les animaux et j'aurais voulu être vétérinaire. J'ai vu il y a longtemps, alors que j'étais toute petite, un reportage étonnant sur une femme vétérinaire qui vivait dans le Nord-Ouest canadien pour sauver et guérir les animaux sauvages. C'était exactement ce que je voulais faire. Malheureusement, j'étais loin d'avoir les notes satisfaisantes... J'ai dû me rabattre sur autre chose. J'ai étudié quelques mois pour devenir infirmière, puis j'ai complètement changé d'orientation. Je suis très attirée par les gens et leurs différences, ce qui fait qu'un peuple diffère d'un autre... Ce sont peut-être mes racines multiculturelles qui m'ont naturellement amenée à m'intéresser à mes semblables...

— Alors tu es française?

Elle fit une petite moue amusée.

— Je suppose que mon accent m'a trahie... Je suis née à Marseille d'une mère française et d'un père qui était d'origine algérienne.

Jake ne s'était pas trompé. La teinte légèrement cuivrée de sa peau la trahissait. Il aurait parié que dans les veines de ses ancêtres coulait du sang mauresque. Et cela ne tenait pas qu'à la couleur de son teint, mais aussi à ce quelque chose d'indéfinissable dans l'attitude. Une nonchalance, presque une langueur, caractéristique du tempérament latin. Elle ressemblait à un félin un peu farouche, mais irrésistible.

— Était d'origine algérienne ? lui demanda Jake. Il est mort ?

Elle avala une énorme bouchée d'œufs à la neige en hochant la tête.

— Non, il est toujours en vie, mais il s'est remarié après la mort de ma mère alors que je n'avais que cinq ans. Il vit loin d'ici avec ses quatre ou cinq enfants, je ne sais plus. Nous n'avons jamais été très près l'un de l'autre. En fait, ma vraie famille, c'était ma grand-mère maternelle. Mais elle aussi est morte il y a quelques mois.

— Je suis désolé, répondit Jake embarrassé. Tant de morts...

— Oh non ! Il ne faut pas être désolé pour moi ! reprit-elle vivement. Je n'ai pas gardé beaucoup de souvenirs de ma mère et même si j'aimais énormément ma grand-mère, elle était très âgée et savait que le temps était venu pour elle de mourir. Dans ma famille, la mort est un passage, une transformation, et non une fin.

— Et si on parlait un peu de toi maintenant ? reprit-elle en souriant. Tu m'as dit que tu avais choisi d'étudier le droit à Harvard, mais que tu aurais préféré jouer au hockey...

En effet, à 20 ans, Jake possédait tout le talent nécessaire pour devenir un brillant joueur de hockey. Tout sauf une qualité essentielle pour jouer professionnellement : il était incapable de se soumettre à une quelconque autorité. Il se rebellait systématiquement contre toute forme de contrainte et ne supportait pas les ordres qu'il se plaisait alors à contrer presque par défi. Il se battait régulièrement autant sur la glace qu'à l'extérieur et accumulait ainsi punition sur punition tant et si bien que son entraîneur, excédé par son caractère indomptable, avait été contraint de le suspendre définitivement. Quelques mois plus tard, les Oilers d'Edmonton l'avaient néanmoins repêché, mais il avait décliné l'offre.

À l'époque, la ville d'Edmonton, située au cœur des monotones prairies canadiennes, ne l'avait pas tenté. Mais il y était retourné depuis et avait été ébloui par ses grands espaces. Il avait donc finalement renoncé à sa carrière de joueur de hockey professionnel.

— Tu m'as aussi dit que tu n'avais jamais connu ton père et que ta mère était française...

— Oui, nous avons quelques points en commun...

— Et je suppose aussi que tu es célibataire...

Il lui adressa un sourire malicieux, mais ne répondit pas. Elle allait à la pêche, et il ne voulait pas satisfaire sa curiosité trop rapidement. Caroline attendit quelques secondes avant de poursuivre :

— Mais tu ne m'as pas encore dit ce que tu faisais ici, à Genève...

Il hésita quelques instants avant de se raviser ; il n'avait aucune raison de lui dissimuler la vérité. D'ailleurs, il n'avait rien à cacher !

— Ma tante est décédée récemment et m'a légué le contenu d'un coffret de sûreté. J'ai fait le voyage jusqu'à Genève pour le récupérer.

Caroline arqua un sourcil interrogateur. Jake poursuivit :

— Ma tante était immensément riche et j'ai toujours cru qu'elle me céderait un jour la société familiale, surtout que nous étions assez proches l'un de l'autre. Ma mère est morte alors que j'avais 16 ans et c'est elle qui l'a remplacée. Mais les actions de la société ont été léguées à ma cousine et tous ses autres biens à une fiducie. Je n'ai retrouvé dans le coffre que des documents anciens et un manuscrit écrit il y a près de trois cents ans par je ne sais encore qui.

— Tu dois être terriblement déçu, je suppose. Je veux dire, de ne pas avoir hérité...

Jake haussa nonchalamment les épaules.

— Je vais m'en remettre, lui assura-t-il dans un sourire. Je ne manque pas d'argent pour vivre. Mon père était issu d'une famille richissime et marié à une femme presque aussi riche qu'eux quand il a rencontré ma mère. Lorsqu'il a su qu'elle était enceinte de moi, il a créé une fiducie à mon bénéfice pour s'assurer que je ne manque jamais de rien. Il savait que ce serait difficile de me faire reconnaître comme enfant légitime. Il est décédé dans un accident de voiture quelques mois avant ma naissance. Mais grâce à sa prévenance, je reçois une rente annuelle suffisante pour me permettre de vivre plus que confortablement. Comme tu vois, je n'ai aucun besoin de l'argent de Kate. Et d'ailleurs, reprit-il, tout n'est peut-être pas perdu ! Il me reste encore un espoir : les documents pourraient me révéler un sordide secret de famille avec lequel je ferai chanter ma charmante cousine contre de l'argent…

Il avait dit cela pour plaisanter, mais le ton de Caroline lui fit lever les yeux vers elle.

— En effet, cela se pourrait fort bien… Sinon pourquoi avoir pris la peine de déposer ces souvenirs de famille dans le coffret d'une banque suisse ? Ils doivent revêtir une extrême importance, tu ne crois pas ?

La justesse de ses propos le frappa de plein fouet. Comment avait-il pu ne pas envisager cette possibilité ?

Ses pensées furent interrompues par la serveuse qui leur présentait le café servi avec un chocolat fin.

Ils avalèrent tranquillement le liquide brûlant et âcre tandis que Caroline finissait de grignoter distraitement son chocolat.

— Tu ne l'as pas encore lu ? Le document, je veux dire…

— Non, pas encore.

— Tu n'es pas curieux !

— La lecture peut attendre. Pour le moment, je dois t'avouer que j'ai mieux à faire, lui répondit-il doucement. Il s'était rapproché et avait emprisonné sa main dans la sienne. Elle pouvait sentir sur sa peau le contact de sa peau chaude et rugueuse. Leurs doigts s'emmêlèrent doucement. Caroline sentait son cœur battre dans sa poitrine et une douce chaleur l'envahir.

— Pour vous, monsieur, coupa la serveuse en déposant l'addition sur la table.

Jake remercia d'un signe de tête tout en retirant sa main. Caroline ressentit une vive déception.

En sortant du restaurant, la fraîcheur de la soirée les saisit. Caroline se serra un peu plus étroitement dans son châle et se retint, par souci d'élégance, de claquer des dents. Ils firent quelques pas en silence, admirant la beauté de la nuit. Les lumières des réverbères se reflétaient dans les vitrines des commerces et des boutiques. Les deux jeunes gens s'imprégnaient de l'atmosphère paisible et tout à la fois emplie de mystère qui se dégageait des vieilles pierres, en observant distraitement à travers les fenêtres en accolades les passants s'attardant dans les cafés et restaurants de la vieille ville, installés autour de tables éclairées de chandelles. Par les fenêtres entrouvertes fusaient des éclats de rire, des bruits de vaisselle qui s'entrechoquait et les notes étouffées d'un air de jazz.

Jake passa son bras autour de Caroline qui se blottit tout naturellement dans le creux de son épaule, appréciant ainsi la chaleur rassurante qui se dégageait de lui. Ils continuèrent ainsi à marcher en silence, rythmant leurs pas l'un avec l'autre. Ils reprirent tout naturellement la conversation qu'ils avaient interrompue au restaurant.

— Quel genre de femme était ta tante ?

Il réfléchit quelques instants en silence. Décrire Kate n'était pas chose aisée. C'était un être à la personnalité complexe, capable des pires choses, mais aussi des meilleures. Il finit par dire :

— C'était une femme de tempérament et elle était très dure en affaires. Elle était autoritaire et exigeante envers les autres autant qu'envers elle-même, d'ailleurs. Mais elle savait jauger d'un seul coup d'œil les caractères et les motivations des gens qui l'entouraient. Bien qu'elle ait hérité de la société au même titre que ses deux frères, c'est elle que son père avait désignée pour gérer l'entreprise.

L'entreprise, mais aussi tous les membres de sa famille, songea-t-il à part lui. Elle avait hérité du sang bouillonnant des Donovan et les confrontations, loin de l'impressionner, la stimulaient. Elle était si têtue que ses frères, qui l'adoraient, préféraient lui passer ses lubies plutôt que d'affronter ouvertement ses colères. Et lorsqu'elle avait une idée en tête, elle n'en démordait pas. C'est elle qui avait organisé le mariage entre Michael Donovan, le père de Jake, et Georgiana, la richissime héritière de la famille Black avec laquelle Kate voulait faire alliance.

Il fallait avouer que Michael ne s'était opposé que mollement, pour la forme, à cette union. Georgiana Black était une beauté dotée en outre de l'une des plus honorables fortunes de la côte est. Néanmoins, l'échec de leur union avait affligé Kate et elle s'en était toujours voulu d'avoir ainsi été l'instigatrice du malheur de son frère. C'est d'ailleurs pour cette raison qu'elle avait accueilli avec autant de chaleur Sylvia Delongchamps, la maîtresse de Michael, puis, à sa mort, leur fils Jake.

— Elle était mariée ?

— Non, répondit Jake en hochant la tête. Et pourtant, ce n'étaient pas les partis qui manquaient. En plus d'être une riche héritière, elle était très jolie dans sa jeunesse, paraît-il. Mais elle a repoussé un à un tous les prétendants.

— Plutôt triste comme histoire, non ? déclara Caroline… Tu l'aimais ?

Jake fit quelques pas en silence. Bien sûr qu'il l'avait aimée. Il pouvait lui raconter sans aucune censure les bêtises qu'il avait faites, la ribambelle de filles qui passaient dans sa vie, les bagarres auxquelles il avait été mêlé. Combien de fois l'avait-elle ramené du poste de police après une soirée un peu trop arrosée ? Jamais elle ne lui avait reproché quoi que ce soit. Elle payait la caution sans dire un mot. Elle avait sans doute mieux compris que lui qu'il trouvait dans ces comportements le besoin d'exorciser la mort de sa mère. Elle ne se permettait qu'un seul reproche :

— La prochaine fois, essaie donc de ne pas te faire prendre…

Kate était une femme de très agréable compagnie. Elle était cultivée, intelligente et possédait un curieux sens de l'humour qui étonnait tous les hommes d'affaires avec qui elle avait étroitement guerroyé sa vie durant.

Dissimulant la bouffée d'émotion qui lui montait à la gorge, il répondit :

— Nous nous ressemblions beaucoup.

Comme si elle avait saisi tout ce que cette phrase pouvait signifier pour Jake, elle se blottit un peu plus étroitement contre lui. Il laissa doucement glisser sa main sur son dos, s'attarda sur la courbe des reins.

Ils venaient d'emprunter une allée transversale, plus étroite et bordée de hauts murs de pierre tapissés de végétation, lorsqu'une voix derrière eux les fit sursauter :

— Monsieur ! Vous avez laissé tomber ceci !

Jake se retourna et n'eut que le temps de reconnaître l'homme qu'il avait entrevu dans le lobby de l'hôtel avant que celui-ci ne lui assène un vigoureux coup de poing en plein visage. À travers le sang qui s'écoulait de son arcade sourcilière fendue, il aperçut un homme trapu au teint huileux qui s'était sauvagement emparé de Caroline. Elle laissa échapper un cri, mais déjà une main velue lui écrasait brutalement la bouche, contraignant par le fait même sa respiration. Elle se sentit tirée sans ménagement vers l'arrière jusqu'à ce que son corps bute contre la masse compacte et chaude d'un autre corps. Avec horreur, elle sentit la pointe froide d'un couteau contre sa gorge. Elle tenta de se dégager, mais la lame s'enfonçait plus profondément dans la chair tendre. Le souffle haletant, le regard hagard, elle était incapable de faire un seul geste, complètement pétrifiée.

Jake avait foncé sur l'assaillant de Caroline, mais l'homme du lobby s'interposa en lui envoyant un violent coup de poing dans l'abdomen. Il recula de quelques pas en chancelant sous l'impact, mais se ressaisit rapidement. Pas assez cependant pour parer la succession de coups de poing qui suivit. Il réussit néanmoins à se redresser tant bien que mal et lui décocha un puissant crochet à la figure. Enhardi par la portée du coup et le craquement d'os qui avait suivi, il se releva tout à fait. Mais il ne put prévoir le coup de pied latéral qui l'atteignit directement dans les côtes et lui arracha un juron de douleur. Jake s'effondra dans un bruit sourd.

L'homme s'approcha et ramassa le sac de Jake qui gisait par terre. Il lui administra un dernier coup de pied dans l'abdomen de Jake qui étouffa un grognement.

L'homme esquissa un bref signe de la main à l'attention de l'assaillant de Caroline, qui desserra légèrement son étreinte. Dans un élan instinctif de survie, elle tenta de se dégager, mais son agresseur l'empoigna sauvagement par la chevelure et lui envoya un direct en pleine mâchoire avant de la laisser brutalement choir sur le sol. Les deux agresseurs disparurent comme des ombres entre les immeubles de pierres.

— Caroline ? Tu vas bien ? demanda Jake. Sa voix était entrecoupée par la douleur. Il récupérait peu à peu son souffle et réussit tant bien que mal à se relever.

Il s'approcha en titubant de Caroline et lui tendit le bras pour l'aider à se relever. Sa joue se colorait déjà pour former une impressionnante ecchymose d'où s'écoulait un filet de sang. Mais elle semblait inconsciente de sa propre douleur, comme engourdie par le choc. Il l'approcha doucement et la serra contre lui. Lorsqu'elle releva les yeux et qu'elle aperçut son visage ensanglanté, elle ne put retenir un petit cri d'horreur.

— C'est sans doute moins grave que ça ne paraît, dit-il, ce qui ne fut visiblement pas suffisant pour la rassurer. Elle fondit en larmes, hoquetant et cherchant fébrilement des mouchoirs dans son sac.

Il passa sa main sur son nez et grimaça de douleur. Il l'avait senti craquer lors de l'impact, mais il ne semblait pas cassé. Il constata par contre au toucher que l'arcade sourcilière gauche était fendue et saignait abondamment.

Il passa sa langue à l'intérieur de sa bouche. Il avait toutes ses dents, mais pouvait sentir la profonde entaille à l'intérieur de sa lèvre inférieure. Il cracha par terre à quelques reprises et essuya le sang du revers de la manche. Il en avait vu bien d'autres ; ce n'était pas sa première bagarre et la douleur ne l'incommodait pas outre mesure. Par contre, voir Caroline dans cet état le mettait au supplice. Elle était terrorisée et grelottait violemment comme un petit animal. Avec d'infinies précautions, il fit doucement glisser sa main le long de sa gorge, comme pour s'assurer que la lame ne l'avait pas marquée. Il sentit sous ses doigts la chaleur de sa peau et les palpitations fébriles de son pouls. Il lui dit d'une voix calme :

— Tout va bien maintenant, c'est fini. Tout va bien…

Il lui parlait tout bas, sa bouche appuyée tout contre sa chevelure, et tentait de contenir son corps secoué de sanglots. Ils restèrent ainsi enlacés l'un contre l'autre plusieurs instants.

— Je suis confus, monsieur Donovan, et je vous assure qu'il s'agit d'un incident isolé. Notre préoccupation première est la sécurité de nos clients et l'Hôtel de la Paix jouit d'ailleurs d'une excellente réputation à cet égard.

Marc Lasserre, le gérant, jeta un coup d'œil aux deux commissaires de police, messieurs Leblanc et Druon, comme s'il attendait d'eux la confirmation de ce qu'il avançait. Mais les deux hommes, courtois, attendaient que monsieur Lasserre termine son discours d'excuse avant d'interroger la victime.

Monsieur Lasserre était un homme grand et mince, vêtu à la perfection, et dont la bouche était ourlée d'une fine moustache blonde. Derrière son bureau, il s'exprimait d'un ton soutenu et semblait parfaitement maître de la situation.

Une impression qu'il était loin de ressentir: c'était la première fois que l'hôtel était la cible d'un acte criminel en plus de cent cinquante ans d'existence!

La veille, un peu avant 18 h 30, l'une des chambrières avait entendu un épouvantable fracas provenant de la chambre 204 et avait immédiatement alerté la sécurité.

Appelé sur les lieux, monsieur Lasserre avait été scandalisé de constater que la porte avait été défoncée et la chambre saccagée. Le lit avait été éventré et les plumes de duvet d'oie jonchaient le sol. Les tiroirs avaient été renversés et la toile au-dessus du lit lacérée de coups de couteau. De plus, le coffre-fort avait été forcé.

Monsieur Lasserre observait anxieusement le grand gaillard au visage tuméfié qui lui faisait face et qui n'avait guère ouvert la bouche depuis le début de l'entretien, si ce n'est pour commander d'une voix morne un double bourbon au majordome. Son attitude, sans être ouvertement agressive, en imposait au gérant de l'hôtel. Il se demandait si l'Hôtel de la Paix ferait l'objet de poursuites judiciaires. Ces Américains étaient tellement susceptibles!

Le majordome pénétra dans le bureau de monsieur Lasserre en portant un cabaret d'argent où étaient disposés des bouteilles d'eau gazéifiée, cinq petites tasses blanches emplies de café et deux alcools pour Jake et Caroline.

Les deux commissaires acceptèrent un café.

— Que cherchaient-ils selon vous, monsieur Donovan?

Le commissaire Druon, un petit homme rondouillard aux yeux noisette surmontés d'un énorme sourcil formé d'une barre pileuse ininterrompue, avait ouvert son carnet et en faisait craquer doucement la reliure.

— Je l'ignore totalement.

Il appliquait contre son arcade sourcilière une compresse d'eau froide et luttait contre un féroce mal de tête qui lui comprimait les tempes.

— Monsieur Donovan, reprit le commissaire Druon, nous avons besoin, dans cette affaire, de votre entière coopération. Il s'exprimait avec lenteur, en observant des pauses aux virgules.

Jake ignora le ton courtois et le foudroya du regard.

— Je suis encore sous l'effet du décalage horaire, ce qui veut dire en clair que cela fait presque vingt-quatre heures que je n'ai pas fermé l'œil. Et pendant ces vingt-quatre heures, on a tenté de me renverser en voiture, nous avons été attaqués dans une ruelle, on m'a volé et ma chambre a été saccagée. Je suis, je vous prie de le croire, au maximum de mes capacités.

Il croisa le regard de Caroline et regretta immédiatement son emportement. Elle avait subi avec lui l'attaque de la ruelle et même si elle avait cessé de trembler, son visage blême et ses yeux encore mouillés de larmes trahissaient son émotion. Chaudement enveloppée dans une couverture, elle continuait de claquer des dents.

— Je crois avoir reconnu l'un des hommes, déclara finalement Caroline après avoir avalé une gorgée d'alcool.

Elle savait que cette information ne plairait pas à Jake. Mais il fallait à tout prix retrouver leurs agresseurs.

— Il s'agit selon moi du même homme que j'ai vu penché sur Jake immédiatement après l'accident de voiture.

Elle se mordit les lèvres en constatant l'effet de sa déclaration. Jake n'arrivait pas à ordonner ses pensées qui se succédaient à un rythme effréné, se superposant les unes aux autres, pour créer un entrelacs confus. L'homme qu'il avait vu dans le lobby avait vraisemblablement tenté de le renverser en voiture sur le pont du Mont-Blanc, avait saccagé sa chambre, puis l'avait agressé dans le Vieux-Genève pour lui dérober son sac.

Il était traqué par un, ou plusieurs individus. Il n'oubliait pas la présence des deux voitures, des psychopathes qui convoitaient quelque chose qu'il possédait et dont il ignorait encore l'importance. De toute évidence, il ne pouvait plus le nier, il s'agissait d'un des documents qui se trouvaient dans le coffre-fort de la banque. Mais lequel ? Et pourquoi ? Sa tête tournait à force d'échafauder des hypothèses. Il envoya mentalement Kate au diable.

— Il est en effet impératif de revenir sur cet accident de voiture, monsieur Donovan. Le commissaire Druon humectait son doigt avant de feuilleter son carnet. Ah, voilà ! Reprenons donc du début, dit-il.

— Je me trouvais un peu plus loin au moment de l'impact, expliqua Caroline. En fait, comme je l'ai déjà expliqué aux policiers, je sortais tout juste de l'Hôtel des Congrès lorsque j'ai entendu des crissements de pneus et des cris. Je suis accourue et un homme était déjà penché sur Jake. Il m'a affirmé qu'il avait perdu conscience, mais que son pouls était régulier. J'ai tenu à vérifier moi-même ses signes vitaux et lorsque j'ai relevé la tête, l'homme avait disparu.

Elle retira doucement le sac de glace qu'elle tenait comprimé sur sa joue pour diminuer l'enflure et glissa doucement le bout de ses doigts sur sa blessure en grimaçant de douleur.

— Pourriez-vous me décrire cet homme ? interrogea Druon.

— Il était de très grande taille, avec le teint bronzé. Je me souviens de l'impression de contraste entre ses vêtements très sombres et sa chevelure épaisse blonde, presque blanche, poursuivit-elle en fouillant sa mémoire.

— Des traits plus distinctifs, mademoiselle ? La couleur de ses yeux, une quelconque marque sur la peau, un tatouage ?

— Non, je suis désolée. Je n'ai rien remarqué de plus.

— Ce qu'il faut déterminer avant toute chose, c'est ce que cherchent ces hommes.

Le second commissaire, monsieur Leblanc, sirotait silencieusement son café, mais n'avait rien perdu de l'entretien.

— J'avais un rendez-vous à la banque hier matin…

— L'homme à la tignasse t'aurait suivi dès la sortie de la banque et aurait pu, étant le premier arrivé sur les lieux, te fouiller pour prendre son argent, ce qui serait passé tout à fait inaperçu, n'est-ce pas ? avança Caroline.

Les deux commissaires hochèrent la tête en signe d'assentiment. Cette explication semblait tout à fait plausible.

Assis derrière son bureau, monsieur Lasserre se détendait peu à peu en constatant la tournure inespérée que prenait l'entretien. En effet, le saccage de la chambre d'hôtel avait été éclipsé par les deux accidents.

Le commissaire Druon poursuivit :

— L'un des deux heurte monsieur Donovan en voiture et l'autre, posté non loin du lieu du crime, lui vole son argent en prétextant vérifier ses signes vitaux, et s'enfuit par une petite ruelle où son acolyte l'attend dans la voiture.

— Oui, mais il y avait deux voitures, et j'ai toujours mon porte-monnaie. Et rien n'y manque.

Le commissaire Leblanc exigea des précisions :

— Vous nous avez dit avoir été à la Banque patrimoniale de Genève, monsieur Donovan. Pourriez-vous nous informer sur les motifs de cette visite ?

— Ma tante est décédée et m'a légué le contenu d'un coffret de sûreté.

— Et que contenait ce coffret, monsieur Donovan ?

Jake commençait à s'impatienter et même s'il refusait de l'admettre, l'angoisse le gagnait. S'il savait au moins ce que ces fous furieux cherchaient !

— Ma tante possédait un étrange sens de l'humour, poursuivit-il en s'efforçant de demeurer courtois. Bien qu'immensément riche, elle ne m'a légué qu'un ramassis de vieux documents qui relatent l'histoire de sa famille depuis 1721, une vieille horloge défraîchie ainsi que ses deux chattes.

Les enquêteurs relevèrent les sourcils à l'unisson. Jake esquissa un geste de résignation. Son existence avait assurément sombré dans l'absurde.

Leblanc poursuivait ses questions, convaincu d'être sur une piste. Il avait déposé sa tasse sur la table d'appoint et avançait le menton en direction de Jake.

— Se pourrait-il que ces documents dont vous parlez puissent représenter une valeur quelconque ? Placements, titres de propriété, certificats d'actions, ou peut-être une lettre compromettante, qui sait, qui auraient pu intéresser un voleur ?

— Vous pensez bien que c'est la première chose que j'ai vérifiée ! Eh non, pas que je sache, monsieur. Il ne s'agit que d'un tas d'anciennes archives familiales collectionnées depuis des années par une vieille dame.

La fatigue lui tombait dessus comme une chape de plomb. Il se leva péniblement : il en avait suffisamment enduré pour aujourd'hui et Caroline tombait d'épuisement.

— Vous avez noté mes coordonnées, messieurs les commissaires. N'hésitez pas à me contacter si vous avez besoin de moi pour poursuivre l'enquête. Quant à nous, nous allons nous coucher.

3.

Quelque part au-dessus de l'océan Atlantique
17 mai 2012

L'appareil Gulfstream arborant le faucon doré de la société Falconer Corp. avait atteint sa vitesse de croisière et fendait mollement les amas de nuages blancs striés de gris qui se dissolvaient à son contact. Les écouteurs enfoncés, Hagen cherchait de la musique susceptible d'apaiser son esprit. Il lui fallait à tout prix réfléchir. La voix pure et chargée d'intensité de Maria Callas retentit dans ses oreilles. Il se cala confortablement dans son fauteuil après s'être enroulé les pieds dans une couverture en laine de mérinos et avoir rabaissé le pare-soleil du hublot. Il ferma les yeux et se laissa envahir par la musique.

Cela faisait plus de vingt-cinq ans que Hagen travaillait à la solde du richissime diamantaire Frederick Falconer. Au départ, sa mission consistait à recruter des hommes de main qu'il formait et entraînait afin de maintenir l'ordre et la discipline au sein des travailleurs œuvrant dans les mines de diamants en Afrique du Sud.

Chaque équipe de mineurs était étroitement surveillée par un de ces malabars armés chargés de réprimer l'insubordination ou de punir les vols.

Falconer fut impressionné par la détermination et le savoir-faire du jeune homme. Il lui avait, petit à petit, confié des boulots plus délicats : convaincre des investisseurs récalcitrants, soudoyer des ministres réfractaires et, graduellement, faire disparaître des compétiteurs trop agressifs. Et la volonté de fer alliée à la cruauté implacable de Hagen ne l'avaient jamais déçu.

Jamais. Jusqu'à tout récemment : il avait commis une bavure monumentale dans une affaire que lui avait confiée Falconer où un gouverneur africain avait été impliqué. Cela aurait pu fort mal tourner, n'eût été les contacts privilégiés de Falconer. Mais celui-ci avait dû céder plusieurs des avantages financiers dont il bénéficiait et beaucoup d'argent avait été nécessaire pour étouffer l'affaire. Il n'ignorait pas que sa situation était précaire et qu'un seul faux pas lui serait fatal. C'était la raison pour laquelle il était si nerveux. Il savait mieux que quiconque le sort que Falconer réservait à ceux qui échouaient… Il passa sa main sur sa poitrine en constatant que ses brûlures d'estomac revenaient. Il fouilla dans sa poche de veste pour trouver ses comprimés et en avala une poignée.

Deux jours plus tôt, Frederick Falconer l'avait convoqué à son ranch situé en périphérie de Johannesburg, en Afrique du Sud. Jakob, le majordome, l'avait conduit dans les écuries où Falconer l'attendait.

L'odeur chaude du cuir des selles, du foin et de la sueur des chevaux l'avait assailli aux narines et il avait tenté de refouler la panique qui s'emparait de lui chaque fois qu'il se trouvait en présence de chevaux. Il nourrissait une crainte inexplicable envers ces bêtes, faille que Falconer connaissait et n'hésitait pas à exploiter au besoin.

Il s'était prudemment avancé entre les rangées de larges têtes qui l'observaient placidement, veillant à conserver une parfaite équidistance afin de n'empiéter ni d'un côté ni de l'autre. Il suffisait qu'une bête plus sournoise avance la tête et le morde au visage. D'instinct, il avait posé la main sur son revolver. Réflexe ridicule : s'il avait touché ne serait-ce qu'un poil de la crinière de l'une des précieuses bêtes de Falconer, celui-ci l'aurait abattu sur-le-champ.

Au bout de l'allée, son patron était juché sur un tabouret de bois devant le box d'une splendide pouliche alezane de deux ans. Le majordome lui avait confié avec fierté que la nouvelle venue, amenée au ranch une semaine auparavant, avait requis les efforts de trois palefreniers pour la maintenir.

Mais avec le vieil homme, elle était douce comme la brise. La main du vieillard glissait tendrement sur l'encolure lustrée de la bête tandis qu'il lui parlait doucement. Il était vêtu d'un pantalon moulant beige et de bottes d'équitation noires montantes. Sa chemise blanche, largement ouverte sur sa poitrine bronzée et parsemée d'une toison argentée, épousait le corps encore athlétique.

Frederick Falconer était né en 1936 à Newcastle en Australie. Il avait été engagé à 22 ans comme agent recruteur dans les mines de diamants. Le jeune homme, bien qu'affublé d'une taille largement inférieure à la moyenne, s'était rapidement fait remarquer de ses supérieurs qui ne tardèrent pas à lui confier des fonctions liées à ses compétences. Doué d'un tempérament impitoyable associé à une discipline spartiate et à une intelligence hors du commun, le jeune Australien n'avait pas été long à saisir l'opportunité qui se présentait à lui. Une brève association avec un riche exploitant australien ainsi que diverses tractations plus ou moins légales lui avaient permis d'édifier une importante fortune en quelques années.

Après avoir brillamment exploité puis revendu ses concessions en Australie, il avait franchi l'océan Indien et gagné l'Afrique du Sud, où il s'était immiscé dans l'exploitation des gisements diamantifères, malgré la férocité du monopole qui y régnait. Travailleur acharné et sans scrupules, il s'était entouré d'agents recruteurs qui engageaient à des salaires misérables, et souvent dans la violence, des paysans africains traités comme des esclaves. Grâce à sa gestion tyrannique, il avait réussi à se tailler rapidement une place honorable dans la commercialisation de la pierre précieuse.

Sa maxime favorite étant « *tout homme a un prix* », il s'était vendu à son compétiteur, qui, heureux de se débarrasser de ce caillou dans son soulier, avait payé ses parts à un prix d'or.

Falconer s'était donc retiré dans son ranch en bordure de Johannesburg où il se consacrait à sa passion : l'élevage de pur-sang. Mais le goût de l'aventure le tenailla rapidement et il s'intéressa à un tout nouveau dada : la recherche de trésors archéologiques.

Ses équipes, formées des meilleurs plongeurs, avaient ratissé les fonds marins des îles de l'océan Indien où sillonnaient, il y avait de cela plus de trois siècles, les vaisseaux marchands de l'époque, le ventre bourré des richesses rapportées des quatre coins du globe. Après avoir succombé aux naufrages naturels ou occasionnés par les pirates, de nombreuses épaves constellaient les fonds marins.

Ses recherches s'étaient avérées fructueuses et il avait mis au jour plusieurs vestiges à valeur archéologique vendus à gros prix à des musées ou à des collectionneurs privés. Mais les poteries ou ustensiles d'époque ne l'intéressaient pas. Ce qu'il convoitait, c'était ce que la découverte d'un fabuleux trésor lui apporterait : la gloire et la renommée.

La jument avait brusquement relevé la tête, les naseaux frémissants, dérangée par l'arrivée de Hagen. Falconer l'avait rassurée d'une caresse.

— Elle sent que tu ne l'aimes pas.

Il fit signe à Hagen de s'approcher.

L'immense tête descendit lentement vers lui et il sentit le souffle brûlant de la bête contre sa joue. Il ressentit la caresse soyeuse de l'animal avec autant de plaisir que si on lui avait appliqué la lame d'un couteau sur la gorge.

— Elle veut savoir à qui elle a affaire. Ce sont des créatures admirables douées d'un fort instinct.

Il avait tenu bon, le cœur battant, tandis que le cheval poursuivait son inspection. Puis Falconer, lassé de ce jeu, l'avait invité à le suivre à l'extérieur.

La chaleur était harassante et il regretta presque la fraîcheur qui régnait à l'intérieur de l'écurie. La lumière du jour était à ce point éblouissante que Hagen dut sortir de sa poche de veste ses verres fumés afin d'être en mesure de distinguer où il mettait les pieds. Falconer, quant à lui, avait à peine plissé les yeux.

Ils traversèrent le parc de chevaux puis franchirent la clôture blanche qui le délimitait. Sous un grand baobab, une table de bois recouverte d'une nappe blanche était aménagée près de laquelle le majordome attendait les ordres. Sur elle étaient posés un vase de fleurs jaunes, une boîte de cigares fins et un pichet de limonade fraîche. À quelques pas d'eux, les chevaux profitaient de l'ombre bienfaisante des arbres bordant l'immense parc.

Ils prirent place. Falconer allongea la main pour prendre un cigare que Jakob lui alluma. Il inspira une profonde bouffée tandis que son majordome lui retirait ses bottes.

— J'ai besoin que tu me récupères un objet un peu particulier, Hagen, débuta Falconer de but en blanc. Selon les informations fournies par mon contact, il s'agit d'un bout de vélin ou de cuir, peut-être un parchemin, sur lequel seraient reproduits une série de signes, poursuivit-il. Un message codé, en somme.

Son contact, monsieur Bernard, était un chercheur de trésors exalté qu'il avait engagé pour retrouver l'un des plus fabuleux trésors de l'océan Indien : le trésor du pirate Olivier Levasseur, dit La Buse… Il l'avait eu au téléphone, quelques jours auparavant.

— Ici monsieur Bernard, monsieur ! J'ai des informations à vous transmettre !

— J'espère que votre appel en vaut la peine. Avez-vous enfin de bonnes nouvelles à m'annoncer ?

Il avait réellement hésité avant d'engager cet homme. Lors de leur première rencontre, monsieur Bernard lui avait remis une carte d'affaires imprimée sur du carton de mauvaise qualité et sur laquelle on pouvait lire, en grosses lettres, « chercheur de trésors professionnel ». Sa tignasse d'un blanc jauni s'échappait d'un informe chapeau de paille. Il portait un jeans ample heureusement soutenu par une ceinture à grosse boucle et dont les bords retombaient sur des espadrilles. Sur un chandail ouaté au blanc douteux qui épousait parfaitement la forme arrondie de sa panse, il portait un veston de velours côtelé grège aux coudes élimés. Un large sourire complétait le portrait. Mais lorsque monsieur Bernard lui avait parlé de la direction que prenaient ses recherches depuis les derniers mois, Falconer l'avait engagé sur-le-champ.

— Excellentes, monsieur, excellentes ! Je ne peux cependant pas vous révéler les détails au téléphone, car mes informations sont d'une importance ca-pi-ta-le et surtout immensément confidentielles… Il faudrait organiser une rencontre, *a meeting*, précisa-t-il en anglais afin d'être certain de se faire comprendre, afin que je vous confie les détails… Enfin, j'ai besoin de contacter une femme, une certaine Katherine Ann Donovan. Elle détient sans doute le document qui nous permettra d'accéder au trésor.

Il s'était particulièrement intéressé dans les derniers mois aux archives départementales de l'île de la Réunion, située dans l'océan Indien, un peu à l'est de Madagascar, et plus précisément aux registres relatifs aux municipalités de Saint-Denis et de Saint-Paul. Les informations relatives aux naissances, mariages et décès avaient été consignées depuis 1665 par les curés et vicaires de paroisse, et ce durant toute la période où l'île avait été régie par la Compagnie française des

Indes orientales, soit jusque vers 1792. Mais ses recherches ne l'avaient mené nulle part. Il avait été pris d'une illumination subite en feuilletant par hasard une revue comprenant un article sur la célèbre milliardaire américaine. Le lien entre le nom de l'homme qu'il recherchait, Deneuve, et celui de Kate Donovan s'était formé tout naturellement dans son esprit. Tout concordait, il en était maintenant absolument convaincu. Après des années et des années de recherches, il touchait enfin presque au but !

— Kate Donovan, de Pegasus Corp. ?

— C'est cela même, monsieur ! déclara-t-il, ravi. Vous la connaissez ?

— Vous ne lisez donc pas les journaux, espèce d'abruti ? Elle est morte !

Mais elle avait laissé un héritier, Jake Donovan, comme l'en avait informé Me Marcus Rosenberg…

— Un carré de vélin donc, écrit à la mode des pirates du temps, avec du sang ou de la poudre à canon, avait repris Falconer à l'adresse de Hagen. Je ne sais rien de plus. Sauf qu'une clé donnant accès à un coffret de sûreté à la Banque patrimoniale de Genève a été léguée à son neveu Jake Donovan.

Hagen lui avait assuré que trois jours suffiraient pour rapporter le document.

C'est pourquoi Falconer serait furieux d'apprendre que l'opération avait lamentablement échoué.

— Ce document se trouve vraisemblablement quelque part ! songea-t-il pour la énième fois en tentant d'apaiser la poussée de rage qu'il sentait sourdre dans son estomac. Il inspira profondément. Il lui fallait impérativement conserver la tête froide pour la suite de l'opération. Il était hors de question de faillir à la tâche. Sa situation dans la structure de Falconer Corp. en dépendait. Et sa vie peut-être aussi… Falconer n'était pas reconnu pour sa patience ni pour sa magnanimité non plus d'ailleurs… Et ce ne serait pas la première fois qu'un de ses hommes de main disparaîtrait sans laisser de trace…

Ils avaient obtenu la confirmation par l'un de leurs informateurs que les formalités pour la fermeture du coffret de sûreté à la banque avaient été remplies.

Ce qui signifiait que Jake possédait nécessairement le document à sa sortie de la banque ! Il était invraisemblable que la valeur, du moins historique, d'un tel objet ait échappé à cet idiot d'Américain. Or, il s'agissait du genre de document que l'on traîne dans la poche intérieure de son veston. Et pourtant, il n'avait rien trouvé sur lui lorsqu'il l'avait fouillé sur les lieux de l'accident alors qu'il était inconscient. Mais il avait dû mal juger l'homme.

Il avait ensuite personnellement filé Jake avec Perón et s'était emparé du sac de Jake dans lequel il avait bien trouvé une liasse de vieux documents ficelés ensemble. Mais là encore, rien qui ne ressemblât au document décrit par Falconer. Mais sait-on jamais ? Il n'écartait pas la possibilité que ce chasseur de trésors débile leur ait transmis une fausse information. Le cryptogramme était peut-être inséré à l'intérieur d'un de ces documents ou peut-être même recopié. Il les remettrait à Falconer, qui saurait quoi en faire.

En attendant, il devait fuir la Suisse, où il avait déjà laissé trop de traces.

Une voix le tira de ses pensées. Une hôtesse de l'air d'une soixantaine d'années, lourdement fardée, ses cheveux artificiellement blonds gonflés en brioche sur le dessus de la tête, lui offrit aimablement un verre de cognac et un bonbon à l'anis. Il accepta l'un et l'autre sans un sourire en songeant qu'un rajeunissement du personnel aérien s'imposait.

Lorsque Jake émergea d'un sommeil comateux, il était presque 11 h du matin. Durant quelques brefs instants, il vacilla confusément entre les rêves et la réalité, hésitant à basculer d'un côté ou de l'autre. Puis, tranquillement, les images diffuses qui encombraient son esprit brouillé se précisèrent et les événements de la veille lui revinrent en mémoire.

Ainsi brutalement ramené à la réalité, son cerveau entrevoyait déjà, quoique assez confusément, les épreuves qui se succéderaient.

Il avait quitté les commissaires de manière abrupte la veille, et ceux-ci auraient sans nul doute d'autres questions à lui poser. Il lui faudrait en outre contacter l'ambassade américaine afin d'entamer les procédures pour récupérer son passeport, et, incidemment, nota-t-il mentalement, modifier son billet de retour prévu pour le lendemain.

Il jeta un regard morne à la chambre qu'on lui avait attribuée temporairement. Monsieur Lasserre s'était confondu en excuses pendant près d'un quart d'heure et n'avait pas cru Jake lorsque celui-ci lui avait assuré que ses besoins immédiats se limitaient à un lit et un oreiller.

La vue donnait sur une bâtisse aux murs gris comme la nuit. Le temps était sombre et aussi monotone que le bruit régulier de la pluie qui tambourinait contre le carreau. Pendant quelques secondes, il s'amusa à observer distraitement, comme hypnotisé, les minuscules gouttelettes s'écraser contre la vitre, se tracer un chemin, se rassembler en petites rigoles, pour ensuite glisser et se laisser mourir dans le chéneau.

Il sentit la torpeur du sommeil doucement l'envahir et ses paupières redevenir lourdes. Il esquissa un mouvement pour se pelotonner dans l'édredon, quand une note écrite au rouge à lèvres dans le miroir de l'entrée retint son attention : *18 h au bar du Four Seasons.*

Après l'interrogatoire, il avait ramené Caroline dans sa chambre, mais complètement exténué, il s'était endormi en quelques secondes.

Un sentiment de honte diffuse s'empara de lui en repensant à cette décevante prestation… Et il avait dû ronfler comme un grizzly en plus !

Il comptait bien se reprendre ce soir. Il esquissa un mouvement pour sauter du lit.

Mais une douleur fulgurante dans le dos lui arracha un cri. Immobilisé à mi-chemin dans son élan, il demeura pétrifié quelques instants, les yeux agrandis par la souffrance.

Avec d'infinies précautions, il avança une main et comprima fortement le bas de son dos. Il entreprit de lents mouvements circulaires apaisants. Puis, lentement, la mâchoire crispée, il réintégra sa position allongée.

Évidemment, songea-t-il, avec les assauts subis dans les dernières vingt-quatre heures, il ne fallait guère s'étonner de voir son corps se rebiffer ainsi. Pourtant, il était habitué au mal et ce n'était pas la première fois qu'il se réveillait courbaturé le lendemain d'une bonne bagarre…

Il tendit précautionneusement le bras vers le téléphone et composa la réception.

— Bonjour, dit-il en français. Jake Don…

— Monsieur Donovan ! hurla une voix hystérique.

Jake sursauta. Le ton exalté d'André, si peu conforme à son caractère, lui fit craindre une nouvelle catastrophe. Mais il n'eut pas le temps de pousser plus loin la réflexion. Déjà, le majordome poursuivait d'une voix fébrile :

— Nous avons retrouvé, enfin, se corrigea-t-il, les enquêteurs suisses ont retrouvé votre sac ! Votre passeport s'y trouvait, ainsi que vos papiers personnels !

Jake poussa un soupir de soulagement. La journée, somme toute, ne s'annonçait pas si mal.

Il remercia aimablement André qui ne l'entendit pas. Le messager, surexcité, ne tarissait plus d'éloges envers l'efficacité suisse et Jake dut l'interrompre pour lui demander de lui faire monter un puissant analgésique et une bouteille de Badoit.

Ainsi rappelé à l'ordre, l'employé récupéra instantanément son ton mesuré pour répondre :

— Bien, monsieur Donovan. À l'instant, monsieur.

Jake commanda d'un geste un autre verre de rouge au serveur. À travers les larges vitrines, le jour tombait, troquant sa lumière naturelle contre celle des lampadaires et des enseignes des commerces qui s'allumaient en crachant leur couleur qui se reflétait dans les flaques d'eau. Quelques gouttes s'écrasaient mollement sur les trottoirs gris et luisants. Les passants remontaient leur col et se recroquevillaient dans leurs manteaux pour se protéger de la brise mordante. La douceur du temps de la veille n'était plus qu'un vague souvenir.

Il avala d'une lampée le petit verre que le serveur avait déposé devant lui et sentit la brûlure de l'alcool sur sa lèvre fendue. La douleur s'estompa rapidement et il ferma les yeux pour en apprécier la chaleur qui se répandait dans tout son corps. Devant lui, le serveur avait apporté une planche sur laquelle avaient été disposées des tranches fines de prosciutto et de Pata Negra, des fleurettes de Tête de Moine et du pain aux noisettes. Il choisit une fine tranche de viande qu'il engouffra d'une bouchée.

Monsieur Lasserre avait insisté pour que Jake se fasse ausculter par son épouse, le Dr Evelyne Lasserre. Celle-ci s'était aimablement déplacée pour constater de visu l'état de monsieur Donovan. Elle lui avait fait subir un bref examen médical et confirmé ce qu'il savait déjà : rien de fatal. Il lui faudrait néanmoins s'astreindre à un repos complet durant quelques jours, absorber les cachets qu'elle lui avait remis et, bien sûr, n'ingérer aucun alcool durant la prise de médicaments. Il avait hoché la tête d'un air entendu à toutes ces prescriptions et l'avait aimablement remerciée de s'être déplacée.

Il se demanda dans un bref éclair de lucidité si l'agréable état d'euphorie dans lequel il se trouvait pouvait avoir été artificiellement créé par le mélange de médicaments et d'alcool. Il était attablé depuis l'après-midi et avait goûté à peu près tout ce que la maison offrait comme vin. Il sentait son corps et son esprit flotter dans une douce torpeur.

Il ne ressentait rien. Pas même lorsqu'il évoquait, comme pour tester la stabilité de son état, le fait qu'il ait été attaqué deux fois en vingt-quatre heures et qu'on lui ait en outre volé ses effets personnels, dont une partie de son héritage. Non. Cela ne l'affectait assurément plus. Il n'était même pas inquiet de la possibilité d'une autre agression. De toute façon, ce que ces malades mentaux désiraient n'était plus en sa possession. Il se sentait en parfaite sécurité. Détendu et heureux.

Vive le vin ! Il leva son verre en son honneur et l'avala d'un trait.

Il avait récupéré son sac contenant son passeport ainsi que le document intitulé *20 avril 1721* et l'horloge qui n'avaient pas quitté sa chambre. Mais la liasse de documents ficelés avait disparu. Les enquêteurs avaient bien tenté de lui soutirer de l'information quant au contenu du paquet, mais Jake n'avait pas été en mesure de les satisfaire. Quelles étaient les chances qu'il récupère ces documents ? Quasi nulles. Évidemment, il brûlait de savoir ce qu'ils contenaient de si important. Si important qu'on ait attenté à sa vie… Mais pour l'instant, cela était vraiment sans aucun intérêt. Grâce à son passeport retrouvé, il pourrait regagner Boston dès le lendemain, comme prévu.

L'horloge marquait 16 h 30. Caroline devait le rejoindre vers 18 h. Il avait encore le temps de lire le manuscrit de Kate. Il le retira de son sac et leva le doigt en direction du serveur.

4.

Saint-Malo, France
Ce vingtième jour d'octobre de l'an de grâce 1770

Presque tout ce que j'ai écrit à propos de la vie de Richard Deneuve, j'en ai été le témoin. De notre embarquement sur l'Indien à Saint-Malo en France en 1719, alors que je n'avais pas dix-sept ans, jusqu'à sa mort, bien des années plus tard, nous ne nous sommes quittés qu'une seule fois. Alors là même, c'est de sa propre voix, par les journaux ou les comptes rendus de l'époque, par des lettres ou des écrits intimes, mais surtout par le témoignage de ses proches, que je tiens les informations révélées dans ce document.

Je me suis cependant permis, par souci de crédibilité, et sans doute aussi par déformation professionnelle, de prêter aux témoins une voix, la voix qui me semblait la leur.

Que celui qui me lira veuille bien me pardonner cette liberté que je n'ai pu m'empêcher de prendre pour vous transmettre le récit de la vie exceptionnelle de celui qui fut mon ami et protecteur, Richard Deneuve.

René de Saint-Malo

Le port de Saint-Malo
Île-de-France
1719

La taverne sombre et enfumée du port de mer de Saint-Malo était bondée: des engagés du jour qui, une fois signé le congé du commissaire, venaient dépenser les deniers payés d'avance, des marins revenant d'Orient qui jouaient aux dés ou aux cartes. On y rencontrait des armateurs aisément reconnaissables à leur air hautain et à leur gousset bien rempli. Et des filles, bien sûr, prêtes à échanger leur corps contre quelques pièces d'or ou babioles exotiques. Peu importe le jour de la semaine, il y avait toujours foule à l'enseigne de la Licorne.

Richard Deneuve était fourbu. Il avait voyagé de Granville, son village natal, à Saint-Malo. Le trajet en soi n'était pas si long, mais les sombres pensées qui l'avaient accompagné l'avaient rongé comme les vers.

Il tendit rageusement la main vers son verre qu'il avala d'un trait. Il fit signe à l'aubergiste de lui en rapporter un autre. Et un autre encore… Jusqu'à ce que la chaleur rassurante de l'alcool s'empare de son corps et de son esprit. Il lui faudrait sans doute encore beaucoup d'alcool pour faire passer le goût amer de l'humiliation que lui avait infligée Amélia… Tout le village devait en parler à l'heure qu'il était ! Comme il était ridicule ! Cela faisait des mois que le village en parlait puisqu'elle avait épousé cet abruti de Philippe de l'Espinasse alors que Richard pêchait la morue sur les bancs de Terre-Neuve ! Lui ne l'avait appris qu'à son retour… Il s'essuya la bouche du revers de la main.

— Signe, espèce de sale paysan ! On n'a pas que ça à faire !

L'esprit embrumé par l'alcool qui se distillait doucement dans ses veines, Richard se retourna mollement. L'homme à qui ces menaces s'adressaient était avachi sur un banc de bois tout près de lui et semblait déployer des efforts surhumains pour ne pas succomber à la tentation de s'effondrer sur la table où gisaient déjà plusieurs verres vides.

Sa tête rousse aux cheveux filasse roulait étrangement autour de l'axe de son cou, comme une marionnette décharnée. Ses yeux cernés de mauve, anormalement écartés l'un de l'autre et rougis par l'excès de vin, lui donnaient l'allure d'un drôle d'insecte.

— J'aimerais bien signer, messieurs, mais ma main refuse. Il s'était adressé d'une voix pâteuse à un second officier que Richard n'avait pas remarqué, et qui assistait à la scène un peu en retrait.

Le pauvre regardait d'un air désolé ses deux mains inertes posées à plat sur la table. Il soupira bruyamment et tenta un ultime effort. Il saisit maladroitement la plume que lui tendait l'officier et, s'aidant de l'autre main, réussit à la faire tenir en un semblant d'équilibre entre ses doigts osseux. Dans un visible effort de concentration, il visa la feuille estampillée aux armes de la Compagnie des Indes, mais le pointu de la plume rata sa cible et vint s'enfoncer superficiellement dans le bois mou de la table.

Le second officier posté derrière eux esquissa sèchement un petit signe de la main à l'attention de son sbire qui ne semblait qu'attendre les ordres : il empoigna vigoureusement le jeune homme par les cheveux pour lui relever la tête et lui asséna quelques claques sonores. La tête, privée de soutien, retomba lourdement sur le papier froissé dans un bruit sourd. La bouche baveuse écrasée contre la table, il entonna d'une voix grêle le premier couplet d'une chanson du pays :

J'étais jeun' matelot cherchant un capitaine
Pour voguer avec lui vers les Indes lointaines
Rencontre un compagnon de belle et fière allure

Veux-tu v'nir avec moi, grimper dans la mâture ?
Viens au bistrot du Port pour une signature
Tu verras le bosco, fais-lui bonne figure.

Richard songea que les méthodes utilisées sur son voisin étaient plus énergiques que celles de la célèbre chanson...

L'officier avait ressaisi la tignasse du jeune homme et appuyait sa bouche lippue contre ses tempes en lui proférant encore des menaces.

— Monsieur l'officier, réussit-il à articuler, évitez de me postillonner dans l'oreille. Cela me déconcentre fort...

Richard ne put réprimer un sourire. Il avait du culot tout de même, encore plus du fait qu'il ne possédait aucunement la carrure pour le justifier... Mais la patience de l'officier avait atteint ses limites et il lui frappa rageusement la tête sur la table. Une fine traînée de sang s'écoula à travers les planches disjointes pour former une petite flaque sur le plancher graisseux. Le jeune homme, étourdi, geignait faiblement.

Richard tendit brusquement le bras et empoigna le revers de la veste de l'officier. Surpris par l'imprévisibilité de l'intervention, celui-ci se dégagea prestement d'un coup de hanche et recula d'un pas. Il jaugea l'allure de son interlocuteur avant de lui lancer dédaigneusement :

— Toi, le pêcheur de morue, personne ne t'a demandé ton avis !

Mais déjà Richard repoussait la chaise d'un coup de pied et dépliait son grand corps. L'officier, malgré lui, recula d'un pas à la vue de ce colosse. Pêcheur ou non, l'homme faisait bien une tête de plus que lui.

— Je vous prierais de ne pas intervenir dans cette conversation qui ne vous regarde nullement.

Le second officier s'était interposé entre les deux hommes, une main dissuasive posée sur la garde finement ciselée de l'épée qui lui ceignait les flancs. Il portait l'habit que revêtaient tous les soldats, soit le justaucorps, la veste et la culotte du vert distinctif des officiers de garde de la marine.

— Oui ! renchérit le jeune homme qui se relevait doucement. Mêlez-vous de ce qui vous regarde ou alors aidez-moi à signer ce foutu papier. Il avait relevé la tête et essuyait gauchement du revers de la main le sang mêlé de salive qui s'écoulait de sa bouche. Il esquissa une courbette maladroite en direction de Richard.

— Hervé de Brohand. Je pense que ces messieurs se satisferont de mes initiales, n'est-ce pas, messieurs les officiers ?

Il articulait encore avec peine, mais semblait s'être un peu ressaisi.

— Messieurs...

Une des filles de l'auberge se penchait effrontément au-dessus de la table pour ramasser les carafes vides qui gisaient éparses, offrant au regard des hommes les largesses de son décolleté. Les quatre hommes consentirent tacitement une trêve pour admirer le charmant intermède.

— Je vous rapporte du vin, peut-être ? Elle s'était adressée à Richard, d'une voix rauque, un peu traînante...

L'officier, encouragé par le regard velouté, tendit le bras pour saisir sa main, mais Richard, à qui les œillades étaient destinées, fut le plus rapide. Il se pencha à demi vers elle, repoussa doucement l'épais rideau de sa chevelure et approcha sa bouche de son oreille pour lui chuchoter un compliment qu'elle fut seule à entendre. La flatterie fit mouche. Elle laissa fuser un petit rire de gorge et battit des cils.

Dans la taverne sombre y'avait une jeune fille
Beaux yeux bleus, cheveux blonds, peau sentant la vanille
Mon cœur reçoit un choc, ne voyait plus qu'la belle
Plus question de partir, voulait rester près d'elle
Le maître d'équipage appela la servante
Verse-nous donc à boire de ton vin d'Alicante

C'était Hervé qui chantonnait les vers de la ballade d'un air moqueur.

— Sur quel bateau voulez-vous l'embarquer ? demanda Richard à l'officier tout en suivant du regard la belle qui retournait vaquer à ses occupations.

— L'Indien. Une veine lui battait la tempe et tous les muscles tendus de son cou saillaient. Il n'avait guère apprécié se faire doubler par le pêcheur de morue.

— Il part quand ?

— Demain à l'aube.

— Ça paye combien ?

— Plus que ce que tu gagnes à saler de la morue. Des initiales ou une empreinte de doigt suffiront, cracha-t-il en voyant Richard s'emparer de la plume et du papier. Sa bouche aux fines lèvres rougies comme au fard esquissait malgré lui une ombre de sourire satisfait. Le devoir l'emportait toujours sur les divertissements, même si ceux-ci s'avéraient aussi tentants que les appâts de cette belle aubergiste. Le longuet aux yeux de poisson ne sera peut-être pas le plus hardi des marins, se dit-il en lorgnant Hervé, toujours affalé sur la table ; on lui fera balayer les ponts. Mais le colosse fera l'affaire. Le capitaine sera content.

Me réveillais soudain, j'étais sur un navire
J'entendais les matelots crier on vire, on vire ![1]

1 Chant de marins traditionnel français

C'était Richard qui chuchotait les derniers vers de la chanson populaire en regardant s'éloigner les officiers.

Richard espérait ne pas vomir ici. Mais l'odeur pourtant si familière des ports lui était ce matin à peine supportable. Au ralenti, pour éviter de se faire bouillonner les esprits, il balaya du regard le paysage pour repérer de quoi s'agripper. Une nausée lui remua les tripes. Il retint de justesse un râlement tout en maugréant contre sa faiblesse de la veille. Il aurait dû quitter la Licorne lui aussi dès le départ des officiers, se dit-il en s'accoudant sur un amas providentiel de ballots de laine, et ne pas continuer à boire. Il respira un bon coup et l'air iodé le rasséréna. Bien appuyé et quelque peu apaisé, il s'intéressa aux alentours et repéra quelques visages entrevus la veille à la Licorne. Des visages ternes exposés à la lumière crue du jour. Plus gris. Plus cireux. Débarrassés de l'artificielle et éphémère gaieté que confère l'alcool. Tous ces hommes allaient s'embarquer sur le bâtiment de commerce qui attendait, immobile comme un immense roc, à quelque distance d'eux. J'espérais, comme tant d'autres compatriotes tentés par le goût de l'aventure, trouver fortune aux Indes. Jadis réservé à l'élite, ce rêve était maintenant ouvert à toutes les castes de la société. Des marins, des pêcheurs de morue, des paysans, des prisonniers graciés et même des orphelins comme moi s'embarquaient sur des bateaux en partance pour les Indes ou les Amériques, alléchés par toutes ces richesses exotiques.

J'avais remarqué Richard la veille à la taverne et je m'approchai de lui. Je déposai lourdement mes effets à ses pieds et m'installai dessus. Malgré mon air résolu, j'étais agité de tremblements.

— J'ai horreur de l'eau. Depuis toujours. J'ai pris le bateau une fois et j'ai dégueulé tout ce que j'avais dans le ventre. Rien n'y fait: les potions, les tisanes, j'ai fermé les yeux, les ai ouverts, je me suis couché, je me suis levé. J'ai voulu sauter par-dessus bord pour en finir. J'ai horreur de l'eau, monsieur, vous comprenez...

Je lui ai dit m'appeler René tout simplement, je n'ai jamais su mon véritable nom de famille. Le jour où je décidai de me marier, je signai René de Saint-Malo. J'ai toujours considéré que ma vie avait débuté ce matin-là, au port de Saint-Malo.

Richard me répondait par monosyllabes, soucieux sans doute de conserver le peu qu'il avait dans le ventre.

Des piétinements de sabots interrompirent mon monologue. On embarquait, à forts coups de baguette, les bestiaux nécessaires pour le voyage. Sur la dunette, des cages à volailles contenant des poules, des canards et des pigeons avaient déjà été montées. Des hommes transportaient des tonneaux d'eau potable, de légumes secs, de farine et de salaisons qui seraient ensuite descendus dans les cales. Les bêtes avaient laissé sur le pont leurs défécations et des monceaux de paille souillée que les marins tentaient mollement d'éviter. On nettoierait grossièrement au vinaigre avant que les passagers plus importants ne prennent place. Mais l'odeur fétide, mêlée à celle plus aigre du vinaigre, ne disparaîtrait pas entièrement.

Je plissais le nez de dégoût. Cette odeur sur le bateau, en plus du mal de mer, autant m'achever ici, pensais-je résigné.

Richard reconnut Hervé qui s'installait près de nous après nous avoir salués d'un signe de tête. Il semblait relativement bien remis, vu les excès de la veille, même si ses yeux étaient toujours profondément cernés de mauve et que sa lèvre inférieure était légèrement enflée. Une âme charitable lui avait pansé le front. Malgré tout, il était debout.

Il défit la boucle du volumineux sac de cuir qu'il portait en bandoulière et en retira une petite fiole de verre carrée. Il me la tendit en disant :

— Bois ça, petit. Ça calmera tes nerfs...

Je m'emparai goulûment de la bouteille et y bus à grands bruits de gorge. Hervé dut me la retirer des mains pour tendre à Richard ce qui en restait.

— C'est aussi un excellent remède pour les nuits trop arrosées.

— Alors je t'en laisserai un brin, mon ami, rétorqua Richard en lui prenant la fiole des mains.

J'observai Hervé replacer minutieusement la précieuse potion à l'intérieur de son havresac. Il n'avait pas la trempe d'un marin, il était frêle comme une caille et ce n'était certes pas un homme habitué à travailler dans les champs ; il était pâle comme la lune. Et les quelques ouvrages entrevus dans sa sacoche laissaient supposer son instruction. Ou du moins, qu'il savait lire. Ce qui, d'ailleurs, revenait au même.

Nous poussâmes chacun un soupir en admirant le majestueux vaisseau qui se dressait devant nous de toute sa hauteur et qui s'apprêtait maintenant à accueillir l'équipage. L'arrière du bateau était richement orné de sculptures recouvertes de feuilles d'or fin appliquées à chaud par des peintres doreurs. Sous les bustes de Neptune, dieu de la mer, et de Mercure, dieu du commerce, admirablement sculptés et peints de couleurs chatoyantes, la devise *Fluctuat nec mergitur* était gravée sur un ruban de bois, devise empruntée au roi Clovis qui en avait fait celle de la ville de Paris : « Il est battu par les flots, mais ne sombre pas. » C'était, du moins, ce que nous espérions tous...

Quelques marins se hélaient en une franche camaraderie en s'embarquant sur le navire. Ce n'était visiblement pas leur premier voyage et l'on sentait dans la fièvre de leur regard l'appel de l'aventure.

Mais les autres... Certains montaient en silence, jetant derrière leur épaule un dernier regard à ce qu'ils abandonnaient derrière eux : une promise, une épouse, des enfants, une situation, ou peut-être des dettes qu'ils épongeaient en échange de leur embarquement. D'autres, l'œil hagard, se remettaient péniblement d'une cuite qui leur avait coûté leur liberté. Tous transportaient leurs effets dans un sac de toile plus ou moins plein.

Je suivis Richard et Hervé, que j'avais décidé de ne plus quitter, et nous nous fondîmes dans les rangs.

Lorsque nous eûmes atteint le pont principal, Hervé fit signe au capitaine qui observait placidement la bonne marche de l'opération.

— Où puis-je m'installer ? lui demanda-t-il, désignant négligemment du doigt son immense sacoche de cuir.

Hervé était médecin ! L'homme qui, après le capitaine, était le plus important sur un bateau. Détenteur du droit de vie ou de mort sur les marins exposés aux pires atrocités : maladies infectieuses, noyades, empoisonnements, mal de mer, brûlures, blessures de toutes sortes. En ces temps où la peste et la petite vérole sévissaient, la présence d'un médecin était indispensable et il était traité comme un demi-dieu. Il bénéficiait même du confort d'une cabine alors que nous, nous logions pêle-mêle sur le pont principal dans des hamacs de toile que nous partagions.

Le capitaine ordonna à un de ses hommes de l'accompagner jusqu'à la cabine réservée au médecin. Nous nous retirâmes, mais le capitaine, égayé de sa bonne fortune – ce n'était pas tous les vaisseaux qui avaient le privilège d'avoir un médecin à bord –, s'adressa à Richard :

— Et toi, mon gaillard, tu sais faire quoi ?

Il détaillait d'un air avenant Richard, sa stature de Viking, ses bras dont la peau était tendue par les muscles allongés résultant d'un travail exigeant, répété jour après jour. Les pêcheurs faisaient d'excellents marins. Forts, endurants, dotés d'un moral d'acier. Une vraie aubaine comparativement à ce qui formait l'ordinaire d'un équipage : prisonniers, contrebandiers, fuyards ou pire encore, des hommes comme moi qui n'avaient jamais mis le pied sur un bateau.

— Pêcheur sur les terre-neuvas.

— Donc, tu sais pêcher ? railla le capitaine.

— Ouais, mon capitaine. Et naviguer...

— Bien, conclut-il. Très bien. Le capitaine, satisfait, asséna de grandes claques amicales dans le dos de Richard qui s'en alla retrouver les autres.

Il se retourna néanmoins pour demander :

— Et où on va, capitaine ?

Le capitaine lui offrit son plus large sourire :

— Aux Indes, mon gars, aux Indes !

Saint-Denis, île Bourbon
Au milieu de l'océan Indien
20 *avril* 1721

La maison du gouverneur de l'île Bourbon, monsieur Beauvollier de Courchant, donnait sur l'océan Indien qui s'étendait à perte de vue au large du cap Bernard. Quelques canons à l'allure désuète, censés protéger la colonie en cas d'attaque, jonchaient le devant de cette construction à un seul étage qui s'apparentait plus à un hangar qu'à une résidence.

Autour, presque jetées au hasard, s'éparpillaient quelques maisons grossièrement construites de madriers d'ébène superposés recouverts de palmes de latanier. Quelquefois, une petite grange haussée sur pilotis de bois ou de minuscules « cases à nègres » faites de bois ou de torchis complétaient l'habitation principale.

Cet amalgame de constructions érigées çà et là autour des rues mal dessinées constituait le petit hameau de Saint-Denis, avec ses quelque trois cents habitants qui se partageaient le territoire compris entre la Ravine à Malheur et la rivière des Pluies.

En ce matin du 20 avril 1721, le gouverneur et ses invités profitaient de la douceur particulière du climat sur la terrasse en front de mer ombragée par deux gros arbres imposants à l'épais feuillage. La brise de l'île, qui soufflait de 6 h le matin jusqu'à 10 h le soir, exhalait le délicat parfum des fleurs de tamariniers. Un couple de pailles-en-queue, ces drôles d'oiseaux affublés de deux longues plumes qu'ils traînaient derrière eux, pépiaient gaiement à travers la variété de dégradés de jaune et d'orangé des fleurs de l'arbre qui éclataient comme autant de soleils dans le feuillage verdoyant.

Autour de la table siégeait le vice-roi des Indes, le comte Ericeira. Il était accompagné de l'archevêque de Goa et escorté d'une dizaine de nobles messieurs qui devaient retourner à Lisbonne.

Leur vaisseau avait été surpris par un ouragan entre le 9 et le 12 mars précédent, à l'issue duquel il avait perdu ses mâts et son gouvernail. Le navire avait réussi à se traîner tant bien que mal jusqu'à l'île Bourbon où il avait jeté l'ancre le 6 avril.

Le gouverneur de l'île, auprès duquel je faisais office de secrétaire, ainsi que le garde-magasin de la compagnie, monsieur Desforges-Boucher, les avaient accueillis avec affabilité, respectant ainsi la vocation première de l'île: un comptoir commercial fournissant aux vaisseaux de passage les ressources nécessaires.

En outre, leur intérêt était aussi politique que mercantile. Étant donné la situation géographique stratégique de l'île sur les routes commerciales maritimes, il était de leur devoir d'entretenir avec le Portugal, une des plus grandes puissances navales de l'époque, de bonnes relations afin de ne pas nuire au commerce.

— À votre avis, combien de jours seront nécessaires à l'équipage pour remettre votre vaisseau en état, Votre Excellence ? s'enquit le gouverneur.

— Le travail avance rapidement, mais les dégâts causés par l'ouragan sont, hélas, considérables. Cependant, nous possédons une équipe de charpentiers doués. Je suis certain de pouvoir reprendre notre périple d'ici quelques semaines tout au plus.

Le comte s'exprimait parfaitement en français, Goa étant une cité à forte dominance française. Malgré tout, il avait conservé un accent prononcé.

Il se cala encore plus profondément dans sa chaise et étendit devant lui ses longues jambes moulées dans une culotte collante recouverte d'un bas de soie de fin jersey. Il fumait un cigare offert par le gouverneur, son autre main négligemment posée sur le pommeau d'or de son épée qui ne le quittait jamais. Il était somptueusement vêtu d'un justaucorps et d'une veste écarlate garnie de dentelles.

Il croisa ses bottes de cuir souple en embrassant du regard le paysage qui l'entourait.

L'endroit avait véritablement de quoi séduire. L'île Bourbon, aux échancrures escarpées, se dressait, immobile et imposante, au milieu des eaux turquoise de l'océan Indien. Cet amas rocheux scintillait, nimbé d'une lumière aveuglante reflétée plus encore par les harmonies bleutées et argentées de l'océan. Le comte contemplait les trois pics inaccessibles qui se dressaient au milieu de l'île et dont les cimes se perdaient dans les nuages duveteux. Il admira les arbres gigantesques qui pointaient vers le ciel, leurs branches fournies et leurs verts éclatants contrastant admirablement avec le gris sombre des murailles de roc crevassées de grottes hébergeant des nichées d'oiseaux aquatiques.

Les vagues se fracassaient sur les récifs, bouillonnaient, chargées d'écume, et revenaient en faisant rouler les galets sur les plages de l'île en faisant un bruit si particulier qu'il avait marqué tous les aventuriers de passage. De lourdes odeurs s'exhalant des citronniers et des orangers se mêlaient à celles plus végétales du feuillage et de la terre humide. Cette harmonie indéfinissable envahissait tous ses sens et l'emplissait d'un étrange sentiment d'euphorie.

En outre, tout était mis en œuvre pour le confort des Portugais. Les meilleurs plats leur étaient servis, ils étaient reçus par la plus distinguée société de l'île – ce qui, il fallait bien le dire, se résumait finalement à peu – et on leur réservait les jeunes esclaves les plus charmantes. Ce raffinement était d'ailleurs tout à fait au goût du comte, qui profitait à satiété de la docilité de Moira et de Veena, les deux petites esclaves attachées à son service. Les deux jeunes filles, visiblement instruites de ce qui était attendu d'elles, le comblaient nuit et jour de leurs caresses. Il venait d'ailleurs de les quitter et il sentait encore leur parfum de fleur et de vanille sur sa peau. En voilà un, au moins, qui ne quitterait pas l'île Bourbon sans regret !

Il reporta son regard sur l'horizon turquoise. À quelques encablures seulement de là, dans la rade de Saint-Denis, était ancré le splendide navire amiral portugais *Vierge du Cap*. Il était chargé de le rapatrier à Lisbonne.

On entendait sourdre du vaisseau les bruits réguliers des coups de marteau entrecoupés des ordres scandés par les charpentiers.

— Jorge, pourriez-vous, je vous prie, m'apporter le verre de vue ?

Le comte s'était adressé à son garde personnel, un homme d'une trentaine d'années qui prenait de l'ombre un peu à l'écart sous les branches du tamarinier. Jorge de Ferreira arborait l'habit porté par tous les officiers de garde de la marine portugaise. Mais la qualité de l'étoffe de la veste qui moulait parfaitement son corps mince, mais solide, la finesse et la blancheur du justaucorps, les bottes de cuir verni qui montaient jusque sous le genou pour rejoindre le bas des culottes collantes, ses cheveux très blonds lissés et retenus en catogan par un ruban de velours noir, tout en cet homme transpirait l'orgueil de sa haute naissance.

Une récente blessure suffisamment profonde pour laisser poindre l'ivoire de l'os entaillait son front, ce qui, du reste, n'enlevait rien à l'élégance naturelle qui se dégageait de lui.

Le comte écrasa du talon de la botte ce qu'il restait de son cigare. Il se leva et approcha le verre de vue pour observer l'horizon. À travers l'instrument, le quart des membres de l'équipage, guère plus imposants que des insectes, fourmillaient sur le pont. Des marins, sous les directives du maître voilier, détachaient des mâts les lambeaux qui pendaient lamentablement et les remplaçaient par une nouvelle voilure qui claquait fièrement au vent. Les cordages de chanvre usés ou rompus étaient remplacés par des nouveaux confiés aux goudronneurs qui les enduisaient du liquide noirâtre pour décourager l'ardeur vorace des rats. Des forgerons, calfateurs, voiliers et tisserands lançaient des ordres brefs.

Sur la grève, l'équipe des marins charpentiers découpait les pièces de bois puisées à même les luxuriantes forêts de l'île. Des esclaves, sous les ordres de leur commandeur, ainsi qu'une dizaine d'habitants charpentiers choisis pour leur savoir-faire les transportaient péniblement en barque afin de consolider la coque et de réparer le gouvernail lourdement endommagé par l'ouragan.

Le travail avançait rondement, et le comte aurait dû s'en trouver satisfait. Mais malgré son calme et sa désinvolture apparente, l'angoisse le rongeait.

Le typhon qui les avait surpris en mer les avait obligés à se délester de plusieurs canons et de caisses de munitions. Tant et si bien que des 70 canons initiaux, le bâtiment n'en possédait plus que 13 et les réserves de l'île Bourbon ne lui permettaient pas de l'armer convenablement. Et l'imposant vaisseau, à la proue maintenant découverte, offrait un spectacle désolant.

— Devrais-je renforcer la protection du navire ? se demanda-t-il encore pour une centième fois en avisant les sabords de batterie du vaisseau, pour la plupart vides de leurs canons. Je ne peux guère faire plus, se répéta-t-il. Tous les hommes en état de combattre étaient déjà sur le vaisseau, soit à peu près le quart. Les autres étaient blessés ou malades. Et sa garde personnelle distribuait les ordres à tous les ouvriers et esclaves rassemblés sur la grève. Il ferma les yeux et s'en remit au ciel en espérant que ses craintes se révéleraient injustifiées. Mais un étrange pressentiment lui tenaillait le cœur.

— Votre Excellence ?

C'était Jorge de Ferreira qui, du doigt, pointait l'horizon, loin, au large du cap Bernard. Le comte se saisit prestement du verre de vue que lui tendait de Ferreira: deux vaisseaux se profilaient à l'horizon, arborant le pavillon britannique. Un frisson d'angoisse lui parcourut l'échine.

Même si, en cette année 1721, l'Angleterre entretenait une paix relative avec la France et le Portugal depuis la signature du traité d'Utrecht, les rapports demeuraient tendus ou, à tout le moins, incertains.

Après la mort de Louis XIV, le pouvoir royal avait été confié à un conseil de régence jusqu'à ce que Louis XV, qui avait alors cinq ans, soit en âge de régner.

L'époque était alors au relâchement des mœurs en réaction à la rigidité imposée par le règne de son prédécesseur et se traduisait notamment par une fabuleuse explosion économique. Le goût pour les produits exotiques favorisait le développement des ports ainsi que la multiplication de vaisseaux marchands qui enregistraient des profits mirobolants.

Attirés par les navires remplis d'épices, d'encens, de drogues, de tapis et d'étoffes précieuses, de perles et de vaisselles fines, l'océan Indien devenait un vaste terrain de jeu pour les pirates, à ce point nombreux qu'ils s'étaient organisés en confrérie, les Frères de la Côte, et avaient établi leur repaire sur l'île de Madagascar.

Les menaces, peu importe de quel côté elles provenaient, le comte en était conscient, étaient nombreuses et redoutables.

— Il s'agira sans doute de navires ayant besoin de se ravitailler en eau potable et en approvisionnements de toutes sortes.

La voix du gouverneur se voulait rassurante. Il poursuivit:

— La situation géographique particulière de notre île nous commande de répondre aux besoins des navires. Notre réputation d'hospitalité aura sans doute attiré ces vaisseaux...

Mais ce discours ne suffit pas à convaincre le comte, qui ne prit même pas la peine d'informer le gouverneur que le vaisseau observé dans son verre de vue n'arborait pas le pavillon français.

Subitement conscients de l'inquiétude devenue palpable, les autres invités s'échangeaient le verre de vue à tour de rôle.

— Qu'en pensez-vous, de Ferreira ?

Les yeux plissés, Jorge de Ferreira scrutait l'horizon avec attention. Malgré l'attitude hautaine de l'homme, son calme et sa prestance en imposaient, et le second capitaine ainsi que le comte attendaient visiblement ses impressions. Le sieur de Ferreira livra son verdict d'une voix blanche:

— Ça ne me dit rien qui vaille.

Le comte se leva d'un seul bond et hurla des ordres en portugais en direction de la grève où s'affairaient ses hommes. Il empoigna son sabre et dévala le sentier en faisant claquer ses élégantes bottes sur les dalles inégales des roches. Il fallait réquisitionner les barques servant au transport du bois sur le vaisseau.

Habitué à travailler chaussé de guêtres de cuir montant jusqu'aux genoux et vêtu de manteaux fourrés, Richard Deneuve ne s'était pas encore habitué au soleil brûlant qui lui faisait presque regretter le froid mordant des mers glaciales de Terre-Neuve.

Mais l'Indien, le vaisseau marchand sur lequel nous nous étions embarqués depuis Saint-Malo un an auparavant, s'était échoué à l'île Bourbon après avoir essuyé une tempête. Nous aurions pu nous engager sur quelque vaisseau de passage, mais les conditions étaient à ce point misérables que nous avions tous les trois préféré demeurer sur l'île en attendant une occasion favorable. Mais cette température... La chaleur l'abrutissait et même la brise marine qui faisait voler ses cheveux dans tous les sens ne réussissait pas à le rafraîchir complètement. Il était, et resterait toujours, un homme du Nord.

Il repoussait inlassablement du revers de la main les mèches humides qui lui léchaient le visage. L'eau ruisselait sur son front et la sueur aigre lui piquait les yeux. Il ahanait chaque fois que le tranchant de la hache entamait la chair compacte du bois.

Il évaluait à une dizaine de jours environ encore le moment où le splendide vaisseau amiral portugais, la *Vierge du Cap*, serait entièrement radoubé et prêt à reprendre la mer. Richard Deneuve avait immédiatement été engagé pour son habileté à travailler le bois ainsi que pour sa force remarquable et son ardeur au travail. Ses talents de meneur avaient été rapidement reconnus et une dizaine d'hommes ainsi qu'une cinquantaine d'esclaves, tous loués à la Compagnie des Indes, avaient été placés sous ses ordres.

Dix jours, songea-t-il encore. Malgré la tâche harassante, il remerciait le ciel pour cette chance inespérée. Comme quoi le malheur des uns fait le bonheur des autres... Ce qu'il gagnerait en dix jours de travail pour les Portugais représentait plus que ce que la Compagnie des Indes orientales payait pour une récolte annuelle de café.

Il s'empara d'un lourd madrier, trois fois gros comme le chétif esclave qui peinait pour le soulever, et l'installa sur le tapis formé de troncs d'arbres. Le billot dévala la légère pente et vint choir sur la grève, là où ils étaient entassés avant d'être empilés dans les barques. Il désigna d'un geste de la main une gourde de peau au jeune esclave qui s'en empara avec reconnaissance.

Il s'essuya le front en reportant son regard sur la paisible immensité bleutée et un frisson lui agita le cœur : l'argent ainsi gagné permettrait d'entretenir pour quelques mois encore la main-d'œuvre qui s'affairait à radouber sa goélette à lui. Son rêve.

Au hasard d'une promenade, il avait découvert l'épave abandonnée, profondément enfoncée dans les sables, au sud de la baie de Saint-Paul. Selon une coutume héritée du Moyen-Âge, comme il en était le découvreur, celle-ci lui appartenait de droit. Il l'avait baptisée la *Belle Normande*. Il conserverait jusqu'à sa mort la nostalgie de son pays natal.

Il était satisfait du travail accompli sur la *Belle Normande*. La coque, envahie par les algues et les berniques, avait dû être carénée, mais elle avait été initialement doublée de plomb et s'avérait suffisamment saine pour qu'il puisse espérer la faire voguer un jour.

Avec quelques compagnons, aidés d'esclaves en fuite descendus clandestinement des montagnes (que l'on appelait marrons), nous travaillions sans relâche depuis plusieurs mois, abattant les arbres, les équarrissant, sciant, martelant. Nous avions terminé le calfatage de la coque, travail long et exigeant étant donné la vétusté de l'épave. Grâce à de l'étoupe fabriquée à base de vieux chanvre de corde émoussé, nous avions rempli avec minutie chaque trou ou interstice avant de recouvrir la coque avec du goudron fondu, nous assurant ainsi de l'étanchéité du vaisseau. Je les aidais du mieux que je pouvais lorsque le gouverneur me laissait quelque temps libre.

Mais les subsides pour acheter le matériel manquaient. L'argent investi par son associé Georges-Étienne de Bougainville était écoulé depuis belle lurette et il préférait ne pas trop profiter des avances du bourgeois: s'il n'était pas question de les refuser, il ne voulait pas en abuser. Qu'il participe aux bénéfices une fois l'épave mise à l'eau était une chose, mais qu'il soit propriétaire de sa goélette en était une autre. Richard n'avait pas l'âme à supporter l'ingérence.

Il porta son regard loin sur l'océan et respira l'air salin à larges goulées; il croyait fermement, tout comme ses ancêtres des terres du Nord, que le chemin de tout homme est tracé quelque part. Même s'il ignorait sous quels cieux le sien était écrit, il se sentait appelé à un incroyable destin. Et il ignorait encore à quel point il disait vrai.

— Votre Excellence, tout ceci n'est guère raisonnable !

Le gouverneur trottinait derrière le comte qui avait rejoint à grandes enjambées la grève où l'attendaient déjà son capitaine de garde, son capitaine d'infanterie et quelques-uns de ses hommes. Petits et courtauds, le teint brunâtre, les esclaves de la Compagnie des Indes orientales les observaient placidement s'activer autour d'eux, peu intéressés à se rendre utiles sans directives claires de leur commandeur.

Richard Deneuve, que les tirs successifs de pierriers de la *Vierge du Cap* avaient tiré de ses rêveries, avait promptement relevé les manches de sa chemise, laissant dévoiler de solides avant-bras, et retirait les madriers d'ébène qui encombraient la seule embarcation encore disponible. Ses larges mains entouraient presque entièrement les troncs qu'il balançait vigoureusement hors de l'embarcation pour les envoyer choir lourdement sur le sable mouillé.

Le comte, escorté de Jorge de Ferreira et de quelques hommes de sa suite, prit place dans la barque. Aidé d'une poignée d'esclaves, Richard poussa l'embarcation au-dessus des vagues. Lorsque l'eau lui arriva presque à la taille, je le vis se propulser d'un vigoureux coup de reins dans la barque.

Il salua d'un bref signe de la tête le comte qui lui rendit son salut. Il n'était pas en mesure de négliger un combattant de plus. Et, qui plus est, de la trempe de celui-ci.

Richard, à l'instar de presque tous les habitants de l'île, allait pieds nus. Sa culotte de toile, maintenant trempée, collait à ses cuisses. Il dépassait tous les hommes d'au moins une tête et son corps aux muscles découpés et aux formes allongées laissait supposer un travail physique intense et répété. Sa peau tannée par le soleil et le sel recouvrait l'ossature épaisse, mais bien définie, du visage d'où saillait un menton volontaire.

Il portait les cheveux, qu'il avait châtains, à la mode française, retenus sur la nuque par un lien de cuir. Il ressemblait à un géant normand venu du nord dans une de ces embarcations à la proue ornée d'une déesse sculptée dans le bois. Il maniait les rames avec aisance et, aidé des autres hommes, faisait rapidement glisser la barque sur les eaux agitées.

Le gouverneur hurlait maintenant de la berge, les mains en porte-voix pour se faire entendre :

— Expédiez quelques hommes, Votre Excellence, mais de grâce, ne mettez pas votre vie inutilement en danger ! Votre vaisseau est tout délabré, presque sans soldats pour le défendre ! Ce n'est guère raisonnable !

Le comte, qui s'était levé en front de barque, lui répliqua avec dignité d'une voix qui se perdait dans l'écho des cloches d'alarme que faisait sonner le vaisseau, qu'il était de son devoir de courir les mêmes risques que le vaisseau du roi son maître.

— Quels sont les effectifs, capitaine ?

Le comte avait rejoint la *Vierge du Cap* où Luis de Montemor, le second capitaine, qui répondait d'une voix ferme et assurée aux questions de son supérieur, l'avait accueilli. Les dix hommes sous son commandement se tenaient derrière lui, rigides et attentifs, prêts à recevoir les ordres. Le long de leurs jambes pendaient des mousquets, les seuls encore utilisables après l'ouragan.

C'était une question qu'il posait pour la forme. Le comte n'ignorait pas qu'il ne restait que quelques canons sur le vaisseau et même s'il en avait été autrement, toutes les munitions qui n'étaient pas passées par-dessus bord lors de la tempête étaient inutilisables. Quant aux hommes, la majorité était inapte à combattre. Les ressources, autant humaines que matérielles, étaient pratiquement nulles.

— Une trentaine d'hommes, dont la dizaine sous mon commandement. Les autres ne sont que des ouvriers, Votre Excellence.

Il jeta un rapide coup d'œil sur les hommes au regard épouvanté rassemblés sur le pont. Ils tenaient encore dans leurs mains agitées par les tremblements des aiguilles à voilure ou des marteaux qui pendaient, inutiles, le long de leurs jambes. Ces armes de fortune ne leur seraient d'aucun secours s'il devait y avoir canonnade.

Il ne lui restait plus maintenant qu'à espérer que les intentions des vaisseaux qui se rapprochaient de plus en plus soient pacifiques. Pour la énième fois, il approcha le verre de vue.

Richard, posté à quelques pas derrière le comte, observait lui aussi les vaisseaux dont les voiles grossissaient au large, les yeux plissés sous ses deux mains en visière orientées de manière à bloquer la lumière aveuglante du soleil, tout en se demandant quelle mouche l'avait piqué.

Le comte abaissa doucement la longue-vue qui tremblait dans ses mains devenues moites: les deux navires avaient rabattu le pavillon britannique.

Ils avaient hissé, à sa place, le Jolly Roger à tête de mort qui claquait, sinistre, au vent.

Dans un seul et même mouvement, comme s'ils avaient été commandés par la même voix, les hommes de Luis de Montemor ainsi que les gardes du comte avaient prestement dégainé leurs épées dans un bruissement d'acier, sans quitter des yeux la terrifiante apparition.

Jorge de Ferreira, malgré son teint blafard, se tenait prêt lui aussi, la main fermement enserrée sur la garde de son épée. Le comte respirait à petits coups saccadés, cherchant à discipliner son souffle. Comme dans un rêve, il tourna doucement la tête vers l'équipage qui, pétrifié, regardait fixement la mer. À moins d'un miracle, ils succomberaient tous sous peu à une mort violente, massacrés par des pirates.

Richard n'eut pas besoin de se tâter les flancs: il ne portait aucune arme. Pas même la lame qui d'ordinaire ne le quittait pas et qui avait dû glisser de sa poche lorsqu'il poussait la barque dans les vagues.

Il rejoignit en quelques enjambées la partie du pont où se tenaient les ouvriers terrifiés qui avaient laissé tomber leurs outils en attendant le déroulement des événements. Il empoigna deux maillets de fer servant à enfoncer l'étoupe dans les interstices du navire. Il les soupesa avant de s'en ceindre la taille et choisit une herminette dont la longue lame affûtée lui sembla suffisamment tranchante pour égorger un pirate.

Le cœur battant, les jointures blanchies à force de crisper ses mains autour de ses armes de fortune, il rejoignit la garde et attendit. Quelques ouvriers l'avaient imité, se refusant eux aussi à mourir sans combattre.

Luis de Montemor s'était approché du comte:

— Votre Excellence, vous n'ignorez pas que nos chances de repousser les assaillants sont infiniment minces. Nous n'avons plus que 13 canons, et…

Le comte s'approcha du visage de Montemor, si près qu'il pouvait sentir la chaleur de son souffle. À voix basse, soupesant chacune de ses paroles, il rajouta :

— N'ignorez-vous point ce que les pirates risquent de trouver dans le ventre de ce vaisseau, mon capitaine ? Avez-vous ne serait-ce qu'une idée du sort qui nous serait réservé s'il fallait que ce vaisseau ne se rende pas à destination avec tout ce qu'il contient ?

Il observa la mâchoire carrée du comte se contracter. Il soutint dignement le regard de son supérieur avant de répondre.

— Je le crains, Votre Excellence. Je le crains.

Les épaules du comte s'affaissèrent. Il secoua la tête avant de reprendre faiblement, comme pour lui-même :

— Je n'ose imaginer ce qu'il adviendra de nous et de notre royaume si nous ne rapatrions pas indemne tout ce qui s'y trouve.

Les deux bâtiments pirates avaient rapidement rejoint, à la faveur des vents, la *Vierge du Cap* qui tanguait mollement sous les assauts des coques s'entrechoquant dans des bruits sourds. Ainsi pris en étau entre les deux vaisseaux, l'équipage portugais pouvait maintenant distinguer les visages de ses assaillants.

Le *Victorieux*, dirigé par Olivier Levasseur, et le *Cassandra*, commandé par John Taylor, encadraient la *Vierge du Cap*, et formaient un sinistre escadron. Les pirates portaient sur eux deux, voire quatre pistolets à silex, des grenades incendiaires de poudre noire, des haches d'abordage, des sabres et des coutelas de boucanier qu'ils dissimulaient dans leurs bottes ou dans leur large ceinturon de cotonnade aux coloris flamboyants. La plupart des membres de l'équipage avaient enrubanné leur tête de tissus multicolores pour se prémunir des éclats de bois qui entaillaient les chairs lors des canonnades. Les vêtements et accessoires qu'ils revêtaient, sans aucune référence à une époque ou à un milieu déterminé, étaient puisés au hasard de leurs victimes. Ainsi attifés, ils ressemblaient tantôt à de sinistres dandys échappés tout droit des salons parisiens portant tricorne à la plume défraîchie, larges capes pourpres au revers écarlate, bottes de daim ou souliers pointus, tantôt à des indigènes issus des tréfonds des contrées d'Amérique, au torse empreint d'étranges marques tribales gravées à même la chair.

Les couleurs, les textures, les milieux et les époques se confondaient pour former un terrifiant tableau qui, n'eût été la lueur de folie qui brillait dans leurs yeux, eût pu, dans d'autres circonstances, être beau. L'imminence du combat déformait leurs traits et tordait leurs bouches. La vie en mer leur avait tanné la peau comme du cuir. Ils hurlaient comme des bêtes, juraient dans des langues inconnues aux étranges consonances et entonnaient des couplets où il était question de rhum, de femmes et de potence.

L'issue du combat ne faisait aucun doute. Le comte ferma les yeux quelques secondes devant l'ampleur du massacre à venir. Il distinguait derrière lui les gémissements à travers des prières marmonnées hâtivement: chacun savait que sa survie tiendrait du miracle. Et il ne pouvait plus rien pour eux. Rien, sinon peut-être leur insuffler une infinie parcelle du courage nécessaire pour affronter leur ultime combat.

Il se retourna lentement. D'une voix qu'il devait forcer pour assourdir les hurlements des pirates, il s'adressa à eux :

— Mes braves compagnons, il nous faudra faire preuve de vaillance. Ne baissez pas les bras devant ces mécréants, défendez chèrement votre vie ! Et si nous ne pouvons nous venger de cette infamie sur cette terre, Dieu s'en chargera Lui-même. En enfer ! Vive le Portugal ! Vive le roi !

Il leva bien haut son sabre et tous les hommes l'imitèrent, soudain galvanisés par l'ardeur de leur capitaine. Ils se retournèrent d'un bloc vers l'ennemi pour faire front commun. Comme s'il se fût agi du signal attendu par les pirates, ceux-ci ouvrirent le feu.

Des sabords de batterie, les canonniers enfournaient les tiges incandescentes dans la gueule des canons qui crachaient en direction de la *Vierge du Cap*. Les mâts et la dunette se fendirent sous l'impact des boulets, faisant voler les éclats de bois qui s'enfonçaient dans la chair des hommes hurlant de douleur.

Les hommes de la garde, sous les ordres de Luis de Montemor, rechargeaient leurs mousquets et tentaient de déloger des pirates grimpés dans les vergues et dans les haubans qui lançaient des bombes incendiaires sur leurs victimes. Ce n'était que désordre indescriptible de marins qui hurlaient en se piétinant pour éviter les boulets.

Richard en évita un de justesse en plongeant sur le pont. Mais les étincelles avaient atteint sa chemise dont l'étoffe s'enflamma comme un fétu de paille. Il l'arracha d'un seul geste, avant que les flammes n'atteignent la peau. Mais ainsi, torse et pieds nus, il devenait une proie vulnérable pour les éclisses de bois qui se logeaient dans les chairs.

Il se releva d'un geste agile. Il regarda autour de lui, cherchant un morceau de toile quelconque pour se prémunir, mais en vain. Il était hors de question de risquer de distraire son attention en dévêtant un marin qui gisait dans un rond de sang à ses pieds. Armé de son herminette et de ses maillets de calfat, il ne pouvait qu'attendre l'abordage.

Déjà, sur la *Vierge du Cap*, la situation se faisait désespérée : les munitions des mousquets s'épuisaient rapidement et les canons restants étaient nettement insuffisants.

Puis, un vacarme indicible déchira le ciel : un boulet ennemi avait fracassé le beaupré portugais qui sombra dans une immense gerbe d'eau, éclaboussant le pont et emportant corps et biens. Une large brèche s'ouvrait dans le ventre du vaisseau et déjà une centaine de forbans, tels une horde de rats, se précipitaient vers le trou béant. Une dizaine de Portugais armés foncèrent vers l'ouverture afin de tenter de réprimer le flot d'assaillants qui s'y agglutinaient comme des mouches. Ils les reçurent à coups de sabre et de hache, mais les pirates, malgré l'ardeur combative des Portugais, réussirent à forcer l'entrée et à s'engouffrer sur le navire.

Dans la mêlée, des hommes basculaient et périssaient noyés ou le crâne fracassé contre la coque, tandis que les autres se déversaient sur le pont comme de la vermine.

Plusieurs hommes, dans une ultime tentative pour sauver leur peau, se précipitèrent par-dessus bord. La plupart des marins ne savaient pas nager, considérant qu'en cas de tempête, il était de loin préférable de mourir instantanément.

Richard observait avec horreur les marins se débattre dans l'étendue déjà rouge du sang de leurs compatriotes. Sur le navire, les hommes tombaient comme des mouches sous les coups des pirates.

Richard aperçut une fraction de seconde trop tard l'homme trapu qui fondait sur lui, un poignard vissé à la main. Suffocant, il sentit la lame froide glisser du haut de sa poitrine jusqu'au nombril et le liquide tiède s'écouler de la plaie. Son assaillant se tenait immobile, attendant qu'il s'effondre.

Mais Richard était toujours debout. Il observait comme dans un songe les courtes jambes très arquées et les bras musclés du pirate qui lui donnaient une allure étrange de primate. Sa peau mate était cuite par le soleil et traversée d'une hideuse cicatrice à l'ourlet rosé qui scindait le visage en deux, de l'oreille gauche jusqu'au saillant de l'os de la clavicule opposée. Il observa, le regard voilé par la douleur, les yeux d'un bleu très pâle qui ne suffisaient pas à adoucir l'impression de brutalité qui se dégageait de cet homme. Le pirate s'avança vers lui, la lippe baveuse, prêt à l'achever.

D'un immense geste, Richard souleva l'herminette au-dessus de sa tête et dans un grand cri qui lui déchira la poitrine, fendit le crâne du pirate qui s'effondra sur les planches du pont. Richard recula prestement, dégoûté par les gerbes de sang qui jaillissaient du crâne largement ouvert. Il détourna la tête, incapable de soutenir le regard du mort, et tomba à genoux, à bout de forces.

Il ne restait qu'une poignée d'hommes sur le gaillard d'arrière devenu étrangement silencieux. Les derniers hommes refusant de se rendre avaient formé instinctivement un cercle. Jorge de Ferreira et Luis de Montemor, entourés de quatre de leurs hommes et deux marins armés de maillets de calfats, s'y trouvaient, bravant leur adversaire.

À quelques pas d'eux, le comte affrontait John Taylor, capitaine du *Cassandra,* vêtu d'une culotte de riche damas et d'une veste à boutons d'argent. Bien que loin de posséder le style élégant du comte portugais, le pirate se défendait néanmoins très bien et ponctuait chaque coup bien porté d'un grand rire sonore qui décontenançait le comte habitué à plus d'éthique dans les confrontations.

Richard était demeuré à genoux. L'eau ruisselait en larges sillons sur son front et sur ses tempes. L'odeur de la poudre à canon brûlait l'intérieur de ses narines et coupait l'odeur chaude et ferreuse du sang des victimes. Mais il ne tentait même pas de s'éponger: il soutenait le regard du pirate qui s'était approché de lui.

Ses cheveux roux coupés très court formaient un épais casque sur sa tête. Il tenait de la main gauche un coutelas à la lame incurvée comme une faux tandis qu'un poignard gluant de sang prolongeait son bras opposé. Il faisait habilement rouler le manche de l'arme dans sa main, comme pour s'assurer de la meilleure poigne avant de l'enfoncer définitivement dans la chair de sa victime.

Il semblait hésiter entre la tentation d'achever son homme ou de le laisser tout simplement crever. Vu l'état de Richard, il n'en avait plus pour longtemps. Mais Richard tenait bon. Contraint d'abandonner son herminette dans le crâne de sa précédente victime, il n'était maintenant armé que de son maillet. Il jaugea son adversaire: il n'était pas bien grand, mais lourdement armé.

Richard comprimait maladroitement sa plaie d'une main. Il s'affaiblissait rapidement, sentant ses forces le quitter au même rythme que le sang qui s'écoulait de son corps.

Malgré l'atmosphère assourdissante, il distinguait derrière lui le claquement sec des fines bottes de daim du comte qui se déplaçaient sur le pont en petits pas agiles et réfléchis. Les épées s'entrechoquaient dans un bruit métallique.

Le rouquin fléchit légèrement les genoux, comme pour trouver son centre de gravité et, vif comme l'éclair, bondit sur Richard. Surpris par la vitesse de l'attaque, il le fut tout autant par sa puissance. Il évita la lame qui frôla son bras, se retourna vivement et asséna un solide coup de maillet sur le dos du forban qui, dans un grognement sauvage, tomba à genoux, le souffle coupé.

Richard vacilla et se rattrapa de justesse à un câble tendu par un hauban. Il comprima du plat de la main sa plaie gluante en serrant les dents. Elle ne semblait pourtant pas très profonde, mais il se sentait se vider de son sang. La sueur perlait sur tout son corps qui frissonnait malgré la chaleur. Il rassembla ses dernières forces pour reporter son regard sur son adversaire qui se relevait avec peine. Celui-ci, profitant de la faiblesse de Richard, fit, d'un coup de pied, voler le maillet à un mètre de là.

Richard devait maintenant combattre à mains nues. Il respira un grand coup en attendant l'offensive.

Ses forces l'avaient quitté. Il observait entre ses paupières qui se fermaient doucement le rouquin qui glissait vers lui comme un lion approche de sa proie qu'il sait vaincue, prêt à lui asséner le coup fatal. Il luttait pour ne pas s'évanouir.

Soudain, on entendit :

— Cessez ! Cessez immédiatement !

C'était le comte, étendu sur le pont, son habit maculé de sang, qui avait poussé ce cri. Immédiatement, John Taylor leva le bras et Olivier Levasseur répondit de même. Ce dernier aboya des ordres brefs aux hommes.

Au signal de leur chef, les pirates cessèrent immédiatement le combat. Les hurlements, les explosions de mousquets et le bruit des lames qui s'entrechoquent se turent. Pendant quelques instants, un silence de mort plana au-dessus du vaisseau. On entendait seulement le bruit des voiles qui claquaient au vent. Doucement, les gémissements des victimes reprirent.

Le comte se releva péniblement. Il avait le visage marqué d'un coup de lame et sa main gauche saignait abondamment. Il alla récupérer son arme qui gisait à quelques pas de là. Il se dirigea en titubant légèrement vers le chef des pirates et lui tendit son épée incrustée d'or en signe de soumission. Il parla assez fort pour que tous les hommes sur le pont l'entendent :

— Le massacre a assez duré ! Épargnons ceux qui restent.

Il haletait de fatigue et de douleur. Sa voix se cassait. Il regardait tout autour de lui avec consternation les corps de ses hommes qui jonchaient le sol, encore chauds, baignant dans une mare de sang carmin.

John Taylor s'inclina très bas devant le comte en lui tendant l'épée et répondit :

— Gardez-la, Votre Excellence, en souvenir de votre malheureux sort.

Olivier Levasseur, qui s'était approché, leva majestueusement son sabre vers le ciel et dans un grand cri bestial qui déchira le ciel hurla leur victoire, immédiatement suivi d'un désordre de cris et de hurlements.

Malgré le signal de la fin du combat, le rouquin ne semblait pas vouloir s'arrêter maintenant. Il se rapprocha sournoisement de Richard en jetant un coup d'œil furtif autour de lui. Mais Levasseur l'avait surpris.

— Riley ! hurla Olivier Levasseur en fonçant droit sur lui. Fin du combat, tu m'entends ?

Il arracha l'arme des mains de Riley. Le rouquin serra les dents, étouffa un juron, mais obéit néanmoins aux ordres.

Richard, toujours debout, mais vacillant dangereusement, aperçut comme dans un songe, derrière un voile de brume, un homme au visage buriné par le vent, les lèvres noircies d'une moustache en croc, au regard mauvais, qui le détaillait des pieds à la tête.

Ce fut la dernière image dont il se souvint avant de s'effondrer, épuisé, dans un grand bruit sourd.

Madame la gouverneure s'était mordu les lèvres pour ne pas envoyer vertement son époux au diable lorsqu'il lui avait demandé d'organiser une réception en l'honneur des Portugais revenus du combat. En effet, les pirates n'avaient pas eu longtemps à attendre avant qu'un émissaire spécialement envoyé par le gouverneur entame les pourparlers quant au montant de la rançon exigée en échange de la libération des prisonniers. Douze heures après leur défaite, les pirates embarquèrent les captifs dans une barque et les ramenèrent sur l'île, indemnes.

L'idée de cette réception revenait en fait à monsieur Desforges-Boucher, le garde-magasin de l'île, qui avait cru de bon ton de souligner le courage de la garde portugaise en la conviant à une soirée. Peut-être espérait-il ainsi faire oublier le fait qu'aucun renfort n'avait été fourni pendant la bataille...

Madame Beauvollier de Courchant s'était exécutée avec dignité : en aucun cas elle n'aurait voulu qu'on croie son époux capable d'enfreindre les lois élémentaires de l'hospitalité. Mais offrir une réception le lendemain seulement de cette tragédie ? Vraiment ! Quel manque d'élégance ! Plusieurs avaient été sérieusement atteints et quelques-uns avaient même succombé à leurs blessures. Ce manque de délicatesse et de charité chrétienne l'affligeait au plus haut point. Et elle reconnaissait bien là ce Desforges-Boucher !

Les jeunes servantes créoles, proprement vêtues de cotonnades indiennes, avaient déposé sur l'immense plateau immaculé, habilement constitué d'une dizaine de tables réunies, de grands plats de terre cuite contenant des monceaux de nourriture qui luisaient dans la lumière tamisée des chandelles : des légumes aux formes oblongues qui s'empilaient entre les plats de patates grillées luisantes d'huile, d'anguilles citronnées, presque grosses comme la cuisse d'un homme, et des montagnes de fruits aux chairs orangées gorgées de soleil. Les larges plats d'argent au bord moulé offraient aux convives des pièces de bœuf ou de cabri apprêtées à la mode créole.

Tout se déroulait parfaitement bien. Même le comte, complètement hébété par le drame, s'était laissé traîner au souper sans un mot. D'ailleurs, aurait-il pu faire autrement ? Il leur était redevable de la somme de 2 000 piastres exigée à titre de rançon par les pirates ! Il ignorait totalement comment rendre cette somme. Il était évident que la défaite lui avait fait perdre à jamais la faveur du roi. Lorsque Sa Majesté apprendrait ce que le Royaume portugais avait perdu aux mains des pirates... Il tentait désespérément de chasser de son esprit ces sombres pensées et trouva un bienheureux répit dans l'alcool...

En effet, après avoir satisfait l'auditoire en narrant les grandes lignes de la tragédie qui s'était jouée en rade de Saint-Denis, il avait levé bien haut un verre à la fatalité. Et une série d'autres s'étaient succédé à un rythme effréné. Maintenant complètement ivre, il semblait avoir oublié le drame qui s'était joué la veille.

Et c'était, plus que gaillard, qu'il badinait avec sa belle voisine, Louise-Adélaïde de Bougainville. Les yeux brillants, le geste large et maladroit, il lui racontait quelques anecdotes qui semblaient fort distraire la jeune femme, complètement subjuguée par le rang illustre de son voisin de table.

Elle avait choisi pour l'occasion une robe jaune paille qui lui seyait à ravir. Le corsage évasé dénudait complètement les épaules dorées et retombait en larges manches bouffantes qui accentuaient la minceur de ses bras. Ses longs cheveux noirs étaient retenus par des peignes en coquillage au reflet d'opale qui se perdaient dans la souplesse des boucles. Le comte était fasciné par la langueur des gestes et le regard profond qui se dissimulait derrière l'épais rideau de cils.

La belle Louise-Adélaïde collectionnait les liaisons au nez de son mari, le sieur de Bougainville, l'un des plus riches bourgeois de l'île. Il est vrai que monsieur de Bougainville avait l'âge d'être son grand-père ! Elle l'avait épousé alors qu'elle n'avait pas 16 ans et avait ainsi obtenu ce qu'elle désirait ardemment et à n'importe quel prix : un titre qui ferait oublier ses origines peu reluisantes de fille de la Salpêtrière. Peu lui importait de passer le reste de ses jours avec ce vieillard.

Et, par une chance inouïe, il s'était avéré que le sieur de Bougainville était depuis belle lurette incapable de satisfaire une femme. Ainsi, elle se sentait tout à fait justifiée d'aller où elle voulait, sans crainte de représailles, mais surtout sans être obligée d'assurer la descendance... Avec le temps, une atmosphère de bonne entente s'était installée : Louise-Adélaïde était reconnaissante pour l'aveuglement volontaire de son époux quant à ses frasques et celui-ci avait découvert, enchanté, une jeune femme particulièrement intelligente et douée pour les affaires. Ils passaient leurs soirées assis ensemble sur leur terrasse près de la mer, à discuter des affaires du sieur de Bougainville, qui, le plus souvent, glanait ici et là un conseil avisé de sa jeune épouse.

Ainsi, monsieur de Bougainville discutait tranquillement avec son voisin de table sans se soucier des rires et des minauderies de son épouse. Car, assise entre le comte et Jorge de Ferreira, la belle jeune femme attirait à elle tous les hommes de son entourage. Même moi, assis complètement au bout de la table, pouvais entendre son babillage.

Desforges-Boucher se leva, le verre à la main.

— Je vous en prie, messieurs, mesdames, un moment d'attention.

Il fit signe aux musiciens de se taire et se racla brièvement la gorge avant de commencer. D'une voix lente, chargée d'émotion, il s'adressa à nous :

— C'est avec une joie sans égale, mais avec en plus une profonde fierté, que nous vous recevons à cette table ce soir. Tous, vous avez combattu avec courage et bravoure, alors même que le nombre écrasant d'assaillants aurait pu vous convaincre de vous rendre avant même d'avoir livré bataille. Rendons grâce à Dieu de vous avoir laissé la vie sauve !

Il leva son verre en direction du comte. Celui-ci, malgré son évidente difficulté à demeurer centré, réussit à exécuter un bref salut militaire qui manquait toutefois de précision lorsque Desforges-Boucher scanda:

— Longue vie au comte Ericeira, vice-roi du Portugal !

Il leva son verre bien haut et tous les convives l'imitèrent.

Desforges-Boucher, il fallait l'admettre, de par ses fonctions, mais aussi de par son tempérament, constituait la véritable tête dirigeante de l'île Bourbon. À titre de garde-magasin de la colonie, il avait comme principale mission de gérer les stocks d'importation et d'exportation et de veiller au respect du monopole commercial de la Compagnie des Indes orientales. Ainsi, la Compagnie permettait aux colons de trafiquer entre eux des denrées et des marchandises du cru, mais il leur était totalement interdit de vendre aux navires de passage. Ce qui excédait leur consommation devait être acheminé dans les entrepôts de la compagnie où il leur était délivré en échange des marchandises importées des manufactures de France.

Ses fonctions s'étendaient en outre à la rédaction et à la signature des contrats de concessions des terres accordées aux colons par le gouvernement, et il faisait office de procureur de la colonie. J'avais souvent à travailler avec lui et cela me déplaisait souverainement. Il était détesté de nous tous, car empli de condescendance et de mépris.

Il était ambitieux et ne reculait devant rien pour atteindre ses objectifs. Il serait gouverneur sous peu, il n'en doutait guère. Il imposait sa volonté, ses idées et sa philosophie sans que le gouverneur lui oppose aucune résistance. Et ce, dans les moindres détails. En effet, bien qu'il se trouvât dans la demeure du gouverneur, c'est lui qui avait assigné les places des convives. Il avait bien sûr installé le comte à sa droite, mais celui-ci avait sciemment échangé sa place avec celle de madame Desforges-Boucher afin de profiter de la compagnie de Louise-Adélaïde. À sa gauche prenaient place Jorge de Ferreira puis Louise-Adélaïde et le comte.

À l'autre bout de la table, près du gouverneur et de son épouse, il avait installé les convives de moindre importance: divers membres du conseil de l'île. Et au bout complètement, moi et Richard Deneuve, dont la tenue quelconque détonnait comme un coup de canon dans cette atmosphère de salon.

Et pourtant, devait songer Desforges-Boucher avec une envie rageuse, l'homme en imposait. Évidemment, lorsqu'on mesurait une tête de plus que tout le monde ! Mais il n'y avait pas que la haute taille qui le différenciait des autres. Dans son regard sauvage, qu'il savait transformer en un instant lorsqu'il était en compagnie d'une jolie femme, une flamme inquiétante luisait. En homme avisé, Desforges-Boucher savait qu'il devait se tenir constamment sur ses gardes. Plusieurs différends les avaient opposés, qu'il s'agisse de concessions de terre, de culture de café, de chasse à la tortue ou de loi sur les esclaves, tout était matière à querelle entre eux.

Comme s'il l'avait entendu penser, Richard leva les yeux vers lui. Surpris, Desforges-Boucher détourna rapidement le regard.

Il se maudit de son attitude puérile, mais lorsqu'il voulut le confronter, Richard s'entretenait avec son voisin.

Il se promit de se reprendre plus tard dans la soirée.

Il réprima un frisson d'excitation en parcourant l'assemblée du regard. Cette soirée marquerait à jamais les annales de l'île. Le banquet donné par Antoine Desforges-Boucher, le lendemain de la capture du comte par les pirates.

Il ignorait encore à quel point ce souper allait marquer l'histoire.

— Elle est sublime, n'est-ce pas ?

Le voisin de table de Richard avait ponctué ses paroles d'une claque virile sur la poitrine de Richard qui s'étouffa de douleur. La blessure infligée sur le navire avait recommencé à le faire souffrir, malgré les bons soins de notre ami Hervé de Brohand. Celui-ci avait finement recousu l'entaille qui naissait à la jonction des deux clavicules pour descendre en une franche ligne jusqu'au haut du nombril et lui scindait le torse en deux hémisphères. Bien qu'impressionnante à première vue, elle se révélait malgré tout assez superficielle. Il sentait encore sur sa peau la piqûre des points en crin de cheval utilisé pour ressouder les chairs.

Il tendit une main légèrement tremblante vers sa coupe et la vida d'un trait. À ce rythme-là, il serait incapable de se lever de table. Mais il n'en avait cure. L'alcool lui réchauffait le cœur. Et il en avait bien besoin.

Depuis le début de la soirée, il remâchait l'entretien qu'il avait eu quelques heures avant avec son associé, ou plutôt son ex-associé, Georges-Étienne de Bougainville.

Celui-ci lui avait appris, sans aucune explication, qu'il entendait mettre un terme définitif à leur association et qu'il lui retirait ainsi, par le fait même, tous ses subsides.

— Pour l'argent déjà investi, tu devras me rembourser dès les premières expéditions. Et, avait-il poursuivi sur un ton mielleux, afin d'assurer le paiement intégral de ta créance, je prendrai des garanties sur la *Belle Normande*.

Une lame de lave lui monta à la gorge et ses mâchoires se contractèrent. Le misérable ! Son rêve s'effondrait comme un château de cartes. Évidemment, jamais il n'aurait dû faire confiance à ce nabot ! Je le lui avais pourtant dit ! Mais avait-il eu seulement le choix ? Qui d'autre aurait pu ainsi lui fournir l'argent nécessaire pour mettre la *Belle Normande* à l'eau ? Comme il s'en voulait maintenant...

Et tout cela à cause de cette femme maudite... Car il n'était pas dupe: qui d'autre qu'elle aurait pu ourdir une telle traîtrise ? Elle le connaissait suffisamment pour savoir exactement où l'atteindre: elle l'avait marqué là où la chair était tendre. De toute évidence, Louise-Adélaïde avait conseillé à son mari de se retirer de l'affaire. Il savait à quel point elle pouvait être convaincante et jamais il n'avait douté de son intelligence. Elle manipulait son mari comme s'il s'agissait d'une marionnette.

Sa liaison avec Louise-Adélaïde s'était abruptement terminée parce qu'elle était mariée. Non pas qu'il nourrît des scrupules à coucher avec une femme mariée, mais les affaires sont les affaires... Lorsque de Bougainville l'avait approché pour une association financière, il avait rompu avec elle. L'ironie de tout cela, c'est qu'il était presque certain que la décision de de Bougainville de s'associer à ses affaires lui venait de Louise-Adélaïde. Elle espérait sans doute resserrer les liens entre elle et lui afin de le mener à sa guise ! Elle avait exigé de lui des explications sur les motifs de la rupture, qu'elle considérait comme absurdes et sans aucun fondement. Malgré les supplications et le chantage, il avait tenu bon.

Elle avait compris trop tard qu'il lui avait finalement préféré sa stupide épave...

Richard ne pouvait cependant pas nier que Louise-Adélaïde n'était pas le genre de femme qu'on oublie facilement ! Il soupira en songeant à son corps chaud et souple, à ses longs cheveux qui sentaient le miel...

Ses allures félines l'attiraient plus qu'il ne se l'avouait, même si le danger suintait de tous les pores de sa peau. La démone ! Elle avait dû user de tous ses charmes pour convaincre son époux de retirer ses intérêts dans son affaire ! Simplement pour le punir, pour se venger de son humiliation ! Il aurait aimé savoir de quelle façon elle s'y était prise. Avait-elle avoué avoir eu une liaison avec lui ? Non, elle était trop intelligente pour se mettre ainsi la tête sur le billot ! Elle avait dû calculer son coup et administrer, à doses infimes, son venin dans le cœur de son imbécile de mari.

Malgré lui, il admirait sa ruse: elle devait posséder un immense pouvoir de persuasion pour l'avoir convaincu de se retirer d'une aussi bonne occasion d'affaires.

Car, bien qu'il s'agisse d'une aventure risquée, les espérances de bénéfices étaient fort alléchantes. Richard s'était fait prêter à un taux de 35%. Et de Bougainville n'était pas un néophyte en la matière. Malgré ses airs de goret, il était renommé pour son flair et il appréciait l'odeur de l'argent. Il avait traficoté pendant plusieurs années dans les mers des Antilles, investissant dans des aventures nébuleuses, au seuil de la légalité, où il avait amassé une solide richesse. Il jouissait d'une réputation de négociant aguerri et ne nourrissait aucun scrupule à investir dans la traite des Noirs ou dans la piraterie !

Richard reporta son regard vers elle : peu importe les arguments fournis, elle avait réussi. Et elle dissimulait mal sa satisfaction. La façon qu'elle avait d'incliner le visage lorsqu'elle parlait, en relevant le menton, la courbe volontaire de sa mâchoire, ses mains fines aux longs doigts qui s'enroulaient avec une nonchalance affectée autour des colliers qui s'étageaient sur sa poitrine, ses petites dents qui mordaient avec avidité, en retroussant les lèvres...

Mais la nature trouvait toujours le moyen de s'équilibrer : c'était trop de beauté en une seule femme. Nécessairement, les qualités du cœur en étaient d'autant diminuées. Elle distribuait généreusement ses regards langoureux à la ronde. Jorge de Ferreira, visiblement séduit, conversait yeux dans les yeux avec elle, ignorant superbement le mari qui ne semblait pas choqué outre mesure par l'attitude de son épouse.

Mais tous ses charmes étaient destinés au comte, dont l'état avancé d'ébriété constituait pour cette louve une proie presque trop facile.

Richard siffla d'un trait son verre de vin et en accepta un autre du jeune esclave noir armé d'une énorme carafe d'étain.

Un trait spirituel lancé par de Ferreira déclencha un joli rire en cascade qui tinta comme du cristal. Elle renversa sa tête vers l'arrière, offrant sa gorge aux regards approbateurs. L'officier, encouragé par le regard velouté de la belle et l'alcool aidant, lui caressa le bras et de son autre main repoussa l'abondante chevelure. Il approcha sa bouche de son oreille pour lui susurrer un compliment sans doute inconvenant puisqu'elle le fit taire en lui posant un doigt fuselé sur la bouche.

Desforges-Boucher relançait la conversation en discutant religion avec monseigneur.

— Vous plairait-il, Monseigneur, de visiter le couvent des missionnaires lazaristes ? Je suis convaincu qu'ils seront honorés de recevoir un si haut dignitaire.

— Vous m'en voyez parfaitement enchanté, répondit poliment l'archevêque alors même que son visage trahissait l'ennui qu'une telle charge lui imposait.

Le triste épisode de l'abordage les clouait dans cette île jusqu'à ce qu'un vaisseau consente à les ramener au pays. Dieu seul savait combien de temps ils devraient demeurer ici. Ce genre de corvées s'imposerait tôt ou tard, se dit-il résigné.

— Vous serez sans doute surpris de constater la manière dont ils gèrent leur couvent, sans doute fort différente de ce à quoi vous êtes habitué. En fait, je pourrais même dire qu'ils sont beaucoup plus intéressés par leurs vignes que par les âmes à sauver... Et Dieu sait comme l'île abrite de telles âmes... Vous savez, Monseigneur, poursuivit-il, que la situation sur l'île comporte d'étranges particularités. L'île Bourbon a longtemps été dédaignée par le gouvernement royal qui n'y voyait qu'un avant-poste dénué de ressources et de toute valeur. Ce qui est d'ailleurs toujours mon avis, disons-le. Des aventuriers et des coquins de toutes les nationalités s'y étaient installés, des colons de Fort-Dauphin, miraculeusement épargnés par le massacre commis par des rebelles malgaches, des bandits, pirates ou mutins qui s'y étaient fait abandonner. Sans compter la population d'esclaves importés de Madagascar, du Mozambique ou des Indes. Tant et si bien que les générations issues de ces croisements n'ont plus aucune affinité ou ressemblance avec le peuple français et n'ont que faire des efforts de nos braves missionnaires ! Ce sont des gens qui n'ont jamais souffert aucune discipline ni règle aucune. Ils n'obéissent pas plus aux lois civiles que religieuses ou morales. Ils ne sont soumis qu'à leurs mœurs déréglées, qui dégénèrent souvent dans la violence. Les missionnaires se butent à la bêtise et à l'ignorance des habitants : ils procèdent encore à des sacrifices païens ou à des cérémonies démoniaques pour implorer la bonté de leurs dieux ![2]

— Et les femmes ne valent guère mieux, rajouta de Bougainville. Elles ont le sang aussi chaud que la braise et ignorent la modestie ou la réserve. Elles sont volages et frivoles et surtout incapables de résister à un Français, quel que soit son rang !

Il s'avisa subitement de la présence de Louise-Adélaïde son épouse. Celle-ci, les yeux flamboyants, lui décocha une œillade hostile avant de retourner à ses occupations.

Elle avait été fort surprise de constater la présence de Richard à la table du gouverneur. Mais somme toute, s'était-elle dit, ici ou ailleurs... Ils allaient assurément se croiser un jour ou l'autre et il lui plaisait fort de se montrer sous son meilleur jour, adulée et courtisée par la haute société portugaise ! Elle espérait qu'il en crèverait de jalousie !

Mais Dieu qu'il était beau ! Encore plus ce soir que dans son souvenir... Lorsqu'il était ivre et que ses yeux vert d'eau pâlissaient, que son regard devenait vindicatif, que son grand corps puissant se détendait, comme apaisé par la chaleur du vin...

Il lui manquait cruellement, bien qu'elle lui ait rapidement trouvé un remplaçant : Jean-Baptiste Mussard, l'aubergiste

---

2 L'essence de ce discours a été tiré d'un rapport écrit par A. Desforges-Boucher sur les habitants de l'île et remis aux Directeurs de la compagnie des Indes orientales et intitulé : *Mémoires pour servir à la connaissance particulière des habitants de l'Isle Bourbon.*

du Dragon volant. Bien fait de sa personne lui aussi, plus brutal sans contredit, ce qui ne lui déplaisait pas d'ailleurs. Mais jamais il n'égalerait le charme surprenant de Richard Deneuve.

Elle payait durement son entêtement. Maintenant, il était évident qu'elle ne pourrait jamais le récupérer. Elle lui offrit un sourire enjôleur qu'il ne vit même pas. Il écoutait avec attention la conversation entre l'archevêque et le représentant de la compagnie. Elle remarqua la veine qui battait à sa tempe et sa mâchoire crispée. Le discours de Desforges-Boucher devait fort lui déplaire...

— Si les missionnaires réussissaient à les éduquer correctement, reprit Desforges-Boucher, nous n'aurions plus affaire avec des colons avides qui n'hésitent pas à trafiquer avec les pires forbans pour dépenser le peu qu'ils gagnent en frangourin[3] et en eau-de-vie ! Mais ce sont des hommes caractériels et il est difficile de leur faire entendre raison.

— Des hommes qui ne désirent que faire vivre décemment leur famille ! l'interrompit une voix forte et calme, quoique légèrement empâtée. Et que la Compagnie maintient dans cet état d'indigence en leur payant la demie de ce que vaut la livre de café et en leur interdisant de faire du commerce !

Tous les regards convergèrent vers celui qui avait proféré ces paroles. Richard dévisageait le garde-magasin d'un air hostile.

— Je vous prie de mesurer vos paroles, monsieur Deneuve, balbutia Desforges-Boucher décontenancé par l'attaque. Nous payons ce qu'elle vaut et encore plus ! Si les paysans

---

3 Boisson alcoolisée faite à base de canne à sucre fermentée

n'étaient pas paresseux comme des ânes, ils pourraient faire vivre leur famille sans transgresser les lois !

— Des lois arbitraires imposées de l'extérieur par des gens qui ne connaissent rien de la réalité de l'île. Si nous voulons conserver nos terres, nous devons cultiver le café et rien d'autre, au seul bénéfice de la métropole ! Comme si le café allait nous nourrir ! Et si nous refusons de nous soumettre, c'est l'amende !

— Les lois sont dictées par la maison de la Compagnie à Paris, monsieur, et notre devoir est de les faire respecter, et non de les discuter.

— Non. Votre devoir, c'est de vous assurer que les colons ne crèvent pas de faim. Mais vous n'avez aucune once de compassion et vous vous limitez à appliquer des lois comme un imbécile !

Desforges-Boucher bouillait d'indignation.

Monsieur Beauvollier de Courchant, dont le regard se promenait de l'un à l'autre et qui se trémoussait de malaise depuis le début de l'altercation, les exhorta au calme :

— Allons, allons, messieurs, protesta-t-il. Je vous en prie, un peu de dignité ! Nous serions bien mal avisés de régler nos querelles intestines alors que nous avons à notre table d'aussi illustres invités qui ont vécu une dure journée, n'est-il pas vrai, messieurs ?

Le gouverneur distribuait des sourires nerveux aux invités, quêtant soutien et approbation. Il détestait les confrontations.

Desforges-Boucher décocha à Richard un regard chargé de mépris qui glissa sur le Normand comme de l'eau sur le dos d'un canard. Il soutenait son regard sans broncher, attendant une seule insulte pour se ruer sur lui en envoyant valser le service de porcelaine de madame la gouverneure. Entre eux, aucune accalmie n'était possible. Leurs divergences de caractère les condamnaient à se haïr sans trêve. L'un était trop orgueilleux pour se laisser invectiver par l'autre. Et Richard, l'alcool aidant, ressentait profondément en lui le besoin d'apaiser sa rage et sa frustration. D'une manière ou d'une autre.

Heureusement, l'entrée intempestive du valet du gouverneur interrompit la confusion du moment:

— Monsieur le gouverneur, je suis navré de vous importuner, mais un homme insiste pour vous voir.

Il se pencha avec déférence aux côtés de monsieur Beauvollier de Courchant et lui chuchota quelques mots à l'oreille. Tous les invités remarquèrent que le visage du gouverneur blêmissait à mesure qu'il parlait, comme s'il avait été soudainement vidé de tout son sang.

Il balbutia quelques mots d'excuse à ses voisins et se dirigea promptement vers Desforges-Boucher. Il lui glissa quelques mots à l'oreille. Après quelques secondes, Desforges-Boucher finit par déclarer d'une voix emphatique à l'attention de ses convives:

— Eh bien, il semble qu'on ait un visiteur. Olivier Levasseur, l'un des chefs des pirates, désire prendre part aux festivités ! Qu'on l'introduise !

Olivier Levasseur s'avança dans la pièce, aussi à son aise que s'il avait reçu un carton d'invitation. Il avait nonchalamment enlevé son large chapeau de feutre piqué d'une plume décharnée, découvrant ainsi une noire chevelure lustrée retenue sur la nuque par une boucle grenat au velours défraîchi. Sa peau bistre, tannée par le sel et le vent, accentuait l'éclat des dents qui étincelaient derrière un sourire méprisant.

Il avait une large mâchoire aux angles marqués surmontée d'une moustache noire, et son nez busqué lui faisait ressembler au rapace dont il portait le nom. D'aucuns affirmaient qu'on le surnommait La Buse à cause de la vélocité qu'il avait à fondre sur sa proie. Et ce, quelle qu'elle soit : marin, soldat ou femme.

Cet homme, dont les traits semblaient avoir été grossièrement taillés dans le roc, portait triomphalement une chemise d'un blanc douteux au devant froncé en un abondant jabot de dentelles qui débordait sur les rebords d'une épaisse redingote violette aux boutons de rubis. Sur ce nid de dentelles étincelait un lourd pendentif d'argent, en forme d'étoiles à huit branches. Une culotte pourpre chatoyante, plus ajustée que la décence et la mode ne l'exigeaient, et des bottes de daim à boucles dorées complétaient l'ensemble qui contrastait étrangement avec l'ambiance aristocrate de la soirée.

— Messieurs… Mesdames…

Il exécuta une révérence beaucoup trop ostentatoire pour être honnête à l'adresse de l'assemblée. Visiblement, il prenait beaucoup d'agrément à sa prestation et utilisait un langage châtié pour respecter la composition de son personnage.

— Je dois parler avec Son Excellence.

— Que lui voulez-vous ? interrogea avec force Desforges-Boucher qui s'était substitué au gouverneur, pétrifié par la terreur.

— Oui, que m... me vou... voulez-vous ? balbutia le comte, complètement abêti par la quantité d'alcool ingérée. Il s'était levé pour appuyer son désaccord, mais dans son élan, avait accroché son couvert qui tomba sur le sol avec fracas. Confus, il en ramassait déjà les morceaux, avant qu'un esclave empressé ne se charge du reste.

— La rançon de 2000 piastres (le gouverneur hocha la tête, oui, oui, il savait très bien), eh bien, on est d'avis, mon confrère John Taylor et moi, que Son Excellence n'était pas comprise dedans. C'est pour ça que je suis ici. Pour vous réclamer une rançon supplémentaire.

Un silence consterné s'abattit sur l'assistance. À travers les brumes de l'alcool, Richard se demanda une fraction de seconde s'il lui faudrait encore se battre. Il jeta un regard à la délégation portugaise et constata avec soulagement que personne ne semblait vouloir intervenir. Il choisit de ne pas s'immiscer : il avait déjà suffisamment donné au drapeau portugais. D'ailleurs, il était hors d'état de tenir une arme.

Tous les regards étaient braqués sur le comte abasourdi, qui se demandait avec horreur s'il ne nageait pas en plein délire.

— Comment ? réussit-il à balbutier. Vous avez envahi mon vaisseau, massacré mes hommes, vous m'avez emprisonné, exigé une rançon, volé – oui volé ! – mon vaisseau ! Et voilà que, non content de m'avoir humilié, vous vous présentez ici afin d'exiger une rançon supplémentaire ? Vous m'avez ruiné ! Vous avez ruiné le Portugal !

Il bafouillait d'indignation devant ce personnage répugnant qui osait venir le harceler sur la terre ferme. Ses bras exécutaient de grands moulinets maladroits, et son corps chancelait sous l'effet combiné de la colère et de l'alcool.

Il reprit avec plus de force dans la voix:

— Je n'ai même plus de quoi rembourser la rançon avancée par le gouverneur ! Et vous osez exiger davantage ? Vous n'êtes qu'une canaille, un coquin !

Jorge de Ferreira, la main posée sur le pommeau de son épée, s'était levé, prêt à combattre. La Buse lui lança un regard moqueur. De Ferreira serra plus fortement la garde de son épée et s'avança d'un pas.

Desforges-Boucher s'était ressaisi. Il lui fallait à tout prix reprendre le contrôle de la situation. Il se leva solennellement et esquissa un geste apaisant en direction du comte. Puis, il s'adressa à La Buse qui souriait à la ronde, comme s'il s'agissait de spectateurs, à l'aise comme un poisson dans l'eau.

— Combien exigez-vous de lui ?

— Mille piastres ! lança le pirate après une imperceptible hésitation.

— Oh ! C'est bien trop peu pour un brave homme comme vous, déclara le représentant de la Compagnie des Indes, et beaucoup trop, maintenant, pour un seigneur comme lui. Laissez-le donc et asseyez-vous avec nous !

Un hoquet de stupéfaction s'étrangla dans la bouche du comte. Quelques secondes s'écoulèrent. Puis, le pirate, hilare, s'écria d'une voix triomphale:

— Eh bien ! Monsieur le comte est libre !

Il souriait de toutes ses dents. Il se laissa bruyamment choir sur un fauteuil qu'un esclave avait prestement glissé entre le gouverneur et madame de Bougainville.

Celle-ci avait observé avec un intérêt mal dissimulé le nouvel arrivant. Il s'assit si près d'elle qu'elle sentit la chaleur de sa cuisse à travers le fin plissé de sa robe. Une odeur fauve se dégageait de lui. Elle frissonna à la vue de la large main dont les doigts aux ongles crasseux se refermaient comme des serres autour de la fragile coupe de cristal ciselé, de la bouche aux lèvres charnues qui avala d'un trait son contenu, et elle devina la puissance qui émanait du corps nerveux enfermé dans cette prison d'étoffe.

Très à l'aise, le flibustier remerciait avec force civilités l'esclave qui lui tendait les plats, les mains légèrement tremblantes. Il déchiquetait de ses dents de carnassier la pièce de viande avant d'essuyer sa bouche luisante de la graisse de l'animal du revers de la main, ignorant avec superbe tous les regards qui convergeaient vers lui. Il se félicitait de la tournure impromptue de la scène et jouissait, grand prince, de son effet comme s'il ne réalisait pas la muette stupéfaction que sa présence suscitait. Même les musiciens avaient cessé de jouer et leur instrument pendait le long de leur corps.

Le pirate repoussa légèrement son plat où gisaient quelques os à demi rongés. Il se cala confortablement dans le fauteuil et étendit ses longues jambes devant lui en frôlant du dos de la main, au passage, l'épaule dénudée de sa voisine. Un frisson d'excitation mêlé à de la répulsion lui donna la chair de poule.

Le gouverneur, blême comme une endive, ne cessait de se demander par quels stratagèmes épistolaires il allait pouvoir rapporter cet incident malheureux aux directeurs parisiens, sans pour autant passer pour une chiffe molle.

Madame de Bougainville, masquant à peine son impatience, le corps et l'âme emprisonnés par l'aura chaude et sauvage qui se dégageait de lui, le pria de leur raconter une histoire. Son amant actuel, Mussard, avait l'air, à côté de lui, d'un angelot sorti tout droit d'un tableau de Rubens.

— Nous arrivons tout droit de la mer d'Oman... Nous avons attaqué quelques navires musulmans sans importance, commença le pirate, avant de regagner notre repaire à l'île Sainte-Marie. Les proies sont plus consistantes par ici, mais, bon Dieu, pas autant que la *Vierge du Cap* !

Il leva insolemment son verre à la santé du comte.

Celui-ci, la voix engourdie par l'alcool, répondit :

— Vous n'êtes que des rapaces qui se repaissent de la richesse honnêtement gagnée des autres !

Un silence de glace s'abattit sur l'assistance. Les hôtes s'observaient à la dérobée, inquiets de la réaction du pirate à une attaque aussi ouverte. Mais La Buse répondit calmement :

— Honnêtement ? Qui est le plus honnête ? Celui qui dépouille le Nouveau-Monde pour enrichir un roi qui n'y a jamais mis les pieds, qui réduit les indigènes à l'esclavage ou les extermine tout simplement, ou le pirate qui s'en empare ? Je ne parle pas de vous, bien sûr, Votre Excellence !...

Le comte, incapable de discerner l'ironie, reprit :

— Le fait demeure le même. Que ce soit le galion espagnol ou une goélette arborant un drapeau à tête de mort, je ne saisis pas la différence. Vous êtes des pilleurs, des assassins, des hommes sans scrupules !

Le comte s'empêtrait dans ses insultes. Il renversa ce qui restait de vin dans sa coupe, imprégnant la nappe immaculée d'une tache bourgogne.

— Très bien, admit finalement le forban. Nous sommes des voleurs et des assassins, des pilleurs, des violeurs. Mais nous ne sommes pas plus mauvais que ceux qui le font pour obéir aux ordres de leur roi ! Et nous, reprit-il avec une voix étrange, nous sommes libres ! Tandis que moi j'irai retrouver la liberté que je me suis offerte en devenant un criminel, vous, vous resterez condamnés à votre misérable existence, enchaînés par une corde qui s'enroule autour du pieu qui la retient, jusqu'à ce que vous étouffiez...

Son regard s'était enflammé à l'évocation de sa liberté. Desforges-Boucher lança froidement:

— Jusqu'à ce que vous pendiez au bout d'une corde ! Vous ne pourrez échapper impunément à la loi !

— La corde, la noyade, un boulet de canon, la gueule d'un requin, un coup de sabre ! Les occasions de mourir pour un pirate sont nombreuses, et croyez-moi, la potence ne me fait pas peur. Et pour l'instant, messieurs, dames, je jouis de tout ce qui me plaît: l'or, le rhum, les femmes (il passa insolemment et avec insistance sa main dans la longue chevelure libre de Louise-Adélaïde), la liberté, je règne en maître sur les mers, je mène la guerre contre le monde entier et j'envoie au diable tout le reste !

Le comte s'échauffait et transpirait à grosses gouttes. Il lui fallait absolument en avoir le cœur net. Depuis l'entrée intempestive du pirate, il ne pouvait s'empêcher de nourrir un doute.

Se pouvait-il que les pirates n'aient pas découvert ?... C'était presque impossible, mais il devait savoir... Il interrompit brusquement la tirade du pirate et demanda, presque dans un murmure:

— N'avez-vous point fouillé les cales de la *Vierge du Cap* ?

Le sourire insolent du flibustier s'élargit encore pour découvrir les pointes des canines le faisant ressembler à un chacal. Ses yeux luisaient d'un étrange éclat.

Il se leva à demi pour empoigner le pichet de vin et emplit largement sa coupe. Des gouttelettes couleur rubis perlaient sur les mains calleuses. Il vida son verre d'un trait et s'essuya du revers de la main.

Il ricana.

— Vous croyiez peut-être que votre fabuleux trésor nous avait échappé ? Nous les avons fouillées, les cales, et avons découvert ce qu'elles contenaient: un trésor digne des plus belles histoires de pirates, en vérité... des rivières de diamants, des monceaux de bijoux, des rangs et des rangs de perles, des barres d'or et d'argent, des meubles exotiques, des tissus et des étoffes rares tissés de fils d'or, des cassettes de pierres précieuses... Plusieurs millions de livres tournois, sans doute... N'est-ce pas, Votre Excellence ? Peut-être un peu plus, même, non ?

Toute l'assemblée s'était tue, suffoquée par la révélation de toutes les richesses contenues dans le ventre de la *Vierge du Cap*.

Le comte pâlissait à mesure que le forban étalait ses richesses perdues. Un trésor inestimable: une partie du trésor de la Couronne, du trésor du roi du Portugal... En effet, en revenant au pays, le comte rapportait les richesses amassées aux Indes pendant qu'il était vice-roi...

L'assistance était toujours bouche bée lorsque le pirate se leva :

— Je vous remercie de votre charmante hospitalité, mais mes hommes m'attendent. Il se dirigea vers la porte. Au dernier moment, il fit demi-tour et, s'adressant à Desforges-Boucher, lui dit :

— D'ailleurs, reprit-il, j'étais aussi venu pour vous informer que Taylor et le reste de nos hommes sont partis il y a quelques heures déjà pour arraisonner le vaisseau *Ville d'Ostende* qui mouille à Saint-Paul. Je les rejoindrai, la *Vierge du Cap* en remorque.

Puis, en s'adressant au comte :

— Si vous désirez récupérer quelques-unes de vos babioles, rendez-vous à Saint-Paul : mes hommes auront grand-soif et ne seront pas regardants sur la dépense.

Puis, il franchit le seuil, laissant là, pantois, le tout Saint-Denis.

Un peu plus à l'ouest de l'île dans le petit hameau de Saint-Paul
Trois jours plus tard

— Avec ça, vous n'irez pas mourir du scorbut ! lança Finch. J'en ai deux pleins tonneaux !

Il continua à l'adresse des deux pirates chargés du ravitaillement de leur vaisseau :

— J'ai aussi trouvé ce que vous m'aviez demandé.

Il pointa de son goupillon en direction d'un petit massif feuillu où une caisse de lattes de bois, habilement dissimulée, abritait trois gigantesques tortues qui les regardaient placidement de leurs yeux éteints.

— Il faut les coucher sur le dos et les arroser d'un peu d'eau salée chaque jour. Vous pourrez ainsi les tenir pendant deux mois. Juste le foie permet de faire manger quatre hommes ! Oubliez pas de dire au chirurgien qu'il peut en tirer deux pleins pots d'huile. Ça guérit les membres paralysés.

— Léo Finch ! lui lança en riant Gaspard Tardivel, un habitant des Sables qui attendait avec d'autres pour vendre quelques chèvres aux pirates, t'as le démon dans le corps ! Si le directeur te surprend, tu es bon pour les fers ! Commercer avec les pirates, d'accord, tout le monde le fait même si c'est interdit, mais chasser la tortue !

Léo Finch regarda Tardivel de ses yeux d'un bleu très pâle, mais dont la vivacité démentait la vieillesse du corps.

— Ce n'est pas le roi qui n'a jamais mis les pieds sur l'île qui me dira si je dois chasser la tortue ou non ! Et le gouverneur a d'autres chats à fouetter sur l'heure, crois-moi !

Le roi avait décrété depuis 1713 que le commerce de la tortue serait un monopole réservé au gouvernement. Il en avait donc interdit la chasse et avait prévu de lourdes peines en cas de contravention : 100 livres d'amende pour une première infraction, 500 livres pour la seconde et un mois de prison pour la troisième infraction. Finch en était à la prison.

Quant au trafic avec les pirates, Desforges-Boucher était le premier à leur livrer de la marchandise, malgré les instructions de la Compagnie des Indes qui avait été on ne peut plus claire. Une ordonnance royale publiée en 1717 proclamait qu'il était interdit à tous les sujets de Sa Majesté de donner, vendre ou échanger quelque munition de guerre ou de bouche de canon sous peine de galères. Les pirates avaient acquis du magasin de la Compagnie toutes les denrées nécessaires à leur voyage. Ils avaient embarqué des coudées de cordages, des fûts de goudron, des aunes de toile, des clous, poulies, lanternes, cruches de grès, pelles de bois, assiettes d'étain, aiguilles à voilure, barils de farine, de pois, de lard salé. Ils avaient raflé à peu près tout ce qui se trouvait de nourriture.

— Ouais, reprit Joachim Trébuchet en grommelant, on n'aura rien à se mettre sous la dent, mais les hangars vont être remplis de café ! Pendant qu'on s'échine à enrichir la métropole, nous, on crève de faim et on va tout nus ! Je pense que je vais faire comme toi, Finch ! Je vais braconner la tortue. Au moins, je vais pouvoir nourrir mes enfants ! Les hommes discutaient entre eux en attendant leur tour pour offrir leur marchandise aux pirates. Ils s'étaient légèrement retirés à l'intérieur des bois à l'abri des regards. Ils entendaient en sourdine les éclats et les rumeurs provenant du petit hameau de Saint-Paul, à quelque distance de là. Un jeune créole faisait le guet à l'orée du petit sentier. Lorsqu'un milicien s'approchait, il se mettait à siffler pour alerter les commerçants. Les deux pirates sortirent un petit sac de peau tannée contenant la part prélevée sur le butin pour le ravitaillement du navire. Ils remirent à Léo Finch une poignée d'écus et quelques pierres qu'il empocha avec satisfaction. Il salua Trébuchet et Tardivel et prit la direction du hameau. Il avait soif.

La lumière tombait, rabaissant les limites du décor, le réduisant aux quelques petites rues du village de Saint-Paul, éclairées par des feux qui s'allumaient çà et là à proximité des quelques cases habitées. Les oiseaux nocturnes avaient entamé leur nuit de chasse, scrutant de leurs yeux exercés les bêtes à débusquer. Les couleurs, quelques instants plus tôt chatoyantes, pâlissaient et se nimbaient d'ombres mouvantes, entre deux tons. La brise se taisait, offrant aux épais feuillages des arbres une douce accalmie. Mais cet apaisement de la nature détonnait avec l'animation dont elle était témoin. Les corps avachis des pirates, qui se livraient depuis la veille à des bacchanales effrénées, formaient des petits amas colorés sur la plage. Un géant barbu, complètement nu, de l'eau jusqu'à la taille, hurlait comme un possédé: il avait parié sa part de butin qu'il pouvait attraper une tortue marine à mains nues. Il plongeait dans une vague, puis, sauvagement secoué par le ressac, roulait sur la grève, le corps ensablé. Puis, il replongeait, encouragé par les hurlements et les rires de quelques hommes qui avaient ouvert les paris.

Le crépuscule était déchiré par des coups de feu, les cris des hommes qui s'injuriaient, sur un fond de mélodie chantée par un pirate aux origines celtes.

Léo Finch se dirigeait vers la petite taverne de Saint-Paul située au lieu-dit Les Sables, ainsi appelé en raison de l'amoncellement de dunes en bord de mer. Le petit hameau abritait près de cinq cents habitants dont les maisons s'agglomératent au hasard autour de l'étang.

À son embouchure se tenait une construction typique de l'endroit, construite de troncs imbriqués aux encoignures et recouverts de nattes de latanier tissées les unes aux autres. Une enseigne branlante de bois retenue par un crochet de fer indiquait, malhabilement gravée, « L'auberge du Dragon volant », et offrait aux habitants le couvert et le boire. Le tavernier avait baptisé son commerce du même nom que le vaisseau qui l'avait amené à l'île Bourbon.

À l'extérieur, un jeune Malgache à la gueule belliqueuse, captivé par l'étrange spectacle, faisait distraitement tourner des quartiers de chèvres empalés sur une broche de fer pour repaître la clientèle.

Léo Finch poussa la porte à battants qui s'ouvrit sur une horde hurlante. Il savait nous y trouver.

L'ambiance à l'intérieur de l'auberge du Dragon volant était chaude et sauvage, l'odeur musquée des hommes se mêlait à la fumée âcre du tabac et à l'odeur poignante de la graisse d'animal qui fondait en grésillant sur les pierres chaudes du feu. L'endroit sentait l'alcool et les femmes, la passion et la luxure.

Quoique jamais en peine de clients, l'auberge était ce soir-là pleine à craquer. Attirés par la manne inespérée que constituait une bande d'hommes ivres aux poches remplies, des habitants jouaient aux dés, sûrs de s'enrichir de quelques diamants ou de pièces d'or que les pirates distribuaient généreusement.

L'argent qu'ils avaient acquis avec violence, ils le dilapidaient avec une étrange ferveur, comme s'il leur brûlait les doigts.

Ils payaient trois fois ce que valait la marchandise, pariaient alors qu'il n'y avait aucune possibilité de gain, s'offraient mutuellement des tournées payées à coup de broches d'émeraudes et de rangs de perles. Ce n'étaient qu'exaltation, démesure et excès.

De jeunes créoles, tentées par une parure de perle ou une broche étincelante, s'offraient sans vergogne aux forbans. Le couple s'engouffrait alors dans l'intimité des sentiers et en ressortait quelques instants plus tard, le corps libéré, le forban prêt pour une autre partie de dés avec les compagnons.

Plusieurs barils avaient été mis en perce et le frangourin coulait à flots à travers les bouteilles plus convoitées de vin du pays, d'eau-de-vie ou de ce très prisé liquide ambré: le fameux rhum brun. Des cruchons, des pichets d'étain et de grès s'empilaient pêle-mêle sur les tables. Des hommes éméchés s'invectivaient bruyamment dans des langues inconnues aux rudes consonances.

— Dire que la *Vierge du Cap* transportait un trésor fabuleux !

J'étais assis à l'une des tables de bois avec Richard et Hervé. Mes cheveux noirs, hérissés en pointes tout autour de la tête, me faisaient ressembler à un oursin.

— Vous imaginez ! Pauvre comte, c'est toute une fortune qu'il a perdue, là. J'ai entendu Mussard raconter que les pirates ont reçu pas moins de 42 diamants chacun lors du partage du butin. Au rythme où ils les dépensent, demain matin il n'en restera rien !

Non loin de nous, les chefs des pirates, Olivier Levasseur et John Taylor, étaient assis autour d'une table avec trois imposants gaillards qui semblaient constituer leur escorte. Un des hommes avait la jambe gauche plus courte que l'autre, ce qui lui donnait une allure claudicante. Son nez était large et si écrasé qu'on avait l'impression que sa lèvre supérieure se retroussait. Je remarquai les bras courts anormalement musclés et les larges paluches poilues aux ongles noircis. Tout en cet homme était disproportionné. Les forbans s'adressaient à lui en esquissant force gestes et en exagérant le mouvement de leurs lèvres. J'étais indécis à savoir si l'homme était muet ou simplement idiot, puis décidai que l'un n'excluait pas l'autre.

— Il paraît même que le gros lard là-bas (je désignai très subtilement du menton l'homme), mécontent de l'énorme diamant qu'on lui avait donné à la place des 42 petits des autres, l'a fracassé en plusieurs morceaux pour ne pas se sentir désavantagé par le nombre !

— Je parie que tu aurais fait pareil ! me répondit Richard en riant.

Il était avachi dans sa chaise, ses longues jambes étendues devant lui. Il siffla d'un trait le reste de la bouteille de rhum brun qui traînait sur la table et s'essuya du revers de la main.

— Penses-tu ! rétorquai-je, offusqué. Donne-moi un diamant gros comme un œuf de caille et je saurai quoi faire avec !

Eh oui ! Lui aussi saurait quoi faire d'autant de diamants !

Richard leva les yeux vers Olivier Levasseur et leurs regards se croisèrent. La veille, Levasseur avait attendu que Richard soit seul pour l'approcher alors qu'il allait pisser derrière l'auberge.

— Je t'ai vu te battre sur la *Vierge du Cap*. On a besoin d'un gars comme toi dans nos rangs. Qu'est-ce que t'en dis ? C'est diablement mieux payé que de travailler pour la flotte royale… Ou qu'à semer du café pour ces messieurs les gros lards de la Compagnie des Indes !

— Richard ! C'est ma tournée ! avais-je crié dans l'embrasure de la porte au même moment.

Richard s'était reboutonné tranquillement tandis que La Buse lui avait lancé en disparaissant : « Penses-y mon gars… » Cette proposition lui torturait l'esprit bien malgré lui. S'il s'était battu auprès des pirates plutôt qu'avec les Portugais, il serait riche à l'heure qu'il est… Il repoussa rageusement cette idée ! Devenir pirate… Ce n'était pas tout à fait le rêve de richesse et de gloire qu'il caressait !

Trois jours avaient passé depuis la réception du gouverneur, et s'il avait eu le temps de dessaouler, cela n'avait rien changé à la situation. Il ne pouvait plus compter ni sur l'or des Portugais ni sur celui du sieur de Bougainville pour payer les hommes qui travaillaient à radoubier son vaisseau.

Il n'avait pas fermé l'œil de la nuit et avait envisagé le problème sous tous les angles. S'il baissait les bras maintenant, s'il ne réussissait pas à mettre son bateau à l'eau d'ici l'année, de Bougainville serait en droit de saisir ses biens en paiement de sa dette. Jamais il ne consentirait à ça.

Il avait finalement élaboré une stratégie. Il espérait pouvoir convaincre ses ouvriers illégaux de continuer à travailler pour lui en échange d'une situation sur son navire. Ce qu'il leur offrait était plus que de l'argent, argent d'ailleurs que ces proscrits ne pouvaient même pas échanger contre des vivres. Ce qu'il leur offrait, c'était leur liberté. Il s'engageait, avec les profits enregistrés, à les racheter un à un à leur propriétaire. Son vaisseau leur offrirait l'asile et la possibilité de faire vivre leur famille à long terme. Il avait investi tous ses espoirs dans cette ultime solution qui lui semblait juste et équitable pour chacun. Les ouvriers marrons constituaient son unique et ultime chance.

Nous aperçûmes dans l'embrasure de la porte Léo Finch qui s'avançait vers nous. Léo fourragea dans la poche de sa culotte sale, en tira quelques pièces d'or qu'il laissa tomber négligemment sur la table.

— Tu arrives à point ! Nos verres sont vides et nous sommes ruinés ! lançai-je gaiement en assénant une vigoureuse claque dans le dos de Finch et en m'emparant des quelques pièces qui roulaient sur la table de bois. Malgré mes fonctions de secrétaire, j'étais toujours à court d'argent.

Léo Finch leva sa canne et hurla au tavernier :

— Mussard ! À boire !

L'aubergiste évoluait d'une table à l'autre, versait à boire, s'attardait, tissait des liens, offrait des tournées.

— Jeanne, grouille-toi ! Amène du rhum à Finch ! hurla le tavernier d'une voix grasse en direction de son épouse.

Richard se déplaça légèrement pour suivre du regard la jeune femme qui se faufilait à travers la foule. Elle avait d'épais cheveux châtains retenus sur la nuque par un ruban, de grands yeux gris fendus en amandes, et de minuscules taches de son parsemaient son visage au teint laiteux, ce qui lui donnait un petit air de gamine que son attitude sérieuse et réservée démentait. Elle avait une large bouche qui cachait de toutes petites dents carrées, alignées comme des perles sur un collier. Sa chemise blanche de batiste s'ouvrait en V sur sa poitrine qui ruisselait de sueur dans cette ambiance étouffante. Le tissu lui collait à la peau et tentait les regards. Elle portait une longue jupe de cotonnade écarlate qui s'allongeait par-derrière, formant une minuscule traîne, et un tablier ceinturait sa taille. Elle serrait les dents en évitant du mieux qu'elle le pouvait les hommes debout entassés les uns contre les autres. Elle n'était pas très grande et elle évoluait avec difficulté à travers ces grands corps. Des mèches mouillées s'échappaient de sa coiffure et lui collaient au visage. Son mari, installé à une table entre deux jeunes créoles qui se laissaient mollement tâter, se désintéressait complètement d'elle. Elle arriva enfin à la table où elle déposa les coupes d'étain remplies à ras bord.

— Merci, ma colombe, lui dit Finch en lui tapotant gentiment le bras.

Elle le remercia d'un petit salut de la tête, et sans un regard pour les trois autres hommes retourna à l'abri derrière le grand comptoir de bois.

— Quelle belle femme ! soupira Richard en l'observant se frayer un chemin à travers la horde de mâles.

— C'est une habitude, ma parole ! Il n'a d'yeux que pour les femmes mariées ! se moqua Hervé.

Richard lui lança un regard l'air de dire qu'il était bien mal placé pour lui dispenser des commentaires. Hervé détourna la tête, gêné. Il ignorait que Richard était au courant de sa liaison avec Eudora Finch.

— Aussi belle que la femme du bourgeois ? demandai-je ironiquement.

Non, bien sûr, elle ne possédait pas la beauté arrogante de Louise-Adélaïde, mais personne ne lui avait jamais remué le cœur comme pouvait le faire la femme de Jean-Baptiste Mussard. Je la soupçonnais de ressembler à Amélia, cette femme dont Richard ne me parlait que lorsqu'il était complètement ivre.

— Encore plus belle, décida-t-il ! Mais elle est plus froide que les eaux de Terre-Neuve ! reprit-il, dépité. Je crois bien qu'elle ne m'a pas adressé dix mots depuis un an que nous sommes ici.

— Elle est sûrement muette, soutins-je d'un ton railleur, ou alors aveugle.

Je me curais nonchalamment les ongles avec le couteau de poche d'Hervé.

— Sinon, comment expliquer qu'elle puisse résister à ce distingué étalage de charme normand ?

Mon ton était léger, mais je ne pouvais m'empêcher d'éprouver un brin de jalousie. Richard n'avait pas, comme moi, à travailler aussi dur pour trouver des femmes pour partager son lit, et ce, malgré ma situation enviable de secrétaire auprès du gouverneur. Elles lui tournaient autour comme des mouches autour du miel.

Hervé, dégoûté, récupéra avec un grognement d'impatience son petit couteau dont il essuya minutieusement la lame sur son pantalon avant de le replacer dans sa sacoche de cuir.

Léo Finch les rassura :

— Elle n'est pas muette, elle est seulement prudente. Et mariée.

— Ce n'est pas véritablement ce qu'on peut appeler un obstacle ici ! rétorquai-je. J'avais en effet été stupéfait de constater les mœurs frivoles des femmes de l'île. Les seules femmes que j'avais vraiment côtoyées avant étaient les sœurs de l'orphelinat où j'avais été recueilli et elles me semblaient totalement asexuées. Le choc avait été brutal : les femmes de l'île prenaient leur plaisir comme elles l'entendaient, sans se soucier de demeurer fidèles à quiconque, et ne se soumettaient qu'à elles-mêmes. Je me rappelai le jour où nous débarquâmes à l'île Bourbon. Nous fûmes troublés par les regards veloutés qui ne papillonnaient pas, qui ne se baissaient pas, sauf peut-être pour regarder plus bas... Nous ne pouvions ignorer la transgression des conventions dans les petits pieds qui allaient nus, sans bas ni chaussures, dans les cheveux qui cascadaient sans retenue sur les fines chemises de batiste, largement ouvertes en pointe sur les poitrines à la peau mate, qui découvraient les gorges et plus encore. C'était un étalage affriolant de couleurs vives, de bijoux chatoyants, de colliers d'or et de coquillages, de jupes amples, écarlates, traînant un peu par-derrière et qu'elles tenaient nonchalamment d'une main, découvrant ainsi un mollet bien galbé. Aucun corset ni mante ne venait discipliner leur tenue si légère. Émus par un tel étalage de charme, nous en avions presque oublié l'horrible tempête qui avait ravagé notre vaisseau. C'est d'ailleurs peut-être ce qui nous avait si rapidement convaincus de demeurer sur l'île...

— Et son mari n'est pas commode, poursuivit Léo en aspirant dans un grand bruit les dernières gouttes.

Comme pour confirmer les dernières paroles de Léo Finch, on entendit Mussard hurler grossièrement à sa femme de lui apporter à boire.

Les gestes raides, elle déposa le contenu de son cabaret sur la table devant son mari. Elle évita de regarder la jeune mulâtre indolente assise sur ses genoux, même lorsque celle-ci se pencha effrontément pour attraper le pichet d'étain, offrant aux regards une opulente poitrine luisante.

Mussard remercia son épouse d'une vigoureuse claque sur la croupe dont la violence la fit trébucher vers l'avant. Son teint laiteux vira au rouge vif. Il s'étranglait de rire :

— Regarde ici, la bonne fille, ricana-t-il en tâtant la poitrine offerte. Elle, elle est gentille... Tu devrais en faire autant pour ton petit mari...

Son air était féroce malgré le large sourire qui dévoilait une rangée de dents à la propreté douteuse. Il avait des traits épais et puissants, une abondante crinière de cheveux noirs bouclés formant un ensemble dégageant un charme brutal, qui pouvait plaire à certaines femmes de l'île, mais certainement pas à son épouse. Elle réprima un haut-le-cœur et récupéra vivement son cabaret de ses petites mains tremblantes de rage. Elle dévala les étroites marches vermoulues qui menaient au-dehors et franchit la porte, non sans lui asséner un furieux coup de pied. La porte se rabattit avec fracas contre le chambranle et laissa une petite entaille dans le bois. Elle haletait d'indignation et cherchait son souffle, ses mains comprimant sa poitrine.

Puis, aussi rapidement qu'elle était sortie, elle aspira un grand coup, releva fièrement sa petite tête, redressa les épaules et rentra à l'intérieur.

— Ouf ! Toute une femme, cette Jeanne, soufflai-je, impressionné.

— Comment paieras-tu les ouvriers maintenant que les Portugais ne peuvent plus t'engager ? s'enquit Finch. Il s'était tourné vers Richard.

— Je ne les payais déjà pas très grassement, soupira Richard en se resservant à boire. L'argent servait plutôt à l'achat de matériel. Il se frotta le front du charnu du pouce, comme il le faisait souvent lorsque quelque chose le tenaillait.

— J'ai une mauvaise nouvelle, Richard, l'interrompit brusquement Finch. Il préférait en finir maintenant.

Richard fut surpris par l'air grave qu'arborait Léo Finch. Il attendit, envahi d'une étrange appréhension.

— La résidence des Caze a été entièrement rasée par le feu cette nuit et il n'en reste plus grand-chose. Du couple Caze non plus, d'ailleurs.

L'immense maison bâtie dans le pur style créole était entièrement construite de bois et ornée de frondaisons joliment sculptées. Les Caze étaient des gens très bien nantis qui s'étaient enrichis dans la culture et dans l'élevage. L'époux, un homme taciturne, avait abandonné la gestion du domaine à son épouse, Gabrielle Caze. Celle-ci menait l'exploitation avec une poigne de fer et terrorisait par sa cruauté les esclaves qui travaillaient pour elle. Quelques semaines auparavant, elle avait dû s'expliquer au conseil de l'île sur la mort d'une jeune esclave retrouvée dans la hutte malodorante, son cadavre noirci par les mouches. La Caze l'avait brûlée sur tout le corps avec une plaque de fer rouge. Des marrons, dont le frère de la jeune fille, étaient descendus la nuit précédente et avaient vengé sa mort.

Malgré l'horreur que lui inspirait cette femme, Finch avait eu un haut-le-cœur en voyant le corps puant de Gabrielle Caze, à demi consumé par le feu, les poignets ligotés derrière le dos et une corde bien serrée autour de son cou. Les esclaves fugitifs s'étaient fait justice.

Il reprit à l'adresse de Richard :

— La plantation est déserte ; il n'y reste plus un rat et il est clair pour les autorités qu'il s'agit d'un soulèvement d'esclaves. Desforges-Boucher a levé une troupe de chasseurs de marrons qui ratisse les environs. J'ignore s'ils iront jusqu'en montagne pour les débusquer, mais toute la côte jusqu'à Sainte-Suzanne est étroitement surveillée. Il a promis une récompense de 100 livres à quiconque rapporterait la main gauche d'un fugitif abattu. Il veut donner des exemples, comprends-tu...

Richard pâlissait à mesure que Finch parlait.

— Il paraît, poursuivit-il doucement en ne quittant pas des yeux Richard, que de Bougainville s'est retiré de l'affaire parce que tu employais illégalement des marrons pour la reconstruction de la *Belle Normande* et il est allé révéler ces informations à Desforges-Boucher. Pure vengeance personnelle, sans doute... Évidemment, Desforges-Boucher s'est fait un plaisir de te faire chèrement payer ta désobéissance aux lois... Qui a informé de Bougainville ? Je n'en suis pas certain, mais j'ai des doutes... De sérieux doutes... Du coup, Desforges-Boucher a fait installer une dizaine d'hommes et a encerclé ton chantier. Heureusement, tout le monde a été prévenu à temps et aucun n'a été capturé. Mais ils ne descendront plus travailler. C'est trop dangereux.

Richard abattit soudainement de toute sa force son poing sur la table de bois qui craqua sous l'impact. Je sursautai.

— Qui ? Qui l'a informé qu'on engageait des fugitifs ? Personne ne le savait ! Personne n'aurait pu le savoir !

Ils avaient été on ne peut plus prudents, postant des éclaireurs tout autour de l'épave. Jamais ils n'auraient mis en péril la vie des marrons. Personne n'était au courant, il l'aurait juré. Personne, sauf peut-être Louise-Adélaïde... Évidemment ! Comment avait-il pu être aussi stupide ! Elle aurait révélé par vengeance ces informations à son époux afin qu'il se retire de l'affaire. Mais, songea-t-il, elle ne pouvait détenir de telles informations sur son compte sans en même temps avouer ses infidélités à son époux... Elle n'était pas si bête...

Finch poursuivit tout haut le cheminement que Richard suivait tout bas :

— Tu sais que Louise-Adélaïde a une liaison avec Mussard, et que celui-ci a déjà frayé dans le passé avec de Bougainville... On les aurait vus ensemble d'ailleurs, il n'y a pas très longtemps...

Richard se leva d'un bond de sa chaise qui se renversa dans un grand fracas. Mais déjà nous l'empoignions par le bras pour l'arrêter.

Son cœur battait si fort dans sa poitrine que j'en sentais le pouls.

Il se sentait pris comme un rat dans une trappe et l'impuissance le rendait violent. Il ne savait plus s'il voulait la peau de Mussard, de Desforges-Boucher ou de Louise-Adélaïde. Ou des trois réunis.

— Tu ne gagneras rien à aller les confronter, lui répéta doucement Léo en le faisant rasseoir. Du moins pas maintenant, reprit-il plus bas. Attends le bon moment.

Richard, toujours en proie à la fureur, se dégagea d'un brusque mouvement. Il cherchait Mussard du regard. Plus rien n'avait d'importance. Mais au même moment, la porte s'abattit lourdement contre le mur et il figea tout net. Trois hommes pénétraient dans l'auberge, et au milieu d'eux, une tête rousse à l'air insolent. Le jeune homme arrêta son regard sur Richard et ils se dévisagèrent un moment : c'était le pirate avec lequel il s'était battu sur la *Vierge du Cap*. Il l'aurait reconnu entre mille.

Les hommes s'engouffrèrent bruyamment dans l'échoppe. L'Irlandais, la mine arrogante, promenait son regard sur les clients. Ses yeux pâles striés de minuscules vaisseaux rouges dénotaient un état avancé d'ébriété. Il semblait tendu comme un arc, les poings serrés, prêt à combattre. Il arrêta de nouveau son regard dédaigneux sur Richard, puis indifférent, se dirigea vers une table où des hommes poussaient leurs chaises pour leur faire de la place.

— Eh ! La gueuse ! On a soif ! Déjà, son voisin de table, un grand sec aux yeux globuleux, hurlait d'une voix pâteuse dont l'accent trahissait des origines slaves.

Près de lui était assis un autre homme. Tout son corps était ramassé vers l'avant et ses cheveux filasse lui collaient au crâne. Il avait une mauvaise gueule et un œil plus gros que l'autre.

L'homme, que ses comparses appelaient Lars, avança sa longue main vers la poitrine invitante de Jeanne qui se penchait vers eux pour les servir. Elle se dégagea vivement d'un coup de hanche.

Les hommes éclatèrent d'un rire gras, le regard lubrique.

Elle déposa rapidement les chopines d'étain sur la table et voulut s'en retourner, mais elle fut arrêtée net dans son élan.

Le rouquin, qui s'appelait William Riley, retenait sa jupe de sa botte crottée en la reluquant. Elle tira rageusement sur sa jupe, l'étoffe craqua, et une petite bande de tissu demeura emprisonnée sous la botte de Riley qui, profitant de la manœuvre de la jeune femme, l'empoigna par la taille et la maintint fermement assise sur ses genoux tandis qu'elle se débattait de son mieux.

Le cercle des hommes se resserrait insidieusement autour de Riley et de Jeanne, la dissimulant ainsi aux regards.

— Elle est appétissante, l'aubergiste ! Dégreye-lui le corsage, voir si elle a la peau douce ! Lars roulait des yeux en lorgnant Jeanne. Celle-ci lui cracha au visage.

Il rit grassement en essuyant avec le revers de sa manche crasseuse le filet de bave qui lui coulait sur le menton, mais ne la quitta pas des yeux.

Encouragé par les commentaires pervers de ses amis, William empoigna Jeanne par la chevelure et la mordit dans le cou tout en glissant sa main sous la fine chemise qu'il déchira. Il s'empara brutalement d'un sein qui s'était dénudé. Jeanne étouffa un petit cri de surprise.

D'un geste vif, elle envoya le contenu du verre au visage de Riley avant de lui asséner un coup bien senti dans le front avec la lourde chopine d'étain massif. Un maigre filet de sang suinta de la plaie. William y porta la main, stupéfait :

— Tu ferais une bonne femme de pirate ! Il ricanait, excité par l'affront. Veux-tu m'épouser ? lui demanda-t-il en faisant mine de s'agenouiller tandis que Lars la maintenait solidement.

Elle se débattait maintenant furieusement, mais elle n'avait aucune chance. Elle lança un regard suppliant à son époux qui ne tenta pas un geste pour la soustraire à ses agresseurs. Au contraire, il semblait y prendre un plaisir pervers. Riley la dévisageait avec un sourire lourd de concupiscence qui laissait découvrir ses dents de rapace.

— On va bien s'occuper de toi, hein, les compagnons ! envoya-t-il en lorgnant le corps de la pauvre jeune femme qui ne réussissait pas à se défaire de l'emprise de Lars. Immobilisée, les bras retenus dans le dos, elle rivait son regard sur Riley qui était à genoux devant elle en lui maintenant fermement les jambes.

Un frisson de dégoût secoua Jeanne en entier lorsque Riley glissa sa main sous sa jupe, remontant le long de sa cuisse jusqu'à son entrejambe. Elle laissa échapper un cri d'horreur.

On entendit un fracas et elle se sentit soudainement happée et projetée sur le sol. Richard avait bondi sur l'Irlandais comme un tigre, faisant tomber derrière lui les tables et les chaises se trouvant sur son passage.

Jeanne, toujours sur le sol, se recula rapidement et, stupéfaite, aperçut Richard repousser du pied la chaise qui était tombée sous l'impact, empoigner Riley par le cou, et le soulever avant de le projeter lourdement sur le plancher. Étourdi par la surprise et l'impact, Riley cligna des yeux et reconnut son assaillant qui se tenait debout devant lui.

Il se releva tranquillement, son regard toujours braqué sur celui de Richard. Il glissa sa main à l'intérieur de son pantalon crasseux et en extirpa un coutelas de sa ceinture.

Il en fit rouler le manche de corne dans sa main, comme s'il savourait d'avance le moment où il l'enfoncerait dans la chair de son adversaire.

— Tiens, tiens, on se reprend, siffla-t-il entre ses dents.

L'alcool, loin de le désavantager, semblait se dissiper instantanément dans un réflexe bestial de survie. Riley était un véritable guerrier. Il était prêt à se battre et savourait déjà l'imminent combat. Ses yeux se plissaient, son dos se courbait, comme pour rassembler toute sa force.

Puis, dans un grand cri, il s'abattit sur Richard, qui eut à peine le temps de parer le coup. Comme un taureau furieux d'avoir raté sa cible, il pivota et se rua une seconde fois sur Richard qui tenta d'esquiver la manœuvre, mais cette fois, la table ralentit son élan. Bien que beaucoup plus grand que son adversaire, il fut renversé par la masse compacte de Riley.

Les deux combattants s'entremêlaient dans un corps-à-corps féroce. Autour, les clients s'étaient levés et massés autour d'eux. Ils assistaient, excités, au spectacle. Quelques-uns en profitèrent même pour parier sur le vainqueur. Les avis étaient à peu près partagés : les pirates connaissaient tous la hargne au combat du jeune Irlandais. Et lorsqu'il avait bu, il devenait dangereux. Mais la stature imposante de Richard, loin d'alourdir ses mouvements, lui conférait plutôt une élégante puissance. Et l'étrange lueur qui dansait dans ses yeux révélait une force latente qui se déchaînait subitement, comme un roulement de tonnerre, et égalisait les paris.

Richard, toujours fermement maintenu au sol par Riley, essayait de tenir à distance la lame incurvée qui se rapprochait dangereusement et menaçait de lui trancher la gorge. Il tenta un dégagement en roulant sur le sol, mais Riley possédait une force étonnante et lui encerclait le torse de ses jambes musclées.

Richard s'était évidemment déjà battu. Avec les gars du village, dans les tripots et les rapières des ports de la côte et bien sûr sur la *Vierge du Cap*. Mais il ne possédait guère l'expérience de Riley, qui était un combattant aguerri. Les vapeurs de l'alcool alourdissaient ses gestes, mais ne diminuaient en rien la force qui se dégageait de lui. Les cris d'encouragements fusaient de toute part et tous les clients s'étaient maintenant rassemblés autour des combattants.

D'un geste vif, Riley réussit à dégager son bras et abattit son poignard sur l'épaule gauche de Richard. Il étouffa un grognement de douleur en sentant la lame pénétrer la chair. Il tenta de libérer son autre main, que Riley retenait clouée au sol. Il réussit néanmoins, grâce à un puissant mouvement du corps, à se dégager. Il se releva vivement, recula de quelques pas et retira le couteau qui retomba un peu plus loin, inaccessible. Il envoya son énorme poing au visage de Riley et sentit avec une satisfaction morbide les os du nez craquer sous ses doigts.

Ils combattaient maintenant à mains nues. Le sang s'écoulait de la plaie et affaiblissait son bras. Puisqu'il était moins habile de la droite, ses coups perdaient en puissance. Mais Riley, le visage ensanglanté par son nez cassé, perdait lui aussi de la vigueur et de la précision.

Les deux hommes vacillants se tenaient debout l'un en face de l'autre, affaiblis, mais résolus à en finir. Richard refusait d'abandonner. Il fonça sur le jeune Irlandais, mais deux paires de bras vigoureux avaient empoigné Riley, le soustrayant ainsi à l'attaque de Richard qui, déséquilibré, vacilla.

À quelques tables d'eux, le groupe d'hommes qui entouraient Taylor et La Buse s'étaient levés.

— Assez ! hurla Levasseur. D'un geste autoritaire, il avait sommé deux de ses sbires de mettre un terme à la rixe.

Levasseur s'approcha de Richard qui profitait de l'intermède pour souffler un peu. Il comprimait son bras blessé. Ses lèvres étaient aussi pâles que son visage et la sueur perlait sur son front. Sa chemise était tachée de sang: probablement la récente entaille à la poitrine qui s'était rouverte lors du combat.

— Les règles des Frères de la Côte sont claires: tous nos hommes doivent se comporter civilement avec nos hôtes. Nous vous offrirons réparation pour la conduite de Riley.

Haletant, Richard essuya son front entaillé et cracha:

— Rien à foutre de votre réparation. Vous réserverez vos excuses pour la dame.

Soutenu par Hervé et moi qui l'avions rapidement rejoint, il quitta l'auberge.

Riley, qui se débattait encore comme un diable entre les mains des hommes de son capitaine, dut finalement capituler. Le visage ensanglanté, il accepta une chope d'alcool, la cala et s'écroula de tout son long sur le plancher dans un grand bruit sourd en maudissant Richard.

— Faut que j'aille pisser, grommela Mussard pour lui-même en se grattant furieusement la fourche. Il cala son verre dans un grand bruit sonore et s'essuya d'un large geste de la main. Sa chemise blanche, jaunie aux emmanchures, se mouilla de bave. La taverne, jonchée des débris de la veille, était encore endormie. Quelques hommes complètement ivres dormaient à même le sol.

— Ça va m'aider à endormir le mal... C'est comme si je pissais des cailloux depuis un mois ! Il ricana d'un rire gras qui s'acheva en une toux rauque.

Malgré son air crâneur, il semblait harassé de fatigue. Ses yeux noirs, bordés d'épais sourcils hérissés profondément enfoncés dans leurs orbites, se cernaient de mauve et les coins de sa bouche rouge et charnue s'affaissaient mollement. Quoiqu'il fût de bonne corpulence, les os de son visage saillaient et lui tendaient la peau. Ses larges mains clairsemées de longs poils drus tremblaient légèrement lorsqu'il les déposa sur les planches vermoulues de la table afin de s'aider à se relever.

Les derniers jours l'avaient épuisé. Il eut une pensée hargneuse pour Jeanne. Excité par l'altercation intervenue entre elle et le pirate irlandais, il l'avait brutalement empoignée par les hanches et avait tenté de l'embrasser. Elle lui avait envoyé un coup de poing au visage et avait quitté l'auberge en courant, le laissant seul avec le désordre laissé par le passage des pirates. Et il aurait bien eu besoin d'un coup de main ! Heureusement, les affaires avaient été bonnes... Comme pour se rassurer, il tâta l'intérieur de sa poche de pantalon où plusieurs pièces tintaient. Et ce n'était là qu'une partie des recettes générées par l'arrivée des pirates !

Il descendit lourdement en claudiquant les maigres marches qui menaient au sous-bois derrière la taverne. Lorsqu'il avait sept ans, les murs d'un hangar s'étaient effondrés sous lui et il en était resté avec une jambe un peu raide. Et depuis l'hiver, il souffrait plus que d'habitude. Il lui faudrait se résoudre à aller consulter la Finch. Il était toujours mal à l'aise en sa présence, mais elle fabriquait une pommade à base d'écorce de tamarinier qui endormait son mal et lui redonnait goût à la vie.

Il se racla la gorge et cracha par terre. La masse glauque atterrit sur une petite pierre, faisant fuir un lézard apeuré. Mussard tenta de l'écraser avec son pied nu, mais le reptile, plus agile, se faufila entre les racines découvertes d'un énorme bananier.

Le soleil se levait à l'horizon et faisait miroiter dans l'océan son immense ombre tremblotante. Les contours du décor se précisaient et reprenaient leurs couleurs et leurs formes que la nuit avait rendues confuses. Les odeurs et les bruits se réveillaient doucement.

Mais Mussard, complètement indifférent à la beauté du paysage, jurait en tentant de défaire le bouton de sa culotte de ses doigts gourds.

Un léger craquement l'arrêta net. Il releva sa grosse tête noire, à l'affût. Il jeta un furtif coup d'œil autour de lui, mais tout semblait tranquille. Sans doute une tourterelle ou un perroquet.

Ce fut le dernier son qu'il entendit. Une lourde masse s'abattit sur son crâne et il s'effondra sur le sol, son corps trapu ramassé sur lui-même.

L'assassin s'enfuit sans remarquer la présence d'un homme qui, dissimulé derrière l'énorme tronc d'un tamarinier, n'avait rien perdu de la scène.

L'observateur attendit quelques instants avant de s'approcher du corps inerte. Il le retourna du pied et n'eut aucune réaction en constatant qu'il avait encore les yeux ouverts, éternellement figés dans une expression hébétée. L'aubergiste était mort. Il fouilla le corps mou et s'empara des recettes accumulées durant la semaine.

5.

Newport, Rhode Island
18 mai 2012

Le vol de Genève s'étant effectué un vendredi, Jake n'avait pas réintégré l'espace confiné qui lui servait de chambre d'étudiant sur le campus de l'Université Harvard à Boston. Comme il le faisait chaque week-end, il s'était directement dirigé vers Newport, où il avait son appartement. La période d'examens débutait la semaine suivante, et il avait plusieurs heures d'étude devant lui.

D'ailleurs, il lui fallait récupérer Molly et Mitsy chez madame Mc Dermott, la femme de chambre de Kate, ainsi que son vieux chien Zeus qu'il confiait à une de ses copines, Lydia.

Mais avant toute chose, il ferait un saut pour voir son ami d'enfance, Daniel Finley. Il désirait discuter avec lui de l'étonnant manuscrit légué par sa tante. Bien qu'il fût fasciné par l'histoire de son ancêtre Richard Deneuve, la lecture du document lui laissait un goût étrange qu'il ne parvenait pas à définir. En fait, le récit l'obsédait. Il n'arrivait plus à penser à autre chose. Le fait que le personnage central du roman soit son ancêtre était bien sûr particulier et attisait son intérêt. Il ne pouvait nier non plus que les histoires de pirates l'avaient toujours fasciné. Mais le ton n'était pas celui d'un roman d'aventures. Il avait l'impression d'y être... Il ignorait où cette lecture le mènerait, mais il était impatient de la poursuivre. Et de partager tout cela avec son ami.

Il s'immobilisa devant l'étroite vitrine du magasin Finley's Antiques où s'entassait pêle-mêle un bazar d'antiquités en tout genre. L'aïeul, Conrad Finley, avait ouvert cette boutique il y avait de cela plus de cent cinquante ans et les générations de Finley s'étaient succédé depuis dans la gestion de la petite entreprise florissante qui avait toujours pignon sur rue.

Le paysage avait beaucoup changé depuis : les luxueuses boutiques de prêt-à-porter, les épiceries fines et les restaurants guindés envahissaient le petit commerce bâti sur le long et dont la devanture rustique passait trop souvent inaperçue au goût de Finley. Pour y remédier, Daniel avait décidé de peindre la porte vert grenouille et avait installé des guirlandes de Noël qui crachaient des lumières éclatantes. « Du plus mauvais goût et totalement en désaccord avec les règlements d'urbanisation stricts prévus dans le quartier », selon la pétition signée par les commerçants avoisinants, qui auraient préféré que l'antiquaire se fasse plus discret. Mais Daniel Finley n'était guère impressionné par ces procédures d'intimidation et se faisait un devoir, sinon une joie, de leur livrer bataille.

Jake avait toujours adoré se réfugier ici, et cela déjà depuis le temps où le commerce appartenait encore au père de Daniel, décédé huit ans auparavant. Les deux garçons avaient passé leur jeunesse à dénicher des trésors dans les nombreux coffres et boîtes empilés un à un contre le mur, dont certains, d'ailleurs, n'avaient jamais été ouverts, ce qui rendait la chasse au trésor encore plus fascinante.

Ils avaient dévoré, coiffés de bandeaux de plumes ou emmaillotés de ponchos troués par les mites, les bandes dessinées des héros tels que Conan le Barbare en sirotant un Coca-Cola.

Déjà passablement désordonnée du temps de Finley père, la boutique était devenue un véritable fourbi depuis que Daniel en avait hérité.

Les bibelots de toutes sortes, la vaisselle, l'argenterie, la verrerie, les dentelles faites à la main, les meubles, cadres, peintures, affiches, étoffes et tapis, livres et disques s'entassaient dans une complète anarchie.

Et sur les guéridons antiques trônaient des artefacts plus modernes, tels qu'un cendrier rempli de mégots ou des canettes de bière et de boisson gazeuse vides qui attendaient en vain qu'on les jette au panier.

Jake poussa la porte et son nez frémit: une odeur suspecte flottait dans la boutique. Au tintement de la clochette pendue à la porte d'entrée, la tête ébouriffée de son ami se dressa derrière l'imposant comptoir de chêne, avec la même expression ahurie que les clowns de boîtes à surprise. D'ailleurs, la ressemblance entre les deux était frappante: Daniel Finley portait en permanence des verres teintés d'un rond parfait, et la forme de son nez se rapprochait curieusement de celle d'un amuseur public, le rouge cerise en moins.

Reconnaissant Jake, il vissa dans sa bouche ce qui lui restait du joint qu'il avait tenté de dissimuler derrière son dos et vint serrer chaleureusement la main de son vieil ami. Il en profita pour verrouiller la porte de la boutique et retourner la petite pancarte rivée à la porte qui indiquait: *De retour dans cinq minutes.*

— Il n'est même pas midi! lui dit Jake dépité.

— C'est le bonheur d'être son propre patron! On ferme quand on veut, répliqua Daniel d'un air satisfait en appuyant ses paroles d'un clin d'œil entendu.

— Je ne parle pas des heures d'ouverture du commerce, reprit Jake. Je te parle de ça! Il montra du doigt la petite cigarette qui se consumait doucement au coin de sa bouche.

— Ce sont des cigarettes françaises…, répliqua Daniel.

— Viens plutôt admirer ce que j'ai déniché ! reprit-il rapidement pour changer de sujet. Je crois bien qu'elle a déclassé le pistolet à parfum !

Daniel collectionnait depuis toujours les objets kitsch comme d'autres collectionnaient les œuvres d'art.

Cette fois-ci, il avait mis la main sur une sculpture en verre soufflé, la représentation d'un clown – un Murano, quand même ! – carrément abominable.

Il détaillait avec ravissement la sculpture.

— Regarde ici les proportions ! Inimaginable !

— Effectivement, fut obligé d'admettre Jake dans une grimace. C'est véritablement laid. Il retournait le clown dans tous les sens, admirant malgré lui le choix exécrable des couleurs et les formes inesthétiques du bibelot. En fait, Jake se demanda si la statuette n'avait pas fondu, tellement l'ensemble était grotesque.

— Celle-là, je la garde, lui dit Daniel avec détermination en l'installant sur une étagère. Elle est trop hideuse.

Il la caressait tendrement, comme s'il s'était agi d'un bijou d'une valeur inestimable.

— Et ton voyage en Suisse, reprit-il en se retournant vers son ami, ça s'est passé pas trop mal ?

Des bruits de pas précipités et des cris aigus provenant du second étage l'interrompirent. Daniel serra les dents.

Il empoigna une longue lance de style médiéval et cogna furieusement plusieurs coups au plafond. Après quelques secondes, un vacarme assourdissant lui répondit comme un troupeau de buffles en cavale.

— Les deux mégères te font encore des misères ? demanda Jake en riant.

Le père de Daniel avait loué le second étage aux sœurs Quinn, il y avait de cela pas moins de trente ans. Personne ne savait comment les deux vieilles s'y étaient prises pour lui soutirer une telle promesse, mais lorsque Daniel hérita du commerce et de l'immeuble, il fut consterné d'apprendre que son père avait grevé l'immeuble d'un droit d'habitation viager en faveur des deux vieilles filles. Les deux femmes et lui se vouaient une guerre féroce depuis toujours.

— Plus que jamais, elles sont déchaînées, les garces ! Elles disent que la fumée de mes... (il grommela dans sa barbe) cigarettes empeste leur appartement (il montra du doigt l'entrée d'air au plafond), que ma musique est trop forte ! Je leur ai écrit une lettre : elles vont gueuler pour quelque chose au moins ! Tu veux la lire ?

— Non, non, le remercia Jake d'un geste. Il était habitué à ce genre de querelles entre son ami et les sœurs Quinn.

— Je vais kidnapper leur saloperie de petit corniaud et lui attacher la lettre autour du cou !

Finley s'étouffa de rire en imaginant la mine de ses locataires lorsqu'elles découvriraient le mot d'insulte attaché au collier de leur petit caniche.

Les sœurs Quinn avaient longtemps été la cible de leurs pires coups pendables. Ils étaient, jeunes, de véritables petites teignes, et malgré le caractère acariâtre et presque diabolique des deux vieilles filles, Jake ne pouvait s'empêcher de se repentir de son comportement.

— Dis donc, reprit-il pour changer de sujet, j'aimerais avoir ton avis professionnel sur quelque chose.

Il chercha des yeux un endroit libre où il pourrait déposer son sac. Il avisa un ancien gramophone dont la surface était miraculeusement libre. Il y déposa la petite horloge, soigneusement emballée dans du papier journal.

Daniel s'approcha avec intérêt du paquet et prit dans ses mains la pièce en noyer.

— Ouais, ouais, pas mal...

Il la mirait dans tous les sens, parcourant délicatement de son doigt la fine dentelure sculptée dans le bois.

— Ce n'est pas ma spécialité, l'horlogerie, mais à vue de nez, elle doit avoir au moins cinq cents ans, conclut finalement

Daniel. Regarde derrière, il y a une petite inscription dans le bois. Difficile à lire, mais je dirais que ton horloge a été fabriquée au XVIe siècle…

Jake réprima un sifflement.

— Tu crois qu'elle vaut de l'argent?

— Sans aucun doute, bien que le mécanisme ne semble pas être en état de fonctionner. Combien exactement, je l'ignore. Il faudrait la faire évaluer sérieusement. Mais ne t'emballe pas trop vite!

D'un grand geste, il désigna une dizaine d'horloges disséminées aléatoirement un peu partout dans la boutique.

— J'ai une dizaine d'horloges semblables à celle-ci. O.K., peut-être pas aussi vieille, concéda-t-il à Jake, mais deux cents ans peut-être. Celle-là, je crois qu'elle était ici du temps de mon grand-père, alors pour la revente, il faudrait voir… Au fait, tu l'as trouvé où, ton petit bijou?

— C'est l'héritage de Kate.

Les grands yeux bleu pâle de Daniel s'écarquillèrent de surprise.

— C'est tout? Quelle vieille grue quand même! répondit-il, dégoûté. Je ne peux pas croire qu'elle t'ait déshérité! Je suppose que c'est ta cousine qui a tout ramassé, hein?…

Il hochait la tête, sidéré. Il attrapa une canette de bière en équilibre sur la bobine d'un antique fuseau à laine, l'agita et constata, réjoui, qu'elle était presque pleine. Il la cala d'un trait pendant que Jake l'observait, légèrement écœuré.

Il s'était dirigé vers le fond du magasin où trônait le comptoir-caisse. Le dessus du meuble était tellement embarrassé de toutes sortes de choses que l'ancienne caisse enregistreuse était quasi invisible. Il écarta quelques anciens catalogues, une pile de sacs de papier brun, et sous un annuaire téléphonique, il attrapa une carte professionnelle aux coins racornis. Sur le dessus était inscrit:

M. Hereford

Évaluateur d'objets anciens de toutes sortes

Il la tendit à Jake :

— C'est un vieil ami de la famille avec qui je fais souvent affaire. C'est un drôle de vieux, mais je me fie à son jugement. J'irai lui porter l'horloge si tu veux. Il te dira exactement de quoi il en retourne. Rappelle-le d'ici trois ou quatre jours et tu auras l'heure juste !

Il s'esclaffa grassement. Il trouvait son jeu de mots brillant.

Jake fourra la carte dans la poche arrière de son jeans.

— Il est midi passé, dit Daniel en consultant sa montre. Et si on allait prendre un verre chez Flo's ?

Il s'agissait d'un bar à fruits de mer situé à quelques kilomètres de là, près de la plage de Newport, et dont la renommée s'étendait sur toute la côte est. Installés sous les parasols des tables bancales, les clients attendaient que la voix du haut-parleur appelle le numéro peint sur une roche. Ils revenaient, chargés de mollusques et de poissons généreusement enrobés de friture, le tout servi dans des assiettes de styromousse. Il servait, et de loin, les meilleures palourdes frites de l'endroit.

Jake en profiterait pour lui parler du manuscrit devant un bon verre de chablis. Et lui apprendre qu'il avait aussi hérité de *Donovan's Manor !* Il voulait voir sa tête lorsqu'il l'apprendrait !

— Je te suis, lui dit Jake. J'en profiterai pour récupérer Zeus. C'était Lydia, la serveuse, qui gardait son chien pendant son absence.

Les deux jeunes hommes empruntèrent l'étroit escalier en bois vermoulu qui débouchait sur une agréable terrasse intérieure dont la vue dominait la mer.

Ils s'installèrent derrière le bar au deuxième étage où Lydia leur servit des huîtres, des crevettes et des rouleaux de homard accompagnés de vin blanc. Ils étaient allés à l'école ensemble tous les trois et étaient restés bons amis.

Jake adorait l'ambiance décontractée et chaleureuse. Des filets de pêche étaient suspendus au mur, à travers lesquels des bouées, des coquillages, des étoiles de mer géantes et des homards en plastique étaient accrochés. Des photos prouvant la visite de célébrités étaient étalées comme des trophées, derrière les viviers de homards vivants et les écrans de télé qui diffusaient des émissions de sports.

Lorsque Jake quitta Daniel après un après-midi bien arrosé, il était près de 16 h 30. L'ardeur du soleil de mai s'était doucement estompée pour faire place au crépuscule. La masse poudreuse des nuages se déplaçait rapidement, agités qu'ils étaient par la brise mordante. Le bleu de l'océan avait foncé jusqu'à prendre une teinte presque noire. Quelques promeneurs s'attardaient encore sur la plage, se serrant frileusement dans leurs manteaux.

Jake, accompagné de son chien, dévala au pas de course la petite allée menant au port des pêcheurs. Il apercevait déjà les bateaux de pêche amarrés pour la nuit. Leurs coques, agitées par la houle, valsaient furieusement.

Arrivé au quai de bois, il prit à droite. Il marchait d'un bon pas, évitant les filets et les rouleaux de cordages qui s'amoncelaient le long des planches mal jointes. Les mouettes, ici, faisaient partie du paysage. Attirées par les coquillages agglutinés sur les casiers à homard, elles faisaient entendre leur cri du soir au matin. Tout un pan du quai flottant s'était enfoncé dans la mer. Jake, en équilibre sur ce qu'il restait de la partie émergée, franchit aisément les quelques mètres qui le menèrent jusqu'à une bâtisse recouverte de bardeaux de cèdre gris dont l'enseigne délabrée indiquant « A.J. McLoyd's Fisheries » battait au vent en faisant crier les gonds de métal qui la soutenaient.

Il avait acheté ce vaste hangar presque abandonné quelques années auparavant de la succession d'Angus John McLoyd. Le vieil Angus était le dernier d'une longue lignée de pêcheurs venus s'établir ici même quelque cent cinquante ans auparavant pour y vivre de la pêche au thon. D'un tempérament taciturne, il ne se mêlait pas aux gens même s'il était connu de tous. Il fréquentait une petite taverne au bout du quai où il buvait du midi jusqu'au soir. Lorsqu'il rentrait chez lui, complètement ivre, il hurlait à tue-tête des airs irlandais. Un matin d'octobre, des pêcheurs l'avaient retrouvé noyé sous les quais, emmêlé dans les mailles d'un filet. Il ne laissait aucun héritier et Jake avait mis la main sur la bâtisse pour presque rien. Le rez-de-chaussée était loué à des pêcheurs comme entrepôt et il avait aménagé un superbe loft au deuxième étage. Il avait conservé l'enseigne pour son cachet historique.

Il emprunta l'escalier extérieur et monta quatre à quatre les deux étages.

Zeus lui fila entre les pattes, heureux de récupérer sa vieille paillasse étalée devant la baie vitrée. Il s'y pelotonna avec un bonheur évident et installa lourdement sa grosse tête sur le rebord de la fenêtre. Tout comme son maître, il appréciait la beauté du paysage changeant de l'océan et l'activité bourdonnante des pêcheurs qui s'affairaient.

L'appartement était très vaste et avait l'avantage d'être à aire ouverte. Pour profiter pleinement de la vue, Jake avait entièrement vitré la façade donnant sur la mer. Lorsqu'il faisait tempête, l'effet était spectaculaire ; on avait la réelle impression de se retrouver en pleine mer, le roulis en moins.

Zeus grogna de contentement lorsque Jake, en passant près de lui pour aller déposer son sac sur la table de la cuisine, le caressa tendrement derrière les oreilles.

— Alors, mon gros, ça ne te dérange pas trop de partager ta paillasse avec les deux minettes de tante Kate ? Il avait contacté madame Mc Dermott et lui avait offert d'aller chercher les chattes le surlendemain.

Zeus, comme s'il avait compris ce que son maître lui avait dit, poussa quelques gémissements et enfouit son museau entre ses grosses pattes de labrador.

Jake rit en lui tapotant doucement le crâne.

Sa mère lui avait offert un chiot lorsqu'il avait quitté la maison, officiellement pour lui tenir compagnie. Mais Jake n'avait pas été dupe : sa mère, inquiète de voir partir son fils de 16 ans, avait cru lui faire cadeau d'un chien de garde. Il ignorait alors qu'elle souffrait d'un cancer. Elle était décédée quelques mois plus tard.

Malheureusement, les talents de gardien de Zeus s'étaient avérés fort limités. Il tremblait comme un lapin devant tout ce qui faisait plus de bruit que lui, jappait comme un forcené lorsqu'il surprenait une mouette ou un écureuil et ne se sentait nullement concerné lorsque quelqu'un frappait à la porte. Mais c'était un véritable compagnon et Jake l'adorait.

— Hum…, marmonna Jake avec compréhension tout en se relevant. Les chattes, ça ne fait pas trop mon affaire non plus. Mais ne t'inquiète pas, mon vieux, nous allons trouver une solution.

Il déposa lourdement son barda sur la table de la cuisine. Il fouilla dans ses poches pour retrouver la carte de l'évaluateur que Finley lui avait fournie. Il nourrissait encore l'espoir, quoique faible, d'avoir hérité d'une pièce de collection. Il l'afficha sur le réfrigérateur avec un aimant vert bouteille arborant le chevreuil de la bière Alexander Keith's. Il rappellerait monsieur Hereford la semaine prochaine.

Puis, il ouvrit son portefeuille et en retira une petite note pliée en quatre qu'il avait glissée derrière son permis de conduire. Dessus, Caroline avait griffonné son numéro de téléphone. Il l'accrocha, bien en vue, à côté de la carte de monsieur Hereford. Il fouilla machinalement dans le réfrigérateur pour trouver une bière même si Daniel et lui avaient passé l'après-midi à boire du sauvignon blanc, attablés au bar de chez Flo's. C'était Lydia, finalement excédée, qui les en avait chassés.

Il avala une longue gorgée de bière froide et s'installa confortablement sur le fauteuil de cuir le long de la baie vitrée.

Il se sentait chez lui à peu près partout dans le monde, mais il ressentait toujours une bienfaisante plénitude à retrouver son loft sur la mer. Le mobilier, bien que très simple, était confortable et d'excellente facture. Aucun rideau n'habillait les fenêtres et la décoration était constituée d'affiches, de souvenirs de voyage et de plusieurs photos.

Il laissa son regard caresser doucement les cadres : sa mère, les cheveux volant dans les airs, tout sourire en train de gober une huître géante sur le bord de la mer. Jenny, son ancienne petite amie, une tuque à pompon calée jusqu'aux sourcils, lors d'un voyage de ski au Canada. Ils s'étaient quittés, bons amis, l'an passé. Le visage impassible et sévère d'un Amérindien du Montana qui lui avait fait cadeau de la couverture tissée qui ornait toujours son lit.

Il lui fallait absolument étudier pour ses examens… qui débutaient le lundi suivant. On était vendredi, et il n'avait pas encore entamé sa révision. Ce soir, il devait rattraper tout le temps perdu. Il y passerait la soirée et la nuit s'il le fallait.

Il s'installa sans enthousiasme à sa table de travail jonchée d'épais manuels. Son premier examen : Droit des entreprises et des sociétés.

Il inspira un grand coup, redressa courageusement la tête et ouvrit l'épais recueil aux pages écornées. Les passages soulignés au feutre selon un code de couleur élaboré par lui, annotés d'articles de lois et de commentaires, dansaient sous ses yeux. Il pensait au manuscrit de Kate qu'il avait déposé sur la table du salon. Il pourrait peut-être en lire quelques chapitres puis ensuite revenir à son étude. Quelques chapitres, sans plus…

Il consulta sa montre : 17 h. L'avion de Caroline atterrirait d'ici quelques heures à l'aéroport de Washington. Ils avaient prévu se voir dans les jours à venir, Caroline ne reprenant le travail que la semaine suivante.

Ils avaient passé leur dernière soirée ensemble à Genève après que Caroline l'eut rejoint au bar. Ils avaient discuté du manuscrit autour de plusieurs verres de vin et étaient finalement rentrés à l'hôtel dans un état d'ébriété relativement avancé.

Il avait claqué d'un coup de pied la porte derrière eux tandis qu'ils se dévêtaient fébrilement l'un l'autre. Il avait presque déchiré sa robe qui était tombée à ses pieds en un tas de soie informe. Elle s'était agrippée à lui, nouant ses longues jambes derrière son dos, et ils avaient rejoint le lit, ses mains plaquées sur ses fesses, leurs bouches soudées et ses seins écrasés contre sa poitrine. Il pouvait encore sentir le goût de sa langue sur ses lèvres et l'entendre gémir. Rien que d'y penser…

Il soupira en regardant sa montre. 17 h 02…

Il avait encore beaucoup de boulot. Il inspira un grand coup, écarquilla ses yeux pour se réveiller et plongea dans ses bouquins.

« Le transfert d'actions est l'opération en vertu de laquelle le cessionnaire acquiert d'une autre personne des droits dans une action déjà en circulation de la compagnie. »

Transfert d'actions… Pourquoi tante Kate ne lui avait-elle pas légué les actions de Pegasus Corp. ? À la lecture de la lettre, il avait bien compris qu'elle n'avait pas voulu le déshériter. Bien au contraire, s'il en croyait les termes employés. Elle avait écrit, et souligné :

«Sache que cette histoire est quant à moi la plus grande des richesses que je pouvais te léguer.»

Mais en ce moment, l'histoire qu'elle lui avait léguée ne valait plus très cher... Il ne possédait plus que le manuscrit et n'avait eu aucune nouvelle des documents volés... Mais que pouvaient-ils donc représenter de si important?

Au moins, il avait *Donovan's Manor*... Mais encore là, qu'allait-il faire de cette immense résidence? Il l'ignorait encore. Elle représentait des coûts mirobolants d'entretien, d'électricité, d'assurance... Il lui faudrait sans doute la vendre. Qui achèterait une résidence de cette envergure?

Il secoua la tête pour chasser ses idées stériles. Il ne pouvait rien faire de plus pour l'instant et il lui fallait à tout prix se concentrer. Il reprit sa lecture.

Mais les mots «actionnariat», «convention de rachat», pris seuls ou dans leur contexte, n'évoquaient absolument rien en lui. Il ne pouvait cesser de penser au manuscrit. Il n'avait pas eu l'occasion d'en discuter avec Daniel lors de leur après-midi chez Flo's. En effet, ils y avaient rencontré des amis et avaient terminé l'après-midi dans un joyeux brouhaha.

Il referma si brusquement le recueil de droit que Zeus sursauta. C'était inutile. Il était incapable de se concentrer.

Il ramassa le manuscrit, s'élança sur son lit, et l'ouvrit gaiement. Seulement quelques pages, se dit-il, et il aurait ensuite l'esprit tout à fait libéré pour reprendre son étude.

6.

Saint-Paul, île Bourbon
25 *avril* 1721

Tous les habitants de la petite bourgade de Saint-Paul étaient réunis sur la grève, en ce matin du 25 avril 1721, pour assister au départ des pirates. Après quatre jours de bacchanales, les forbans, alourdis par les excès d'alcool et de chère, reprenaient la route vers leur repaire sur l'île Sainte-Marie, abandonnant dans leur sillage le petit village côtier, encore tout étourdi de leur visite. Les vents soufflaient d'une ardeur peu commune et rendaient quasi inaudible toute conversation. C'était un grand malheur, car plusieurs auraient bien voulu saisir la teneur de la discussion qui se tenait entre Olivier Levasseur et le gouverneur de l'île, monsieur Beauvollier de Courchant !

En effet, Olivier Levasseur tenait à remercier le gouverneur de son hospitalité en lui offrant une petite horloge ouvragée à titre de présent.

En marge tante Kate avait gribouillé à l'encre rouge une note minuscule :

« Ce présent que tenaient tant à remettre les forbans au gouverneur de l'île Bourbon en reconnaissance de son accueil était en fait une petite horloge puisée dans le trésor de la Vierge du Cap. *Cette horloge fut transmise de génération en génération jusqu'à moi. Jusqu'à toi. C'est celle-là même que je t'ai léguée. »*

Un frisson d'excitation parcourut Jake. La présence de l'horloge dans le coffret de sûreté de la Banque prenait donc tout son sens ! Il s'empara de son iPhone et composa le numéro de Daniel Finley à la boutique. Il était convaincu que cette nouvelle saurait le ravir.

Il laissa sonner une dizaine de coups, sans succès. Il consulta sa montre : il était près de 18 h. Il devait avoir quitté la boutique. Il composa le numéro de son téléphone cellulaire. Aucune réponse. La pile était sans doute à plat, ce qui n'était pas tellement surprenant.

Il tenterait de le joindre le lendemain.

Il était hors de question de se remettre à l'étude maintenant ; il se versa un whisky, s'installa confortablement sur son lit et poursuivit sa lecture.

Le gouverneur se demandait par quel subterfuge épistolaire il pourrait expliquer aux directeurs parisiens de la Compagnie qu'en plus d'avoir dû acquitter la rançon pour obtenir la libération du comte, héberger et surtout approvisionner en armes et en nourriture une horde de pirates tant et si bien qu'il n'y restait rien pour les habitants, il avait accepté un présent pour le remercier de son hospitalité ! La sueur lui coulait sur le front rien que d'y penser. Il n'était pas loin de croire que la fin de sa carrière s'était scellée à l'instant où il tendait la main pour recueillir l'horloge en se contraignant à sourire. J'avais presque autant pitié de lui que de son épouse, madame Beauvollier de Courchant, qui s'inquiétait fort de l'équilibre mental de son mari depuis la funeste arrivée des pirates sur l'île.

Il laissa échapper un soupir de soulagement lorsque Levasseur s'embarqua dans la chaloupe qui le mènerait jusqu'à son navire. Il se signa en remerciant le ciel d'avoir finalement mis un terme à son calvaire. La voix de Desforges-Boucher juste derrière lui arracha un petit cri de surprise.

— Je suis désolé, s'excusa-t-il contrit, je suis un peu nerveux en ce moment.

Desforges-Boucher ne prit même pas la peine de relever les dernières paroles de son supérieur.

— Nous avons un assassinat sur les bras, mon gouverneur, avait-il déclaré sans ambages en s'emparant cavalièrement de l'horloge qu'il remit au garde qui l'accompagnait.

— Débarrassez-moi de ça ! grogna-t-il. Mussard a été retrouvé assommé derrière l'auberge, poursuivit-il et c'est Richard Deneuve l'assassin.

Les yeux du gouverneur s'écarquillèrent. Mais de quel maléfice l'île Bourbon était-elle la proie ?

Desforges-Boucher poursuivit :

— Plusieurs témoins affirment avoir entendu Richard Deneuve proférer des menaces contre lui. Notamment lors d'une soirée bien arrosée la veille de l'assassinat. J'ai donné l'ordre à notre capitaine de milice de le quérir et de le mener à la prison. Je veillerai personnellement à l'interroger.

Il esquissa un bref salut militaire et, sans plus se soucier du gouverneur, se retira, nous laissant tous pantois. Nous avions bu comme des outres toute la nuit et il était impossible que Richard ait pu assassiner Mussard !

Posté non loin de là, appuyé contre le tronc d'un tamarinier, Richard observait la silhouette imposante des vaisseaux pirates dont les voiles claquaient au vent, impatients de prendre le large. Il avala une longue goulée d'eau-de-vie en fermant les yeux. Il avait presque entièrement passé à travers la bouteille qu'il tenait mollement.

Je savais exactement à quoi il pensait. Aurait-il pu, à l'instar de plusieurs marins portugais qui avaient choisi de renoncer à la légalité, grossir les rangs des pirates ? La proposition de La Buse avait fait son chemin. Il était vrai que la plupart des capitaines exploitaient honteusement les marins. Ils étaient quotidiennement nourris avec d'horribles biscuits de mer et abreuvés d'eau si contaminée par les vers qu'il fallait la boire au travers d'un linge tandis que les capitaines bâfraient les meilleurs plats et les vins les plus coûteux dans leurs confortables cabines. Leur solde était misérable, ils étaient battus ou fouettés à la moindre incartade et traités comme des esclaves.

Mais lui, Richard, était libre ici. Libre, oui. Mais heureux ? La Buse avait ouvert une horrible brèche lorsqu'il lui avait proposé de les rejoindre. Il sentait confusément, presque avec honte, qu'une part de lui-même, une part enfouie au plus profond de son être, ressemblait à ces hommes. Il poursuivait la même quête incessante de liberté. Il admirait le courage de ces hommes qui avaient choisi de s'exclure de la société en refusant de s'y soumettre et jouissaient de ce que la vie a de plus pur et de plus dur à offrir.

Et d'ailleurs, songeait-il en approchant la bouteille de ses lèvres, se battre d'un côté ou de l'autre, quelle était la différence ? Sur la *Vierge du Cap*, il avait tué des hommes. Et pour quelle raison ? Le Portugal n'était pas sa patrie, le comte n'était pas son supérieur, il ne se battait ni pour sa liberté, ni pour sa religion ou ses idées, encore moins pour sa famille et surtout pas pour de l'argent. Il aurait tout aussi bien pu se trouver du côté des assaillants. Qui se partageaient aujourd'hui un butin évalué à plusieurs millions de livres tournois...

Il éloigna doucement la bouteille de sa bouche. Un imperceptible changement dans l'atmosphère lui fit tourner la tête en direction de la masse de villageois attroupés sur la grève. Un malaise diffus, dont il ignorait l'origine, s'insinua en lui. Il ressentit la menace s'enfler de seconde en seconde au rythme de la rumeur des villageois et se propager insidieusement jusqu'à lui. J'essayais vainement de convaincre le gouverneur de l'innocence de Richard. J'espérais naïvement qu'il me croirait et userait de son influence pour blanchir mon ami. Maintenant, je sais que rien n'aurait pu sauver Richard.

Il sentit cette menace se resserrer inexorablement comme un nœud coulant autour de son cou et eut même l'impression que l'air n'arrivait plus à passer. Instinctivement, il se redressa. Puis, comme s'il avait reçu une vague en plein visage, une angoisse froide s'abattit sur lui.

La tête envahie par le vent qui lui fouettait les esprits, le cœur battant dans sa poitrine, Richard avait aperçu Antoine Desforges-Boucher, escorté de deux miliciens armés, s'avancer vers lui. Le rictus triomphal de Desforges-Boucher ne pouvait le tromper : il sut immédiatement qu'ils étaient là pour lui. Il ignorait pour quelle raison, mais il n'avait pas de temps à perdre.

Dans un élan puissant, il se précipita vers la mer et plongea dans les vagues. Sa tête émergea à travers l'écume et en quelques vigoureuses brasses, il rejoignit la dernière barque des forbans.

Olivier Levasseur hissa ce grand gaillard dans l'embarcation. Par ce geste, Richard Deneuve devenait l'un des leurs.

Jamais je ne pourrai effacer cette image de mon souvenir : celle de Richard, les cheveux volant comme des serpents autour de sa tête et levant un bras vers moi en signe d'adieu.

7.

Quelque part dans l'océan Indien

« Aujourd'hui vivants, demain morts,
que nous importe d'amasser ou de ménager,
nous ne comptons que sur le jour que nous vivons
et jamais sur celui que nous avons à vivre... »

Alexandre Oexmelin, chirurgien des Frères de la Côte, XVIIe siècle.

Il était coutume chez les pirates de réunir tous les hommes à l'issue d'une cérémonie d'accueil en l'honneur des nouveaux arrivants désireux de joindre leurs rangs. Et c'était près d'une dizaine de marins portugais qui avaient changé d'allégeance après le sabordage de la *Vierge du Cap*.

John Taylor s'était adressé d'emblée aux pirates rassemblés sur le pont pour la cérémonie. En temps ordinaire, il était d'usage que les deux chefs agissent de concert. Ainsi, lorsque

John Taylor s'autoproclama chef de la cérémonie, si Olivier Levasseur fut surpris de cet affront, il sut dissimuler son humiliation. Mais cet accroc à la procédure n'avait pas échappé aux hommes, habitués qu'ils étaient à vivre les uns avec les autres.

— Et maintenant, avait tonné John Taylor en s'adressant aux pirates réunis, si l'un de vous s'oppose à l'arrivée de l'un de ces hommes ici présents, qu'il le dise maintenant et qu'il se justifie.

Il avait, dans un grand geste, désigné les marins qui attendaient en ligne encore vêtus de leurs habits aux couleurs du Portugal. Un peu en retrait, Richard Deneuve se tenait droit comme un chêne, le visage impassible. Ses vêtements gouttaient sur les planches du pont.

Le chef répéta plus fort :

— Est-ce que quelqu'un s'oppose à ce que l'un de ces hommes se joigne à nous ?

— Moi ! Je m'oppose !

C'était William Riley, qui s'était nonchalamment levé et toisait les nouveaux arrivants avec arrogance.

— Je ne veux pas de cet homme ici avec nous.

Il avait pointé Richard Deneuve du doigt. Celui-ci n'avait pas bronché sous la bravade, mais un homme placé plus près de lui aurait remarqué la veine du cou qui s'était gonflée et palpitait.

— Charogne, jura-t-il entre ses dents.

Les pirates évoluaient dans une société démocratique, où chacun avait droit de parole. Ils pouvaient s'opposer et faire valoir leurs opinions, et même convaincre la majorité. Et Riley était une tête forte qui ralliait beaucoup de sympathisants. Suffisamment pour évincer Richard Deneuve.

Levasseur l'observa. Il lui paraissait évident que l'homme avait le profil de l'emploi : grand, costaud, vigoureux et courageux, visiblement hargneux. Et une lueur trouble dansait dans son regard. Une bonne recrue en somme.

— Pour quels motifs ? aboya Taylor.

Le capitaine John Taylor était réputé pour ses colères et sa cruauté au combat. Néanmoins, son courage et son sang-froid lui avaient valu le respect de tous ses hommes qui le craignaient presque autant que le diable en personne. Mais William Riley ne craignait pas le diable.

Un sourire mauvais se dessina sur ses lèvres et il répondit insolemment :

— Aucun de valable, chef. Il a un visage de traître. Ce n'est pas l'un des nôtres.

— Pas suffisant, trancha Taylor d'une voix sèche.

Ignorant Riley, il parcourut l'assemblée du regard.

— D'autres oppositions ?

Riley s'était rassis en ricanant, fier de son intervention que quelques hommes applaudirent en chahutant. Personne n'ignorait que c'était Richard qui avait fendu le crâne du frère de sang de Riley lors du combat sur la *Vierge du Cap*.

Et il était visible que les deux hommes se vouaient une haine féroce.

Taylor poursuivit.

— Je vais maintenant lire les articles de la charte-partie. Ce sont des règles votées par les pirates et ce sont ces mêmes règles qui prévaudront à bord.

Il cracha par terre avant de débuter la lecture :

> *« Tout homme qui désertera ou tiendra quoi que ce soit caché à la confrérie sera abandonné à terre avec une bouteille de poudre, une bouteille d'eau, une petite arme et des munitions. »*
>
> *« Tout homme qui volera quoi que ce soit à la confrérie sera abandonné à terre ou fusillé. »*
>
> *« Tout homme qui en frappera un autre tant que les présents articles sont en vigueur se verra appliquer la loi de Moïse (quarante coups moins un) sur le dos nu. »*
>
> *« Tout homme qui brisera ses armes ou qui fumera du tabac dans la cale sans avoir mis un garde à sa pipe ou qui portera une chandelle allumée en dehors d'une lanterne sera soumis au traitement prévu dans l'article précédent. »*[4]

Les règles étaient claires et les punitions efficaces. La soumission de même que l'acceptation du châtiment n'apparaissaient pas pour les hommes comme un acte de servilité envers les chefs, mais bien un gage de sécurité pour leur vie ainsi que la nécessité d'un certain ordre qui devait être observé sur le navire. Des valeurs et volontés désirées par tous. Les chefs obéissaient de la même manière et étaient soumis aux mêmes traitements en cas de contravention.

---

4 Tiré de l'ouvrage de Gilles Lapouge. *Pirates, boucaniers, flibustiers.* Paris, Éditions du Chêne 2002.

Richard écoutait Taylor proclamer la loi des pirates comme s'il prêchait les dix commandements. Il ressentait l'urgence de fuir jusqu'au malaise. À tel point qu'il envisagea même, pendant quelques secondes, de sauter par-dessus bord. Regagner l'île Bourbon et tout ce qui l'y attendait là-bas.

Car s'il demeurait sur le bateau, il choisissait de se soumettre à ces règles. Il vivait l'irrévocable instant où l'homme franchit la ligne qui sépare la lumière de l'ombre. L'instant même où il se soumet à l'exil, où il s'extirpe définitivement du modèle socialement acceptable. C'est cela même qu'il avait décidé lorsqu'il avait rejoint les pirates à la nage après avoir fui l'île Bourbon.

Il ne pourrait jamais se sauver sans enfreindre la première règle de la charte-partie. Il lui faudrait en tout temps agir pour et par cette nouvelle société.

Tour à tour, les nouveaux pirates posaient leur main droite sur une hache d'abordage, jurant de respecter chacune des règles de la charte-partie. Richard posa sa main sur le tranchant de la hache. Quelle valeur attribuer à son serment ? Et pourtant, l'image avait l'avantage d'être suffisamment marquante pour ne pas être oubliée.

D'une voix forte, Richard jura à son tour.

— Ces hommes sont maintenant nos frères au même titre que les plus anciens d'entre nous. Ils font désormais partie des membres de la confrérie des Frères de la Côte et bénéficieront de notre protection.

Il avait fait signe aux nouvelles recrues de se lever et de se diriger à sa droite. Il s'était adressé à elles en ces termes:

— Chacun des hommes ici présents choisira son compagnon qu'il conservera jusqu'à sa mort. Il s'agit d'un rite ancien appelé l'amatelotage. Les hommes ainsi unis se doivent mutuellement secours et assistance, quoi qu'il arrive. Vous devez vous soutenir en cas de maladie et de blessure. L'équilibre de notre ordre dépend de la force de ce lien qui ne doit être en aucun cas rompu.

— Moody ! tonna La Buse qui s'était levé. Davis ! McAlly ! Abraham ! Riley ! reprit-il. À l'évocation de leur nom, les hommes se levaient et venaient faire face aux Portugais.

— Toi aussi, Levasseur, tu as perdu ton matelot au combat. Rejoins le rang, ordonna Taylor à son confrère.

La Buse se raidit imperceptiblement. Il n'était plus le subordonné de John Taylor depuis un bail déjà. Bien sûr, Taylor l'avait aidé en lui offrant le *Victorieux* alors qu'il avait perdu son propre vaisseau, mais il ne lui devait plus rien maintenant. Il le fusilla du regard. Entre les deux hommes, un étrange duel se jouait. Quelques secondes s'écoulèrent ainsi, puis La Buse acquiesça finalement et rejoignit le rang. Il n'appréciait guère le ton que son confrère employait avec lui depuis quelques jours. Taylor ne perdait rien pour attendre. Il verrait bien alors s'il était son subordonné. Mais pour l'instant, Taylor avait raison. Il lui fallait se « ramateloter ».

Son frère de sang, Vince Radcliff, surnommé Le Chat, s'était fait abattre lors de la prise de la *Vierge du Cap*. De lui, il ne restait plus que des hardes défraîchies. La Buse avait brûlé les vêtements puant le sang et s'était approprié les armes.

La vingtaine de Portugais, plus Richard Deneuve, observaient intensément les hommes à l'allure redoutable qui leur faisaient face et dont l'un deviendrait leur frère de sang. Quelques jours auparavant, ils s'affrontaient à coup de hache et de mousquet et aujourd'hui, ils se juraient fidélité pour la vie.

La Buse s'était placé de manière à faire face à Richard. Leurs regards se soutinrent durant tout le discours de Taylor. Un fin observateur aurait constaté la parfaite opposition entre les deux hommes : la noirceur des cheveux et du regard, les traits anguleux du pirate, comme s'ils avaient été grossièrement taillés à la hache, contrastaient avec les cheveux châtains, le regard vert pailleté d'or, l'ossature régulière du visage de Richard. L'eau et le feu. L'ombre et la lumière.

Et en même temps, une indicible lueur de révolte et de farouche détermination luisait dans les yeux des deux hommes.

Pour Richard, il n'était plus question de reculer.

Il fut le premier à s'avancer d'un pas en direction d'Olivier Levasseur. Celui-ci l'imita.

Comme s'il s'agissait d'un signal, chacun des autres hommes fit de même avec ceux qui restaient. Levasseur tira de sa ceinture un poignard et d'un coup sec, chacun d'eux s'entailla l'intérieur de la main.

Richard Deneuve et Olivier Levasseur mêlèrent leur sang, et ce qu'ils ignoraient encore, leur fabuleuse destinée, dans une vigoureuse poignée de main.

8.

New York, États-Unis
18 mai 2012

Sarah Donovan prenait son café matinal, attablée à la terrasse du prestigieux club privé de Harbour Court à New York. Abritée du soleil naissant, mais déjà brûlant, elle profitait de la vue que lui offraient les voiles blanches des yachts qui parsemaient les flots de Brenton Cove en feuilletant distraitement le *New York Daily News.*

Tout était mis en œuvre pour que la prestigieuse clientèle se sente détendue. Des coins d'ombre avaient été aménagés et les serveurs effectuaient discrètement un service impeccable. Malgré tout cela, Sarah ne pouvait dissimuler son mécontentement. En fait, depuis l'ouverture du testament, quatre jours auparavant, elle n'arrivait pas à contenir sa fureur.

Dire que *Donovan's Manor* lui avait filé entre les mains à cause de cette vieille chipie de Kate ! Et encore, ce n'était pas le pire ! Que pouvait bien contenir le coffret de sûreté dont la clé avait été remise à son cousin ? Il lui fallait à tout prix en avoir le cœur net. Car Sarah Donovan avait la très mauvaise impression d'avoir été flouée et elle n'appréciait guère ce sentiment.

À l'heure qu'il était, Jake devait être revenu de Suisse. Et donc être au courant du contenu du coffret de sûreté.

Elle étouffa un grognement de dépit. Elle n'allait tout de même pas s'abaisser à l'appeler pour lui soutirer des renseignements ! Cela lui ferait trop plaisir !

Ses doigts pianotaient nerveusement sur la table. La situation dans laquelle elle se trouvait n'était pas du tout de son goût.

— Bon Dieu ! C'en est assez maintenant ! décida-t-elle brusquement.

Elle avait suffisamment réfléchi à toute cette histoire et il était hors de question de se laisser ainsi déshériter.

Elle s'empara de son téléphone cellulaire et composa le numéro de Me Rosenberg. Elle laissa sonner une dizaine de coups avant d'entendre le message enregistré. Elle consulta sa montre en étouffant un juron : il était 7 h 45 ! Le bureau aurait normalement dû être ouvert à cette heure !

Elle composa le numéro de téléphone personnel de l'avocat. Aucune réponse non plus. Elle déposa rageusement son téléphone sur la table.

Elle feuilleta fébrilement, l'esprit préoccupé, quelques pages du journal. Elle consulta sa montre : 7 h 55. Il devait être arrivé au bureau tout de même ! Elle recomposa le numéro.

— Oui, bonjour…

— Je suis bien au cabinet de Me Rosenberg ? s'enquit-elle étonnée de ne pas entendre le message habituel. Ici Sarah Donovan.

— Bonjour, mademoiselle Donovan.

La voix de Dorothée était faible et mal assurée.

— J'aimerais parler à Me Rosenberg immédiatement. C'est une urgence.

À l'évocation du nom de Me Rosenberg, Dorothée fondit en larmes.

— Mais que se passe-t-il à la fin? La voix de Sarah était excédée. Maintenant que sa décision était prise, elle ne souffrait aucun contretemps.

— Me Rosenberg est décédé... annonça finalement Dorothée. Il s'est enlevé la vie. Il a été retrouvé dans son bureau par le concierge. Il s'est...

— Il s'est quoi?

— Il s'est fait sauter la cervelle.

Dorothée n'avait pu trouver d'autres mots pour expliquer l'horreur de la scène. Me Rosenberg gisant la tête affalée sur son bureau d'acajou, dans une mare de sang et de débris d'os et de cervelle. Le bureau était encore envahi par une odeur de brûlé et de sang qui lui révulsait le cœur. À ce souvenir, elle approcha un mouchoir de sa bouche.

Sarah cessa brusquement de tourner les pages du journal. La photo de Me Rosenberg apparaissait à la page 13. Elle lut les premières lignes de l'encadré: *Le célèbre avocat Marcus Rosenberg de l'étude Flaherty, Rosenberg et associés s'est suicidé...*

— Eh bien! Il a un associé, non? remarqua-t-elle en reprenant ses esprits. Passez-le-moi immédiatement.

Sarah réfléchirait à tout ceci plus tard. Pour l'instant, elle avait besoin d'un avocat. D'un excellent avocat. Suffisamment compétent pour attaquer le testament de Kate Donovan.

9.

Près de l'île Sainte-Marie
À l'est de Madagascar
30 décembre 1721

Quelques jours après avoir mis le cap sur le sud en direction du Tropique du Capricorne, les navires pirates croisèrent une barque qui se dirigeait vers l'île Bourbon chargée de denrées alimentaires provenant d'un navire de la Compagnie des Indes, la *Duchesse de Noailles*. Tandis que la barque acheminait aux Bourbonnais les marchandises commandées à la métropole par le gouverneur de l'île afin d'approvisionner les colons qui crevaient de faim, la *Duchesse de Noailles*, elle, attendait patiemment dans une rade de Madagascar qu'on la fournisse en esclaves.

Grâce à cet abordage, les pirates s'enrichissaient de suffisamment de nourriture pour se sustenter pendant plusieurs semaines.

Ils s'emparèrent également d'une dizaine de captifs qui furent embarqués sur le *Victorieux*.

Les prises humaines étaient une partie non négligeable du butin. En effet, les nouveaux arrivants détenaient souvent des informations sur les déplacements d'autres navires, ramenaient des nouvelles fraîches du pays et surtout, pouvaient constituer d'intéressantes recrues. Car le métier de pirate était dangereux, et il fallait voir à renflouer les effectifs humains.

— Je remercie Dieu pour la prise de ce jour, tonna John Taylor, une main levée au ciel en guise de victoire, et l'autre le retenant fermement au bastingage. Fidèle à lui-même, il était ivre comme une outre.

Des hourras et des cris hilares ponctuèrent les paroles du chef. La Buse reprit, d'une voix aussi forte :

— Et à la Compagnie des Indes qui nous fait vivre grassement !

Des rires retentirent, suivis d'une salve de coups de feu tirés en l'air. L'ordre militaire que faisaient respecter les chefs pirates lors des combats n'avait plus lieu d'être, et les hommes, exaltés par l'ivresse du combat, laissaient bruyamment éclater leur joie. Des tonneaux de vins de Bordeaux pris sur la *Duchesse de Noailles* furent mis en perce pour célébrer la victoire.

Légèrement en retrait, La Buse observait Taylor s'abreuver à même les barriques d'alcool tout en s'allumant tranquillement un cigare. Taylor s'essuyait le menton avant de se replonger la tête. Il lança d'une chiquenaude l'allume-cigare de bois par-dessus bord.

Depuis la prise de la *Vierge du Cap*, l'occasion de confronter Taylor ne s'était pas encore présentée. En effet, le temps avait passé, les abordages aussi, et Taylor ne dessaoulait pour ainsi dire pas. La Buse savait qu'il était inutile de lui faire entendre raison lorsqu'il avait bu. Il devenait buté comme une mule et rien n'apaisait les terribles états de fureur dans lesquels il se mettait.

Mais la confrontation devenait inévitable. Taylor agissait comme s'il était seul maître à bord et son attitude contaminait les membres de l'équipage: ses ordres étaient exécutés avec moins d'ardeur et quelques-uns s'étaient même ouvertement rebellés.

Il inspira une bouffée de son cigare, songeur. Il était maintenant convaincu que Taylor avait découvert le pot aux roses, la seule explication possible à son attitude hostile.

Il s'était pourtant entouré de toutes les précautions, et son plan était parfait. La fumée de son cigare l'obligea à fermer à demi les yeux.

Immédiatement après la prise de la *Vierge du Cap*, alors que John Taylor veillait aux prisonniers et à la rançon demandée au gouverneur, il avait fourragé dans le bureau du comte à la recherche d'un butin. Il avait retourné les tiroirs des meubles assemblés avec du bois d'importation sur lesquels trônaient encore des ardoises, plumes et encriers, ainsi que des ouvrages de navigation, renversé les élégants fauteuils de velours vert fougère cerclés de passementeries et de dorures, arraché les tentures, les tapisseries et les tapis d'Orient derrière lesquels on eut pu dissimuler un coffre.

Il n'avait encore rien trouvé, lorsqu'il avait été abruptement interrompu par un grattement provenant de la porte.

L'homme gigantesque, le visage presque entièrement dissimulé derrière une épaisse barbe crasseuse, se tenait dans l'embrasure de la porte et se balançait sottement d'une jambe à l'autre. Sa lippe pendante et baveuse lui donnait un air étrange. Il avait jadis fait partie des hommes de son père, le pirate Paul Levasseur. Lors d'un combat dans les Antilles, il avait été capturé par des Espagnols qui lui avaient tranché la langue. Paul Levasseur l'avait sauvé in extremis. L'homme, qui s'appelait Rico, était depuis dévoué corps et âme aux Levasseur.

— Qu'est-ce qu'il y a, Rico ?

Le barbu s'était approché de lui en marmonnant des borborygmes et lui avait agrippé le bras, le tirant comme un enfant impatient de partager une découverte.

Alerté par son air hagard, il s'était précipité à sa suite ; ils avaient dévalé quatre à quatre les marches menant dans la cale, dépassé le parc à bétail vide où l'odeur de paille humide et souillée persistait encore. Ils avaient arpenté encore les étroits corridors, dépassant les cales de vivres où étaient stockés les barils d'eau douce et les provisions de bouche, déjà pillés par les pirates qui bâfraient sur le pont.

Ils avaient enfin abouti devant un mur de tonneaux empilés les uns sur les autres. Rico en avait déplacé quelques-uns et derrière, La Buse avait aperçu une porte minuscule d'à peine un mètre de hauteur. Le verrou avait sauté. Il avait interrogé le colosse du regard qui s'était frappé le torse en acquiesçant de la tête, confirmant l'avoir lui-même forcé.

La Buse s'était agenouillé pour franchir la porte et avait pénétré dans une pièce sombre illuminée seulement par quelques faibles rayons de lumière que laissait filtrer un soupirail. Son regard s'était doucement habitué à la pénombre.

Sa découverte le laissa pantois: la pièce était remplie de pièces de monnaie, le sol était jonché de lingots d'or, de barres d'argent et d'or empilées les unes sur les autres, de coffres lardés de ferrures et tapissés de velours grenat où des rivières de diamants, d'émeraudes et de perles luisaient. Des vases, des tabernacles, des croix, des tiares en or massif serties de pierres étincelantes émergeaient de leur petit coffret. Il y avait encore des tapis tissés aux couleurs chatoyantes roulés dans les coins, des meubles ouvragés en bois de rose ou d'ébène qui se superposaient, de gracieuses statuettes d'or et de marbre. Les richesses s'étalaient, s'offrant à lui.

Jamais, même en rêve, il n'aurait pu imaginer une telle opulence. Le ventre du vaisseau amiral la *Vierge du Cap* regorgeait de trésors !

Il avait empoigné Rico par les épaules et s'était approché si près de son visage que leurs nez se touchaient. Il avait murmuré entre ses dents:

— Pas un mot de tout ça aux autres, tu m'entends ? Jusqu'à ce que je te le dise.

Rico avait acquiescé silencieusement, hébété. La Buse avait langoureusement laissé glisser ses doigts dans un nid de bijoux aux pierres étincelantes. Il en prit un, un ravissant bracelet d'or en forme de salamandre. Deux émeraudes étaient incrustées dans les orbites du reptile. Il l'offrit à Rico.

— Pour ton silence, mon frère. Tu en auras encore plein d'autres. Dissimule-le bien. Personne ne doit le voir.

Il avait paru naturel que seuls quelques hommes restent avec lui sur le vaisseau pour tirer en remorque la *Vierge du Cap*, les autres étant plus utiles sur le *Cassandra* parti à Saint-Paul combattre le *Ville d'Ostende*. Il avait fourni pour les quelques hommes demeurés avec lui quantité de tonneaux de rhum, d'eau-de-vie, les meilleurs vins trouvés à bord de la *Vierge du Cap*. Complètement abrutis par l'alcool, avachis sur le pont, ils n'auraient pu être surpris. Et si ç'avait été le cas, ils auraient mis cette vision sur le compte de l'ivresse.

Il avait ainsi dérobé, à la barbe de ses confrères, plusieurs tonneaux remplis de pierres précieuses, de calices et patènes en or, de statuettes de marbre, de parures ciselées soigneusement dissimulées, avec tous les coffres de pierreries et de lingots d'or. Il lui avait été facile de transborder par barque ces tonneaux qu'il avait cachés dans une crique le long des côtes dentelées de l'île. Il reviendrait les chercher plus tard...

Les autres pirates avaient ignoré l'existence du trésor qui dormait dans la cale jusqu'à ce que la *Vierge du Cap* rejoigne les autres à Saint-Paul. Là-bas, il avait feint de découvrir pour la première fois le trésor, dont la balance fut partagée selon la charte-partie entre tous les corsaires et dépensée à la taverne du Dragon volant.

Il tenta de se rassurer : pour que Taylor le traduise devant le conseil de justice pour traîtrise, il lui aurait fallu fournir de solides preuves. Ce qu'il ne possédait pas.

Il se promit néanmoins de demeurer sur ses gardes, car il ne fallait pas écarter l'éventualité d'une mutinerie. Déjà, son autorité s'était diluée auprès de ses hommes.

Il jeta un coup d'œil à William Riley entouré de Lars, Flynn et Leduc qui combattaient, buvaient, jouaient aux dés et couraient la gueuse ensemble. Ceux-là, tout particulièrement, il fallait les tenir à l'œil.

— Riley ! Toi et tes hommes, surveillez les prisonniers ! ordonna-t-il d'un ton qui ne souffrait aucune réplique.

De mauvaise grâce, les hommes de Riley se rapprochèrent des prisonniers installés au milieu du pont.

Tout n'était peut-être pas perdu, se dit-il en se dirigeant vers sa cabine. Ses hommes le respectaient encore suffisamment pour lui obéir.

Les prisonniers n'étaient ni enchaînés ni ligotés. Les geôliers s'assuraient simplement que les détenus ne fomentent pas une rébellion entre eux ou ne tentent pas une fuite vers la mer. Une éventualité fort surprenante puisque nul n'ignorait ce qui l'attendait: la noyade ou les requins.

— Taylor a mangé du chien enragé pour le dîner ! dit Lars en piquant de la pointe de son couteau un quartier de pomme. Je ne l'ai jamais vu comme ça, même dans ses plus mauvais jours. Il est en train de passer à travers toute la réserve de rhum !

William Riley acquiesça en grommelant.

— C'est sûr qu'il se passe quelque chose de pas clair entre les chefs. M'est idée que La Buse va bientôt nous proposer de nous dissocier.

— T'en penses quoi, toi, Riley, de tout ça ? demanda Flynn.

Riley haussa les épaules. Il s'empara d'une pièce de viande dans laquelle il mordit voracement. La graisse de l'animal faisait luire ses lèvres.

— Sais pas, marmonna-t-il en tentant de déloger un lambeau de chair qui s'était logé entre ses dents. Mais une chose est sûre, La Buse, c'est un sournois et un hypocrite. Taylor a un caractère de chien, mais au moins avec lui on joue franc jeu.

Les hommes approuvèrent. Malgré les talents de capitaine d'Olivier Levasseur, on ne pouvait guère compter sur lui. Et ça, tous les hommes le savaient.

Riley envoya valser l'os qui atterrit au pied d'un des prisonniers. Les captifs observaient, l'eau à la bouche, leurs geôliers ripailler. Ils avaient été convenablement nourris la veille, mais le dernier repas était loin et l'odeur alléchante de la viande grillée était à peine supportable.

— Eh toi, la tête de truite ! Tu veux te joindre à nous peut-être ?

Il ricana grassement, imité par ses hommes.

Lars lança une poignée de biscuits de mer aux prisonniers qui s'en emparèrent avec avidité. Amusés par ce jeu, les pirates lancèrent ainsi des résidus de leur repas pendant quelque temps, jusqu'à ce que, gagnés par la chaleur accablante, ils se lassent de leur divertissement.

Le temps était particulièrement lourd cet après-midi-là, et les nuages denses s'amoncelaient très bas dans le ciel, donnant l'impression d'un couvercle se refermant sur une marmite. Seuls quelques pâles rayons de soleil affaiblis par l'épaisse masse grisâtre se reflétaient sur la mer habituellement d'une joyeuse couleur turquoise, maintenant d'un vert foncé, pareille aux serpents de varechs qui jonchent les grèves.

Bien repus et abrutis par la lourdeur de l'atmosphère, les pirates s'affaissèrent mollement et leur conversation s'orienta sur un sujet inépuisable : les femmes.

— Je vais vous dire, les gars, j'en ai pris des femmes, poursuivait Riley. Des belles, des moins belles… Les laides, c'est les meilleures ! Elles se dépensent à la tâche comme c'est pas permis ! Y'en a pas une qui m'ait résisté !

Il cracha par terre en ricanant de satisfaction et s'essuya grossièrement la bouche sur sa manche. Sa lèvre inférieure était marquée d'une cicatrice qui lui descendait jusqu'au menton et qui accentuait encore la cruauté qui se dégageait de lui.

Non loin de là, Richard, étendu dans la baleinière solidement tendue par des câbles sur le parement extérieur de la coque, n'avait rien perdu de la scène. Les fanfaronnades de Riley l'agaçaient, mais il se refusait obstinément à bouger : il était trop confortable, ainsi bercé par la houle tranquille et caressé par le vent.

Il avait repéré cet endroit paisible et y dormait déjà depuis des mois pour fuir les rats qui envahissaient l'entrepont où s'alignaient les hamacs. La vermine, attirée par le chanvre graissé des couches, se promenait sur les marins endormis et leur infligeait souvent de sévères morsures.

Richard, qui nourrissait depuis toujours une profonde répulsion pour les rats, dormait à la belle étoile et profitait de la bienheureuse intimité qu'une vie sur un bateau ne pouvait normalement procurer. Même s'il ne l'aurait jamais avoué pour tout l'or du monde, il se sentait plus en sécurité dans son petit refuge que complètement exposé parmi une cinquantaine de forbans encore méfiants. Même étendu dans sa baleinière, il ne dormait que d'un œil, et son couteau vissé à la main.

Les hommes s'esclaffaient, émoustillés par les détails généreusement fournis par Riley. Les conquêtes féminines se succédaient. Ce crétin d'Irlandais savait y faire avec les femmes ! Ses succès auprès des créoles de Nosy Bohara ne se comptaient plus. Aucune ne lui résistait bien longtemps. D'ailleurs, qu'elles soient consentantes ou non, cela n'avait aucune importance. Il se les tapait de toute façon.

Richard ne comprendrait jamais rien aux femmes... Elles avaient toutes un faible pour les voyous. Il lui suffisait de penser aux nombreuses conquêtes de La Buse ! S'il existait une mauvaise gueule, c'était bien la sienne ! Le goût des femmes du Sud différait en cela de celui des femmes du pays. En Normandie, les femmes s'amourachaient d'un honnête gaillard au visage franc, suffisamment costaud pour sortir les filets ou pour herser la terre. Il aurait eu plus d'avenir à demeurer au pays... Contre toute attente, cette pensée le fit sourire.

Il continua à écouter Riley débiter ses vantardises en rognant un bout de bois. Son petit couteau à manche de corne et à lame incurvée s'enfonçait dans le bois mou qui tombait en rouleaux au fond de la barque.

Mais son oreille se tendit brusquement.

— Si le pêcheur de morue s'était mêlé de ses affaires ce soir-là, je lui aurais fait son affaire à la femme de l'aubergiste ! Sur la table, les hommes ! Et elle se serait laissé faire, la dame, c'est moi qui vous le dis ! Et elle en aurait redemandé ! Parce que je l'ai senti : la gueuse, elle était toute moite...

Le petit visage tendu de Jeanne surgit dans la mémoire de Richard. Une bouffée de rage s'empara de lui.

— Même si t'avais voulu, la table était trop haute pour toi, avorton !

Riley, piqué au vif par l'allusion à sa petite taille, s'était relevé d'un bond:

— Deneuve, hurla-t-il à pleins poumons ! Où es-tu ? Viens te battre !

Il lançait ses menaces à la volée, ignorant d'où elles provenaient. En effet, la baleinière était bien dissimulée aux regards.

Lars dut le retenir à deux mains tandis que Flynn jetait un coup d'œil furtif tout autour. Olivier Levasseur ne tolérait aucune bagarre sur le bateau entre les hommes et les punissait sévèrement en cas de contravention à ses ordres. S'il s'avérait indispensable que deux hommes règlent leur différend, ils devaient le faire à terre, assistés de témoins.

— Calme-toi, Willy, lui dit Lars en désignant du doigt La Buse, installé non loin de là sur le pont. Tu auras d'autres occasions de lui faire ravaler ses paroles !

Pour la forme, Riley se débattit un peu. Mais il était conscient que rien ne pouvait se régler ici, sur le vaisseau, en présence des autres. Chaque chose en son temps, songea-t-il en son for intérieur, ravalant sa rage. Il saurait, le jour voulu, lui faire regretter d'être venu au monde. Depuis l'arrivée de Deneuve sur le bateau, Riley avait tout fait pour le provoquer. Il espérait ainsi que les deux puissent finalement régler leurs comptes comme des hommes. Mais Richard, conscient de la précarité de sa situation, tenait bon. Car si les pirates avaient à choisir entre lui et Riley, il était bon pour les requins ! Il lui avait fallu néanmoins toute sa détermination pour ne pas lui enfoncer son couteau dans la gorge.

Riley avait le visage empourpré par la fureur. Il s'empara de la bouteille de rhum qui traînait et la vida d'un coup. Ses yeux étaient injectés de sang.

Il s'avança en titubant légèrement en direction de la balustrade. Il s'y pencha et aperçut, quelques mètres plus bas, la baleinière où était encore installé Richard. Une toile en abritait une partie, là où Richard dormait. Mais l'avant était à découvert.

Riley ricana en défaisant sa braguette et pissa dans la baleinière en s'efforçant de viser le sac de toile où Richard mettait ses affaires.

Il n'eut pas le temps de rengainer qu'il se sentit happé par deux mains vigoureuses qui le soulevèrent de terre et l'écrasèrent contre le mât. Richard avait grimpé sur le pont, bondi par-dessus le parapet et foncé sur Riley.

Congestionné par la rage, le regard blanc, Richard avait enroulé son poing dans le revers de la chemise de Riley tandis que son avant-bras droit lui barrait la gorge. Celui-ci hoquetait, cherchant son air.

Richard resserra son étreinte, le forçant ainsi à relever le menton. Riley avait été trop surpris par la violence inattendue de l'attaque. Ainsi maintenu, il ne pouvait bouger et pouvait à peine respirer.

Richard sentait contre son corps la chaleur palpitante de son adversaire. Encore quelques petites secondes et le corps bouillonnant de vie qu'il tenait entre ses mains se raidirait en un ultime tressaillement nerveux avant de s'affaisser mollement à ses pieds comme un ballot de linge sale.

Richard haletait, le cœur battant. Il serait si simple d'en finir une fois pour toutes, ici et maintenant.

D'un geste rageur, il desserra brusquement son étreinte et observa Riley s'affaisser lourdement à ses pieds. Celui-ci tentait de reprendre son souffle, la bouche largement ouverte. Il sentit l'air à nouveau circuler et faire gonfler ses poumons. Il se releva péniblement, aidé de Lars et Leduc, tandis que Richard s'éloignait à grandes enjambées, suivi du regard par La Buse qui s'était rapproché.

Richard ne fut guère surpris d'apprendre que le conseil supérieur avait été convoqué l'après-midi même. Tous les hommes furent réunis sur le pont et les articles pertinents de la charte-partie relus à l'intention des deux inculpés qui se foudroyaient du regard.

Olivier Levasseur les condamna à recevoir quarante coups de fouet moins un chacun, attachés au mât principal du navire.

La cale dans laquelle Richard avait été enfermé dans l'attente de son châtiment aurait pu convenir à un homme de taille normale qui ne fût pas enragé. Mais elle était assurément trop exiguë pour lui.

Aucune lumière n'éclairait le minuscule réduit mis à part un mince rai qui pénétrait à travers les planches disjointes de la trappe située au plafond. La cale, qui servait de rangement et d'entreposage pour le matériel nécessaire à la réparation des voiles, puait l'humidité et la graisse rancie. Dans l'un des coins, des caisses de bois où s'enroulaient des nids de cordage de chanvre, des ballots de toile et des chaudières, probablement remplies de suif, s'empilaient. Richard réprima un frisson de dégoût en entendant de légers couinements lui laissant supposer qu'il n'était pas le seul à résider dans ce réduit: les rats étaient sans doute attirés par le suif dont ils étaient friands. Il tapota instinctivement sa cuisse droite et jura en se rappelant qu'on lui avait confisqué son couteau.

Si un rat téméraire s'approchait de lui, il ne lui restait que ses mains pour le tuer.

— Bon Dieu !

Richard jura en assénant un furieux coup de poing contre le mur. Il serra les poings en repensant à Riley. Cette charogne le lui paierait cher ! Il ignorait comment, mais il se jura qu'il ne mourrait pas avant de s'être vengé. Il respira profondément pour se calmer, mais l'air passait difficilement tant sa poitrine était contractée par la fureur.

Résigné, il ferma les yeux. Le visage d'Amélia surgit inopinément et lui apparut tellement clair qu'il en frissonna. C'était la première fois depuis son départ de Saint-Malo qu'il s'autorisait à penser à elle. Il avait repoussé son souvenir au tréfonds de son âme. Mais il était incapable de la chasser totalement de son esprit. Il sentait la brûlante sensation de la trahison qui déferlait encore aujourd'hui dans ses artères au souvenir de ce matin-là. Il se souvenait de son retour au pays comme si c'était hier...

Partis en mars, la fin de l'été les ramenait harassés, mais heureux. C'était un dur métier que celui de pêcheur: ils travaillaient dès l'aube jusqu'à la tombée de la nuit. Les mains écorchées, incapables de distinguer leur sang de celui des poissons qu'ils évidaient inlassablement pour les plonger dans la saumure et les entasser dans des barils au fond de la cale. L'humidité qui transperce les vêtements les plus épais, qui atteint les os. L'odeur âcre de l'iode, la puanteur des entrailles et des viscères des poissons crevés gisant sur le pont. La promiscuité obligée des hommes au milieu de l'immensité vide, la ligne du ciel se confondant avec celle de la mer. Et surtout cette terrible solitude qui tombait sur eux comme une chape de plomb.

Le rideau de brume s'était doucement estompé et avait laissé entrevoir avec plus de précision la dentelure des côtes. On pouvait maintenant deviner les lignes des imposants remparts de la cité qui bravait la mer du haut de son roc.

L'agitation du port, entrecoupée par le sifflement du vent et le claquement des voiles, parvenait maintenant jusqu'au bateau qui se rapprochait.

Les côtes du pays. Enfin. Après ces mois interminables qui jamais ne lui avaient paru si longs. L'image d'Amélia qu'il avait plantée dans la tête et dont il avait recréé chaque détail ; ses yeux du même bleu changeant que la vague qui se brise. Ses cheveux qui dansaient dans le vent et qui sentaient comme un jour de soleil. Son Amélia. Elle avait bercé ses pensées les soirs humides et froids. Son regard avait cherché avidement à travers la foule grandissante la silhouette familière. Il avait éprouvé une vive douleur au cœur lorsqu'il la vit, puis un sourire heureux s'était dessiné sur ses lèvres. Il avait ramassé le sac de toile qui gisait à ses pieds et n'avait pas attendu que le ventre bombé du bateau se cogne contre les quais. D'une vigoureuse poussée de jambes, il s'était propulsé au-dessus de la rambarde.

Il s'était dirigé d'un pas leste vers la silhouette entrevue quelques instants auparavant, suivi par le regard des femmes qui s'était velouté à la vue de ce beau grand gaillard.

Mais son instinct, aiguisé par les longs mois de solitude, l'avait averti que quelque chose n'allait pas.

Lorsqu'elle avait enfin levé les yeux vers lui, il avait immédiatement su. Aussi sûrement que si elle lui avait montré la fine alliance d'argent qui brillait à son doigt.

Elle avait balbutié quelques mots, mais il n'était déjà plus là pour l'entendre.

Quelques jours plus tard, il s'était embarqué sur l'Indien.

Il s'était juré de faire fortune et de ne revenir au pays qu'immensément riche. Alors, il franchirait la forteresse de l'île à la tête d'un magnifique vaisseau. Il lui prouverait, à elle et à sa famille et à tout le monde, qu'elle avait eu tort de ne pas l'attendre.

Il y avait cru à sa vengeance tandis qu'il radoubait son épave à l'île Bourbon. Il s'était imaginé propriétaire d'un vaisseau qui ferait du commerce en Inde. Puis, il en achèterait un second et un troisième...

Mais maintenant, enfermé dans la cale d'un navire pirate, attendant d'être fouetté devant une bande de gueux de mer méprisants pour s'être battu avec un Irlandais crasseux, il lui fallait admettre que les possibilités de vengeance étaient minces...

Il ne pouvait revenir à l'île Bourbon sans se faire pendre pour un meurtre qu'il n'avait pas commis, son épave allait sans doute être remise à de Bougainville en échange de l'argent prêté, il avait abandonné ses seuls amis, et Jeanne... Pas un sou vaillant, pas un lopin de terre. La peau et les os.

Il s'avisa qu'il aurait bien aimé boire un coup, lorsqu'il entendit des pas furtifs et mesurés résonner au-dessus de lui. Il tendit l'oreille, mais le bruit avait cessé.

Il se releva prestement, prêt à bondir. Un éclair de lumière l'éblouit alors que la trappe se soulevait brusquement, et sans qu'il ait le temps de réagir, un objet très lourd le frappa au front. Il s'effondra, inconscient, dans un bruit sourd.

La cale servant d'infirmerie sur le *Victorieux* était vaste et éclairée par plusieurs ouvertures pratiquées dans les murs sur les instances de Roger Snelgrave, le médecin de bord. Au milieu de la pièce, une large table, suffisamment spacieuse pour y étendre un homme de grande taille, avait été solidement amarrée au plancher à l'aide de chevilles de bois. D'épais draps de cotonnade blanche y étaient soigneusement empilés. Une bassine de métal contenait divers instruments effilés; un bout de bois, ou une tresse de chanvre marquée des empreintes de dents des patients qui y avaient mordu pour surmonter la douleur, des liens de cuir pour maintenir immobiles les blessés, un plein tonnelet d'eau-de-vie et un seau de goudron servant à badigeonner des blessures purulentes complétaient l'attirail.

C'est à cet endroit que Roger Snelgrave pratiquait ses chirurgies.

Une armoire placardée au mur abritait sur ses tablettes quantité de fioles et de médicaments retenus par des liens de cuir afin d'éviter qu'ils ne se répandent en cas de houle. Le bas de l'étagère se terminait en un placard où s'entassaient quelques ouvrages écornés en langues diverses. Des dictionnaires de médecine, des traités d'astronomie et de botanique, ainsi que le journal de bord du médecin. Roger Snelgrave était un homme soigneux: il y consignait tous les événements importants, rapportait les noms des blessés, la description de leurs blessures souvent agrémentée d'un schéma ainsi que les traitements administrés. Il s'assurait, bien sûr, d'y noter le résultat de ses interventions. Il inscrivait une croix lorsque le patient avait succombé au traitement.

Quatre paillasses de toile fourrées de paille ou de grains étaient disposées en rangées sur le plancher.

L'infirmerie accueillait trois patients cet après-midi-là.

Le premier, James Davis, était un des hommes de Taylor. Le médecin du *Cassandra* ayant trépassé d'une fièvre quelques semaines auparavant, les hommes de Taylor devaient s'adresser au médecin du *Victorieux*.

L'homme avachi sur l'une des paillasses ronflait paisiblement. Lorsqu'il s'était présenté à l'infirmerie, il se tenait le ventre à deux mains. Snelgrave l'avait patiemment ausculté, mais sans succès: la couleur de son teint était normale et il ne faisait aucune fièvre. Après s'être assuré qu'il ne souffrait ni de constipation ni de diarrhée, Snelgrave lui avait fait ingurgiter une potion à l'odeur repoussante d'une redoutable efficacité contre les vers intestinaux.

— Eh bien voilà, lui avait dit Snelgrave avec assurance, avec ça, tu as fini de te faire bouffer le cul par les vers !

Il l'avait gardé pour la forme, mais comptait le renvoyer dans ses quartiers dès l'après-midi.

Il s'approcha de ses deux autres patients, beaucoup moins commodes que Davis. William Riley dormait, étendu sur le ventre. Son dos lacéré par le fouet se soulevait régulièrement à chaque respiration. Tout son corps était sillonné d'anciennes cicatrices dont une, très nette, séparait le tronc en deux hémisphères égaux, de la pomme d'Adam au nombril. Snelgrave était encore bouleversé à la vue de cette blessure, qu'il avait remarquée la première fois sur le corps du jeune homme, alors que celui-ci n'avait que douze ans. Snelgrave avait renoncé depuis longtemps à obtenir des explications à ce sujet. À l'instar de la majorité des hommes à bord, Riley n'évoquait jamais son passé.

Le médecin glissa sa main sous la gorge de Riley et chercha du doigt la carotide pour s'assurer de la régularité du pouls. Tout semblait normal. Il laissa le jeune homme se reposer, enfin assommé par la dose de cheval qu'il lui avait administrée. Une drogue infaillible dont le secret lui avait été révélé par le chef d'une tribu de Zanzibar.

Il tiqua à la vue de la fiole quasi vide. Il lui faudrait retourner sur les côtes d'Afrique pour obtenir les plantes nécessaires à la fabrication de ce remède. Quitte à détourner le navire de l'itinéraire prévu. Mais cela ne l'inquiétait guère. Les hommes ne seraient pas difficiles à convaincre : ils préféraient tous se faire trancher une jambe gangrénée sous l'effet de cette drogue miraculeuse plutôt qu'à froid.

Il se leva pour aller reposer la fiole sur l'étagère. Riley lui avait coûté au moins le quart de la bouteille ! Il avait premièrement fallu le droguer pour l'obliger à recevoir les soins. Car les chefs exigeaient que chacun des hommes obtienne les soins considérés nécessaires, même contre le gré du principal intéressé. Puis, lorsque Riley s'était réveillé, il avait fallu lui en administrer une autre dose pour l'empêcher de sauter sur Richard.

Snelgrave avait dû faire appel à plusieurs hommes pour séparer Riley et Richard qui, malgré leur misérable état, en étaient venus aux mains, encore une fois.

Riley avait suffisamment récupéré et il pourrait réintégrer dès son réveil les quartiers de l'équipage. Il n'était pas fâché de se débarrasser de ce patient revêche. Il verrait cependant à donner congé à Richard auparavant.

Il entendit remuer dans le coin opposé. Richard tentait tant bien que mal de s'asseoir en s'aidant de ses bras. Il soufflait bruyamment, et son visage blêmi par l'effort s'agençait au blanc verdâtre de la toile de coton sur laquelle il était allongé. À la naissance du front, une énorme bosse saillait, grosse comme un pruneau.

Il réussit à se hisser sur ses coudes flageolants, puis à s'asseoir complètement, le dos appuyé contre le mur. D'une main incertaine, il tâta chaque partie de son corps.

Son examen terminé, il agita ses doigts et remua les jambes. Ses poignets portaient encore les marques de la corde qui s'était enfoncée dans la chair lorsqu'on l'avait ligoté au mât. Des sueurs froides lui glacèrent le front et les tempes et une envie de vomir lui contracta l'estomac.

Snelgrave s'agenouilla près du patient et l'empoigna par les épaules pour l'étendre sur le lit. Richard hurla de douleur au contact de son dos sur le tissu rêche. Le médecin tira d'un coup sec la toile sous Richard ce qui lui fit effectuer un demi-tour sur lui-même et d'un habile et puissant mouvement, retourna le colosse sur le ventre. Richard suait et serrait les poings. La douleur était si vive qu'il avait l'impression que son dos n'était plus qu'une plaie sanguinolente.

Toute la surface de son dos était marbrée par les coups de fouet qui avaient lacéré la chair. Avec des précautions maternelles, Snelgrave commença par baigner les plaies de son patient à l'aide d'un chiffon qu'il humectait du liquide contenu dans la bassine. Il y avait fait infuser quelques herbes à l'odeur fraîche et aux propriétés apaisantes.

— Cesse de jurer et tiens-toi tranquille ! Cela te soulagera, le rassura Snelgrave.

Amadoué par les bons soins du médecin, Richard finit par se détendre. Les mains du chirurgien, adoucies par les onguents, étaient douces comme celles d'une femme.

Une odeur indéfinissable de graisse rancie et d'herbes mêlée à celle, plus ferreuse, du sang, flottait dans l'air. Snelgrave tâtait délicatement les sillons creusés à même la peau. Ses longs doigts blancs glissaient sur les ourlets de chair. Il sembla satisfait de son examen.

— Tu cicatrises rapidement. C'est bien.

Tandis qu'il parlait, il avait retourné Richard sur le dos et s'attardait à l'immense bosse sur le haut de son front. Il plissait son long nez en observant attentivement le pourtour de l'excroissance. La peau s'était fendue sous le choc et le sang coagulé s'emmêlait dans ses cheveux. Robert Snelgrave hocha la tête. Heureusement, le coup avait dévié. C'est ce qui avait sauvé la vie de Richard. Si l'objet avait atteint une partie plus tendre, la tempe par exemple, il aurait eu le crâne défoncé.

À cet instant, un homme à la barbe jaunie par le tabac pénétra dans la cale. Il apportait une gamelle de porcelaine dans laquelle fumait une soupe épaisse et un croûton de pain noir dont l'odeur fit saliver Richard.

— Alors, petit, ça va mieux ? s'enquit-il.

Richard sourit malgré lui. Il devait bien mesurer un mètre de plus que le petit vieux ratatiné qui se tenait devant lui et qui s'appelait Tom Moore. Jadis tranquille pêcheur de baleines dans les mers d'Islande, il avait par la suite, en quête d'aventures plus lucratives, décidé de s'enrôler sur un navire-corsaire ayant pour mission de purger les côtes de la Nouvelle-Angleterre de tous les pirates. Son capitaine, un Écossais du nom de William Kidd décida, après avoir malencontreusement fracassé le crâne de son canonnier dans un accès de fureur, de se convertir à la piraterie. Et les marins n'avaient eu d'autre choix que de suivre. William Kidd s'était fait pendre en 1701 au quai d'exécution de Londres puis son cadavre avait été recouvert de goudron pour en ralentir la décomposition et suspendu à Tilbury Point pour décourager les pirates. Moore, après avoir sillonné les mers des Antilles, s'était finalement joint aux hommes de Levasseur et celui-ci en avait fait son second. C'était un être placide et taciturne qui répugnait à prendre part au combat. Mais ses connaissances en navigation étaient fort précieuses. Il était, avec Roger Snelgrave, les deux seuls pirates avec qui Richard s'était lié d'amitié.

Tom Moore s'approcha de Richard et aperçut la plaie sanguinolente et enflée sur sa tête. Il fronça les sourcils. Snelgrave glissa une couverture pliée sous les reins du patient afin de diminuer les zones de contact.

— Ce n'est certainement pas le fouet qui t'a fait ça, petit..., dit le médecin.

Moore acquiesça et s'assit par terre près de Richard qui fit mine de les imiter. Mais Snelgrave, vigilant, lui intima sèchement de demeurer étendu.

Tom Moore accepta une gorgée du cruchon d'eau-de-vie destiné au nettoyage des instruments que lui présenta Snelgrave.

— Hum... Pas mauvais du tout...

Moore s'essuya la bouche avec ses doigts.

— Quelles sont les nouvelles sur le pont ? s'enquit Snelgrave. Le châtiment du fouet n'avait pas fait l'unanimité entre les hommes.

— Ça bourrasse, reprit le vieux loup de mer. Les hommes n'ont pas apprécié la façon d'agir de La Buse. Certains ont pour leur dire qu'il n'y est pas allé de main morte et que le fouet n'était pas justifié. La majorité était en désaccord avec le châtiment, mais La Buse a passé outre l'avis du conseil.

Tom Moore hocha lentement la tête.

— Depuis deux mois, tout va à vau-l'eau... M'est avis que la mutinerie n'est pas loin. À moins que les hommes décident simplement d'abandonner La Buse et de rejoindre le *Cassandra*... Ça s'est déjà vu. Et ça évite de se faire fusiller pour désertion !

Davis, qui avait ouvert les yeux, s'était rapproché du groupe. Il s'était emparé de la bouteille et en avait sifflé une bonne rasade.

— Pourquoi d'un seul coup, comme ça, pfuit ! les chefs se comportent comme deux chiens qui se battent pour la même femelle, hein ? demanda Davis sans ambages. Il avait perdu les deux dents de devant lors d'une fameuse rixe dans une taverne. Lorsqu'il parlait, sa bouche émettait des sifflements particuliers qui lui avaient valu le surnom de vipère.

— Ces deux-là ne se sont jamais entendus, ça, tout le monde le sait. D'ailleurs, je me demande encore pourquoi ils font route ensemble ! chuinta-t-il.

La Buse et son équipage s'étaient échoués aux Mayottes après avoir perdu leur vaisseau dans une tempête. Non loin de là, John Taylor venait de se dissocier de son coéquipier, un dénommé England. Il avait donc sur les bras un navire sans capitaine qu'il avait offert à La Buse et à ses hommes, jusqu'à ce qu'ils abordent un navire qui deviendrait la possession de La Buse. Entre-temps, La Buse ne serait que le second de John Taylor. Olivier Levasseur n'avait pu refuser une telle offre, même s'il avait en horreur l'idée d'être subordonné à John Taylor. Il s'agissait d'un accord tacite entre deux individus qui avaient besoin l'un de l'autre, mais qui ne s'accordaient aucune confiance. Ils avaient néanmoins, jusqu'à tout récemment, réussi à conserver une relative entente.

— Eh bien moi, si vous voulez mon avis, avança Moore en pesant ses mots, c'est quand Taylor a appris que La Buse n'avait pas rapporté la rançon en échange de la liberté du comte Ericeira. Parce qu'il faut le dire, c'est pour ça, et juste pour ça que La Buse devait rester à Saint-Denis ! Pour rapporter la rançon, bon Dieu ! Pendant que nous autres on se décarcassait à attaquer le *Ville d'Ostende*, La Buse, lui, devait rapporter la rançon. Et il n'a rien rapporté ! Rien de rien !

Les hommes étaient tous d'accord sur ce point. Pourquoi, alors que c'était lui-même qui avait proposé de soutirer au comte une rançon supplémentaire, La Buse était-il revenu bredouille de Saint-Denis ?

— Tu as sans doute raison, Moore, renchérit Snelgrave. Ça date de la *Vierge du Cap*. Mais moi, je pense qu'il y a autre chose… Il hésitait à livrer sa pensée. Il poursuivit néanmoins, en prenant garde d'abaisser la voix :

— Selon moi, c'est plutôt quand Rico a découvert le trésor dans la cale de la *Vierge du Cap* que tout a commencé. J'ai bien vu l'expression sur le visage de Taylor, et je peux vous dire qu'il était convaincu que ce n'était pas la première fois que Levasseur voyait ce trésor-là. D'ailleurs, on l'a tous pensé. Surtout venant d'un gars comme La Buse.

Richard avait jusque-là mollement suivi la conversation. Les querelles entre les chefs le dérangeaient autant que sa première dent. Mais les dernières paroles de Snelgrave l'avaient intrigué.

— Où Rico a-t-il découvert le trésor ? À Saint-Paul ?

— Ben oui, à Saint-Paul. L'après-midi même qu'il est arrivé, quand La Buse nous a rejoints à Saint-Paul, Rico a découvert le trésor de la *Vierge du Cap*. C'est là qu'on a fait le partage.

Est-ce que La Buse avait remarqué que Richard était présent, lui aussi, au souper du gouverneur Beauvollier de Courchant ? À ce même souper où il avait affirmé devant toute l'assistance avoir mis la main sur le fabuleux trésor des Portugais ? Il était assis complètement au bout de la table et aurait pu passer inaperçu aux yeux de La Buse. Le forban avait dû réaliser par le suite que Richard était présent à ce même souper.

Richard constituait donc un dangereux témoin capable de confirmer que La Buse avait découvert le trésor quatre jours plus tôt à Saint-Denis et non à Saint-Paul. Car il avait fallu quatre jours en tirant la *Vierge du Cap* en remorque pour franchir la distance entre les deux hameaux. Quatre jours à longer les côtes de l'île. Ces côtes dentelées, aux remparts abrupts, troués de grottes et de ravines entièrement dissimulées par la luxuriante végétation. De merveilleuses cachettes pour dissimuler un trésor de pirates…

Il caressa, songeur, la bosse douloureuse qui élançait sur son crâne.

Aucune étoile ne piquait le ciel alourdi par un tapis de nuages qu'on devinait plus qu'on ne voyait. Une flamme bleue emprisonnée dans sa cage de verre pendait au bout du pont et constituait le seul petit point lumineux. Les vagues souples ondulaient mollement la ligne de l'horizon et venaient lécher à petits coups de langue la coque du navire dans un doux clapotis.

Richard avait enfin pu reprendre ses habitudes, malgré les larges bandes de toile qui lui écrasaient le torse comme une momie et limitaient sa respiration.

Accoudés au bastingage, Richard et Snelgrave se tenaient silencieux. Richard avait même fermé les yeux. Sa respiration était devenue plus profonde, comme rythmée par les vagues. C'est étrange, se disait-il, à quel point la mer lui était vitale. S'il en était éloigné trop longtemps, il se desséchait.

Il prit une profonde inspiration qui mourut à mi-chemin dans sa gorge et se perdit dans un râle étouffé. Son dos, encore douloureux, comprimait ses poumons qui ne laissaient filtrer l'air qu'à moitié.

L'atmosphère était humide et dense. De petites perles de sueur se formèrent sur sa lèvre supérieure qu'il essuya distraitement du revers de la main. Il but à longues goulées le rhum malgache, aimablement offert par Snelgrave. Dans un but strictement thérapeutique, évidemment.

Une bienheureuse sensation de chaleur se répandit à travers tout son corps qui se détendit miraculeusement.

Depuis qu'il avait appris la trahison d'Olivier Levasseur, Richard n'avait cessé de ressasser toute cette histoire.

En effet, il lui semblait maintenant évident qu'il constituait pour le pirate un témoin fort gênant. Car il ne doutait plus désormais de la culpabilité de La Buse: c'était lui, sans nul doute possible, qui avait tenté de le faire disparaître.

Après avoir songé à le passer par-dessus bord, Richard avait retrouvé ses esprits. La plate réalité avait rapidement refroidi ses ardeurs. Aucun pirate ne prendrait jamais sa défense. Jamais il n'avait réussi à se faire accepter d'eux. Même s'il combattait avec le même courage et qu'il abattait la même charge de travail. Il n'était pas des leurs et ne le serait jamais, et ces hommes le sentaient très bien. Seul Snelgrave, qu'on ne pouvait d'ailleurs pas considérer comme un véritable pirate, était au-dessus de ce genre de considérations. En somme, il en avait conclu que même si les pirates nourrissaient de profondes dissensions au sujet de La Buse, ils se rangeraient du côté de leur chef.

En conséquence, s'il se vengeait de La Buse, il serait pendu au bout du mât sans autre sommation. S'enfuir ? C'était sans doute la meilleure solution. Il n'espérait plus rien de sa vie de pirate. Il s'enfuirait donc, si toutefois l'occasion se présentait. Mais il ne fallait pas rater son coup. La charte-partie était claire: les déserteurs étaient fusillés.

Mais il ne renonçait pas à la vengeance. Le temps viendrait. Il avait appris qu'en mer les événements n'étaient pas mesurés à la même aune que sur la terre ferme.

Inconsciemment, son regard se dirigea vers le sud, vers l'île Bourbon. L'idée qu'un trésor d'une valeur inestimable gise endormi dans une grotte le long de la côte l'obsédait.

Il ferma les yeux et inspira longuement l'air du large. Subitement, un imperceptible changement dans l'atmosphère attira son attention. Les yeux plissés, il laissa errer longuement son regard le long de la ligne d'horizon.

Snelgrave l'observa lever le nez en l'air comme un chien qui flaire un os. Richard décrocha brusquement la lampe qui pendait au bout du pont. Il la balança au-dessus du bastingage en scrutant la mer : d'un vert bleuté, elle avait brusquement viré au violet.

Il reposa la lampe et déclara calmement à Snelgrave :

— Un grain se prépare.

Snelgrave sentit sa poitrine se comprimer. Il ferma doucement les yeux et se signa.

Il avait les yeux encore clos lorsque des cris déchirèrent la nuit : Richard avait donné l'alarme. La nuit, quelques instants auparavant si calme, s'était transformée en un brouhaha nerveux. Les pirates, les yeux agrandis par l'urgence, le geste précis, martelaient de leur pas saccadé les planches du pont. Ils couraient tous à leur poste et couvraient hâtivement leur tête de chiffons. Les éclats du bois qui se fend étaient tout aussi meurtriers que la noyade.

Olivier Levasseur, une lanterne à la main, scandait des ordres précis comme des coups de canon auxquels les hommes s'empressaient d'obéir, sachant que leur vie dépendait de l'ardeur qu'ils mettraient à les exécuter. Dans l'urgence, nul n'aurait envisagé de désobéir au chef. Les gabiers, grimpés dans les vergues, enroulaient prestement la voile qui claquait au vent.

La nature se métamorphosait de seconde en seconde. Le vent s'était levé brusquement, comme un pantin assoupi obéissant au marionnettiste qui s'était emparé de ses ficelles et le faisait danser frénétiquement. Les directives se perdaient, emportées par le bruit du vent et des vagues, mais les hommes s'affairaient, sachant d'instinct ce qu'ils avaient à faire.

Tom Moore, aidé de deux autres pirates, lestait le gouvernail. S'ils s'en sortaient, il fallait être en mesure de diriger le vaisseau.

Dehors, le vent avait encore forci. Les nuages gorgés d'eau avaient patiemment attendu que le vent se lève pour déverser des rideaux de pluie qui se mêlaient aux eaux de la mer dans un crépitement assourdissant.

Les ordres avaient cessé, les hommes s'étaient tus, incapables de parler devant la sinistre majesté du spectacle. Ils se tenaient, la tête levée, leurs cheveux et leur barbe dégoulinant d'eau, les yeux agrandis par l'angoisse. Des murs d'eau noire se dressaient devant eux, immobiles et menaçants. Puis, comme s'ils obéissaient à une injonction silencieuse, ils s'accrochèrent tous en même temps à ce qu'ils pouvaient trouver pour ne pas être avalés par le déluge qui s'abattait sur eux.

William Riley, ses courtes jambes arquées, comme amarrées aux planches du pont, ses cheveux roux pointant dans tous les sens autour de sa tête, hurlait comme un guerrier avant le combat. Il levait les bras vers le ciel, la pluie ruisselant sur son visage offert aux dieux, jurant comme un charretier à pleins poumons, insultant les divinités, la fatalité et cette putain de mer. L'énorme vague s'écrasa sur le navire dans un bruit infernal.

Richard s'agrippait tant bien que mal à la rambarde, luttant comme un forcené pour se maintenir en équilibre. S'il perdait pied, c'en était fait de lui. Il hurlait d'une voix puissante qui lui déchirait la poitrine et s'étouffa dans un gargouillis d'eau qui s'était engouffrée dans sa bouche largement ouverte. Il réussit à retrouver son souffle et cracha l'eau salée. L'immense navire était soulevé par les vagues, oscillait sur la crête quelques instants, ne sachant de quel côté aller, puis replongeait, le nez en avant, dans un immense trou béant.

— Snelgrave ! Par ici !

Il empoigna Snelgrave, qui était paralysé par la peur, et le colla d'une main contre son corps tandis que l'autre dénouait habilement la corde qui lui ceignait les flancs. Il était en train de les ligoter solidement tous les deux au mât du gaillard lorsqu'il aperçut La Buse perdre pied et glisser sur le pont dangereusement incliné.

Le pirate tentait de se cramponner au plancher, mais ses mains ne trouvaient rien à agripper. Les objets et le mobilier se mêlaient aux hommes qui glissaient comme des billes. La Buse serait d'un instant à l'autre déversé dans l'immensité de l'océan enragé.

Il saisit la jambe de Richard de ses longues mains osseuses qui se refermèrent comme des serres autour de sa cuisse.

La main amarrée autour du gaillard, Richard banda son corps pour ne pas être emporté avec La Buse. Il n'avait qu'à faire un geste pour que La Buse sombre à tout jamais. Leurs regards se soutinrent quelques instants.

— Ton bras, mon frère ! implora La Buse la bouche pleine d'eau.

Ses jambes maigres s'agitaient et tentaient de se raccrocher à quelque chose de solide.

Richard le fusilla du regard et cracha :

— Crève, traître ! Te sauver la vie pour que tu puisses après me faire disparaître !

La Buse se tut, comme vidé de ses forces. Une seconde vague s'abattit sur eux. Richard sentit les mains se desserrer doucement autour de sa cuisse. Dans quelques secondes, La Buse serait englouti à tout jamais. Richard hésitait à laisser mourir La Buse. Même s'il croyait profondément ce qu'il venait de lui dire. Mais laisser mourir ainsi un homme alors qu'il vous est possible de le sauver ? Bon Dieu ! Il serra les dents et tendit sa large main vers son frère de sang.

— Attrape !

Reprenant courage, La Buse s'arqua de tout son corps tout en s'aidant de ses jambes. Haletant, aveuglé par ses cheveux noirs qui lui collaient au visage comme du varech, étouffé par la tempête d'eau, toussant, crachant, il réussit finalement à s'agripper au bras qui se tendait vers lui. Un hurlement déchira subitement la poitrine de Richard : un tonneau lui avait écrasé la main en glissant. Il eut le réflexe de ne pas lâcher la prise, mais sa main, affaiblie et ensanglantée, ne tiendrait pas longtemps.

— Grimpe ! Agrippe le mât !

Si sa main lâchait, il serait avalé par les vagues avec La Buse. Snelgrave, toujours lié au mât, n'arrivait pas à saisir Richard. Son corps entier était secoué par des spasmes de terreur qui l'empêchaient d'agir. Olivier tentait de grimper et d'attraper le mât afin que Richard libère sa main, mais ses bottes glissaient sur le bois mouillé. Dans un formidable élan, Richard tira à lui Levasseur qui fut propulsé comme un sac de farine et il le colla au mât.

Les trois ainsi réunis autour du mât s'attachèrent ensemble au poteau, bras dessus, bras dessous. Solidement ligotés au mât du bâtiment qui se balançait sur les vagues comme une coque de noix, serrés les uns contre les autres, ils appréciaient la chaleur humaine et leur souffle. La seule chose concrète qui leur laissait croire qu'ils n'étaient pas encore morts.

Richard priait pour que le mât ne se fende pas. Il avait choisi lui-même l'énorme tronc d'arbre à l'île Bourbon pour sa solidité. Il implora le ciel d'avoir fait le bon choix.

— Ça va aller. On n'est pas encore morts...

Richard offrit un pâle sourire d'encouragement à Snelgrave, livide, qui implorait le ciel dans des marmonnements inintelligibles.

Entre deux gorgées d'eau salée recrachée, il s'assurait que les liens avaient tenu. La corde de chanvre lui sciait le dos et pénétrait les chairs entamées par le fouet. Mais plutôt mourir coupé en deux qu'avalé par les abîmes.

Des hurlements presque inhumains déchirèrent la nuit. Une seconde vague s'écrasa sur le navire. Des amas d'eau déferlaient sur le pont dans un bruit assourdissant de cascade, emportant avec eux tous les objets qui n'avaient pu être amarrés et qui roulaient sur le pont, heurtant quelquefois les marins qui hurlaient de douleur. Richard cria pour se faire entendre à travers le vacarme :

— Courage ! Il n'y en a plus pour longtemps maintenant !

— Tu parles de la tempête, ou de notre existence, le pêcheur ? répliqua La Buse entre deux gorgées d'eau.

— À l'aide !

Un craquement fracassant avait soudain couvert le bruit de la tempête: un des mâts, fendu en son milieu, s'était effondré sur le pont, écrasant au passage un marin. C'était le vieux Tom Moore.

— Vite ! Il faut défaire les nœuds !

Les doigts gelés de Richard étaient gourds et s'empêtraient. Il tremblait de froid et de peur et n'arrivait pas à se défaire des liens qui le retenaient solidement au mât.

— Nom de Dieu !

Il hurlait, tirant sur l'extrémité du câble, enfonçant ses doigts dans les nœuds pour tenter de les assouplir, se tortillant pour faire glisser les liens. Il hurla de toute la force de ses poumons:

— Moore, tiens bon ! J'arrive !

Il continuait à se débattre furieusement avec le lien de chanvre. Il réussit à sortir son couteau de poche, mais celui-ci lui glissa des mains. Il l'immobilisa de justesse avec son pied, mais fut incapable de se pencher pour le récupérer.

Il leva les yeux vers son ami pour le rassurer. Mais il ne vit que des filets de sang se diluer dans l'eau. Moore devait être blessé. Il vit ses vieilles mains ridées qui dépassaient de l'énorme tronc qui lui immobilisait le corps et qui s'agitaient convulsivement. Des mains de marin, aux doigts épais, les poings serrés, prêtes à combattre. Puis, ses mains s'ouvrirent doucement et cessèrent de s'agiter. Une vague fit rouler le mât comme s'il s'agissait d'une brindille et le corps inerte de Moore, enfin libéré, fut avalé par les flots.

Snelgrave se signa.

Richard baissa la tête. Ce n'était pas la première fois qu'il perdait ainsi un compagnon. La mer lui avait enlevé des amis, des oncles, son père et ses deux frères. Cette mer nourricière, majestueuse, qui devenait maléfique, emportant avec elle l'âme des hommes dont elle se nourrissait. Et elle n'était pas encore rassasiée.

Le bateau s'enfonçait dans l'océan puis ressurgissait comme s'il cherchait son air, et les vagues, comme des bras, s'en emparaient encore pour l'enfoncer davantage. Des corps glissaient près d'eux dans des cris désespérés et disparaissaient.

Richard, la bouche pleine d'eau, tentait de reprendre son air entre deux vagues. Il voyait les hommes hurler, se faire avaler par la mer, les mâts se briser, être engloutis par les flots.

Il sentait ses forces l'abandonner. Il n'entendait plus que les bruits sinistres de la nature qui se déchaîne. Puis, comme un guerrier épuisé qui concède la supériorité à son adversaire, il sentit malgré lui son corps se détendre, cesser de trembler. Son esprit se résigna lui aussi, acceptant la fatalité, admettant la défaite. Il ferma les yeux. Sa tête tomba vers l'avant. Prêt à se laisser aller lui aussi.

Et, presque aussi subitement qu'elle était arrivée, la tempête s'apaisa; les vents, quelques minutes auparavant déchaînés, repoussèrent doucement les nuages qui laissèrent apparaître une constellation d'étoiles scintillantes. La pluie cessa, et au matin, la mer avait retrouvé la ligne calme de l'horizon.

Lorsque Richard ouvrit les yeux, ils étaient tous les trois encore fermement ligotés au mât. Les cheveux filasse collés sur son crâne, Roger Snelgrave fixait le ciel de ses yeux pâles. Il fallut quelques secondes à Richard pour réaliser qu'il était mort.

— Et que le ciel accueille les âmes de nos compagnons pour l'éternité. Amen !

Le frère Jonathan termina la brève oraison funèbre en jetant solennellement dans la mer une poignée de riz, miraculeusement sauvé de la tempête, telle une ultime offrande à une déesse insatiable qui avait avalé, en tout et pour tout, une trentaine d'hommes.

La Buse avait appris la disparition de Rico avec un filet d'émotion rapidement dissipé. Même s'il s'agissait de la seule personne en qui il avait presque entièrement confiance, avec lui disparaissait un témoin fort gênant. Il n'en restait plus qu'un...

Les survivants, la mine défaite, étaient alignés sur le pont. Les vêtements pendaient, les cheveux collaient au visage. Le silence était tel qu'ils entendaient les grains de riz crépiter en tombant dans l'océan, comme dans un songe.

Ils détournèrent les yeux à la vue des sacs de toile dans lesquels les corps des trépassés, ceux qui n'avaient pas été engloutis, avaient été fermement emmaillotés. Quelques sinistres paquets n'avaient pas encore sombré et valsaient mollement sur les flots avant d'être avalés par le bleu de la mer. Richard ne pouvait détacher ses yeux du paquet contenant le corps de Roger Snelgrave. Il n'avait jamais réalisé à quel point le médecin était frêle.

Coule donc, implorait-il silencieusement en ne quittant pas le corps des yeux. Il priait pour que la mer avale, avec le corps de son ami, les derniers souvenirs qu'il avait de lui : le bruit des os qui craquent lorsqu'il avait fallu lui briser les doigts tant il était fermement cramponné au mât.

Il poussa un soupir de soulagement lorsqu'une vague avala le corps de son ami. Il se signa une dernière fois.

La nature, désireuse de se faire pardonner ses furieux débordements de la veille, arborait presque avec indécence un temps radieux. Les nuages cotonneux pommelaient le ciel bleu azur et le soleil réchauffait ardemment la peau des marins qui assistaient, épuisés et hagards, à la cérémonie d'adieu de leurs compagnons.

Le vaisseau gisait dans un état lamentable. Des lambeaux de voile pendaient tristement le long des mâts. Sur le pont, des éclats de bois jonchaient le sol à travers des débris de toutes sortes : outils, tonneaux éventrés, denrées, casseroles et chaudrons. Des mares de sang tachaient encore le plancher. Olivier Levasseur avait proposé de regagner l'île Sainte-Marie. Ainsi, ils pourraient, à l'abri de toute menace, radouber le navire et se ravitailler. Ils y retrouveraient sans doute le *Cassandra*, si toutefois celui-ci n'avait pas sombré dans la tempête.

La Buse termina la cérémonie en élevant son mousquet dans les airs et en tirant un coup, imité par tous les hommes. Mais seuls les tirs de quelques mousquets retentirent, la poudre étant trop humide. À travers le vacarme et l'odeur de la poudre, Richard adressa mentalement une dernière prière pour le repos de Tom Moore et de Roger Snelgrave.

Le silence revenu, La Buse reprit :

— Compagnons ! Si on est encore ici, c'est que notre heure n'était pas arrivée !

Les rescapés, soudainement galvanisés, hurlèrent un tonitruant amen à l'adresse du ciel. L'existence des pirates était ainsi faite: la vie était trop brève pour s'attarder trop longtemps sur la mort.

Richard observait Olivier Levasseur reprendre avec confiance ses allures de chef. Après s'être tirés indemnes d'une telle tragédie, les hommes ne songeaient plus, du moins pour l'instant, à se rebeller contre son autorité.

10.

Île Sainte-Marie, Madagascar
(Nosy Bohara)
Quelques semaines plus tard

Regagner l'île Sainte-Marie leur prit quelques semaines. Il avait fallu remplacer et recoudre la voilure endommagée par l'ouragan, ce qui avait nécessité plusieurs jours. Et lorsque l'ouvrage fut enfin terminé, comble de malchance, les vents ne s'étaient pas montrés favorables. Affamés, épuisés, à bout de ressources, les membres d'équipage avaient perdu courage.

Mais lorsqu'enfin ils aperçurent les côtes déchiquetées de Nosy Bohara, leurs cris de joie déchirèrent le ciel. Ils humèrent, ivres de soulagement, l'odeur caractéristique de l'île : les parfums d'ylang-ylang, de vanille et de café se mêlant à ceux plus subtils de toute une gamme indéfinissable d'épices et d'herbes. Ils apprécièrent dans un humble silence la beauté stupéfiante qui s'offrait à eux: le sable fin des plages doucement léché par les vaguelettes translucides, le coloris éclatant des arbres chargés de fruits exotiques, l'abondance de tout ce qui leur avait si cruellement manqué.

Comme l'avait prédit Olivier Levasseur, ils y retrouvèrent le *Cassandra* amarré dans la baie, à quelques encablures de la plage. Déjà, les pirates s'affairaient à la réfection du navire, qui avait lui aussi souffert de plusieurs avaries. Des pirogues de bois, semblables à des crocodiles à demi immergés, ployaient sous le poids des troncs d'arbres qui serviraient à la reconstruction des mâts et du pont.

Les hommes habiles à travailler le bois, une trentaine en tout, furent confiés à Richard, heureux d'occuper son corps et son esprit, et la confection de la voilure fut déléguée aux femmes de l'île. Quant aux autres, leur revenait la charge de pourvoir au ravitaillement. Une fois l'approvisionnement assuré, ils avaient joyeusement envahi l'auberge la plus proche, tenue par un Hollandais et sa compagne, une splendide Malgache aux yeux de braise.

C'est dans cette ambiance animée que les hommes des deux clans se retrouvaient pour jouer aux dés, bâfrer, se saouler et racoler. Si les membres de l'équipage d'Olivier Levasseur avaient réservé leur jugement sur leur chef après l'ouragan, l'oisiveté constituait un terrain fertile pour ranimer les dissensions: les soupçons murmurés à mi-voix s'étaient peu à peu transformés en véritables accusations.

On le traitait dorénavant sans vergogne de traître: il avait enfreint les règles des Frères de la Côte. Déjà, une dizaine de pirates, avec à leur tête William Riley, avaient déserté son commandement et s'étaient rangés du côté de John Taylor, refusant de se soumettre encore un jour de plus au joug de cette canaille de La Buse.

Cependant, personne encore n'avait eu le courage de l'accuser ouvertement. Car il fallait, pour ce faire, détenir de solides preuves. Et John Taylor était le premier à en convenir. Il était suffisamment intelligent pour craindre la création de dangereux précédents en exécutant un chef sans preuve sérieuse. D'ailleurs, il lui fallait suivre les règles des Frères de la Côte.

Ce n'était pourtant pas faute d'avoir tenté de les découvrir, ces preuves ! Davis était allé en éclaireur, feignant des maux de ventre, et William Riley, avant de déserter, avait fouillé le *Victorieux* de fond en comble sans succès : ils n'avaient rien trouvé susceptible de ressembler à une pièce du trésor des Portugais.

Et des pirates demeurés avec La Buse à Saint-Paul, aucun n'avait eu connaissance de quoi que ce soit qui eût pu constituer une traîtrise de la part de leur chef.

John Taylor écumait de rage en arpentant le pont du navire. Lorsqu'il se mettait dans ces états, mieux valait ne pas se trouver à portée de tir.

C'est ainsi qu'en cette fin d'après-midi, il ne restait plus à bord que son second, Wilmington, et le cuisinier, les autres en ayant profité pour se faire oublier jusqu'à ce que leur chef dessaoule. Plusieurs bouteilles de rhum malgache gisaient sur le pont et Taylor avait exigé du cuisinier qu'il mette en perce l'un des derniers tonneaux de vin ayant échappé à l'ouragan.

Le soleil descendait doucement derrière les hauts sommets de l'île ; on n'apercevait plus qu'un dôme chatoyant qui s'amenuisait de seconde en seconde. Les cris d'abord discrets des oiseaux de nuit emplissaient maintenant le ciel. À travers eux, on entendit le bruit d'une bouteille vide jetée à la mer.

— Wilmington ! cria Taylor en direction de la cabine dans laquelle ronflait bruyamment le second, ses longs pieds nus posés sur une table de bois.

— Réveille-toi, espèce de canaille, et va me quérir La Buse !

Wilmington remit nonchalamment ses bottes en grommelant. Comme il regrettait de n'être pas allé courir la gueuse avec les autres !

Il avait partagé plusieurs cruchons de rhum avec Taylor. Il se demanda, dans un faible éclair de lucidité, s'il aurait le pied assez solide pour ne pas chavirer. Oh, il savait nager, pour sûr ! Mais pas assez vite pour échapper aux requins ! Depuis leur arrivée à Nosy Bohara, il avait observé, fasciné, les énormes ombres glissant doucement autour du bateau, attirés par la viande des cadavres de chèvres et de cochons qu'ils avaient transbordés pour la saler.

Les cordes retenant la barque grincèrent en frottant contre la coque, jusqu'à ce que l'embarcation amerrisse dans un craquement de bois. Il descendit en jurant le long de l'échelle de corde et se laissa lourdement choir dans la barque qui se stabilisa sous le poids.

La nuit était maintenant presque tombée et il ne distinguait plus que l'ombre confuse du paysage et les quelques feux orangés allumés sur le *Victorieux*. Il frissonna en sentant l'odeur caractéristique des requinsqui sortaient chasser à la faveur de la nuit: une écœurante odeur de charogne et de sang. Il plongea résolument ses rames dans l'eau et se dirigea vers le navire de La Buse.

— Pourquoi vous être fait pirate si vous craignez à ce point le danger ? hurlait Taylor à La Buse. La prise de Mozambique nous donnerait d'un seul coup autant de richesses que la cargaison de cent navires !

Olivier Levasseur observait Taylor en se demandant s'il n'était pas devenu complètement fou. Wilmington lui avait appris qu'il avait passé la journée à boire et qu'il était ivre comme une outre. Le second s'était même permis de proposer de remettre l'invitation. Mais La Buse avait refusé net. Il ne craignait pas John Taylor.

La situation s'était resserrée comme un étau autour de lui sans qu'il puisse rien y faire. Il avait assisté, impuissant, à l'exode du quart de ses hommes qui s'étaient rangés du côté de Taylor. Il ne s'agissait plus seulement de son titre de chef qui était en jeu, mais de sa vie aussi.

Il avait vainement attendu les accusations. Car sans elles, il lui était impossible de se défendre sans par la même occasion fournir lui-même la corde pour se pendre.

C'est donc avec l'espérance que Taylor se commette enfin qu'il avait accepté de se rendre sur le *Cassandra*. Et s'il fallait en croire Wilmington, Taylor était dans de bonnes dispositions pour cracher tout son fiel.

Il fut impressionné par la stratégie adoptée par son confrère et, en d'autres circonstances moins périlleuses, aurait pu s'en moquer. Taylor lui proposait d'envahir tout le Mozambique. Rien de moins.

— C'est impossible, répliqua laconiquement La Buse. Cette tâche est surhumaine. Nous y perdrions tous nos hommes qui ne sont pas habitués à combattre sur terre.

— Nos hommes sont frais après cet arrêt forcé, nous disposons maintenant des vivres nécessaires. Nous sommes prêts à combattre, encore plus que lorsque nous avons abordé la *Vierge du Cap* ! Taylor s'échauffait.

La Buse souffla doucement sur le bout de son cigare pour en raviver le feu tout en réfléchissant à toute allure. La discussion dérivait vers le cœur du sujet : la *Vierge du Cap*.

— Il ne faut pas comparer la prise d'un vaisseau complètement à découvert à l'attaque d'une forteresse terrestre. Nous risquons trop, conclut La Buse. Nous sommes des pirates, et non des envahisseurs ! D'ailleurs, que ferions-nous du Mozambique ?

— Si l'on pouvait monter à l'assaut du ciel, reprit Taylor avec fanatisme, je tirerais mon premier coup de fusil sur Dieu !

Il affrontait La Buse, les yeux injectés de sang, les joues et le front rougis par la hargne. Ses cheveux se découpaient en épis qui collaient sur son front moite. La Buse sentait contre sa cuisse la lame froide du poignard qu'il avait camouflé sous sa culotte. Il approcha tranquillement sa main, prêt à dégainer.

— Vous agissez comme un capitaine de marine marchande qui calcule la portée de chacun de ses coups ! Comme si vous aviez quelque chose à perdre... Je vous ai connu plus téméraire, reprit Taylor.

En disant ces mots, il s'était approché de lui et s'était accoudé sur les bras du fauteuil dans lequel La Buse prenait place. Leurs nez se touchaient presque et La Buse sentait l'haleine de Taylor qui empestait l'alcool et les oignons. Il s'exprimait difficilement et des amas de salive blanchâtre mouillaient les commissures de sa bouche.

— Il n'y a guère si longtemps, seul l'appât de la richesse vous suffisait. Il ne vous serait jamais venu à l'idée de trouver l'invasion de la côte africaine trop osée si à la fin vous en étiez suffisamment payé. Serait-ce que vos besoins ne sont plus ce qu'ils étaient ?

— Mes besoins sont les mêmes que les vôtres, reprit La Buse avec aplomb.

Il ne devait pas faiblir. Il lui fallait jouer la comédie jusqu'à la fin.

— Peut-être pas, poursuivit Taylor. Peut-être pas...

Il refusait de lâcher le morceau maintenant qu'il était si bien engagé, mais ses idées s'embrouillaient, complètement abruti qu'il était par la quantité de rhum absorbé. Il sentait ses jambes faiblir, et des sueurs froides lui glaçaient le dos malgré la chaleur de la nuit.

S'il accusait maintenant La Buse de vol et de traîtrise, sans preuve, cela risquait de miner son autorité et d'ébranler le respect que lui portaient ses hommes. Mais l'idée de se faire flouer par cette vermine, ce rat qui les avait délestés d'une véritable fortune, le rendait fou. Si Olivier Levasseur était devenu ce qu'il était, c'était grâce à lui, qui l'avait sorti d'un mauvais pas alors que son vaisseau avait sombré aux Mayottes. Et quelle était sa récompense pour avoir tendu la main à un compagnon ? On le dépouillait de son dû ! Il observait ce Français arrogant fumer son cigare en silence et sa fureur décuplait.

Sans qu'il ait eu le temps de remettre de l'ordre dans ses idées, Olivier Levasseur s'était levé et écrasait son cigare du bout de sa botte.

— Si vous me soupçonnez de quoi que ce soit, Taylor, dit-il en guise de salutations, il faudra fournir des preuves. Ensuite, je me soumettrai aux conclusions du conseil de guerre. Sans crainte aucune, car je n'ai rien à me reprocher.

Et il le planta là.

La barque conduite par Wilmington ondulait tranquillement vers le vaisseau de La Buse, tel un serpent fasciné par la lumière vacillante des feux des lanternes accrochées sur le navire. La Buse pouvait apercevoir les silhouettes des quelques hommes demeurés sur le bateau pour en assurer la garde. Installés sur le pont sur des tabourets ou des bittes d'amarrage, ils jouaient aux dés en avalant du rhum et en s'invectivant. Les Malgaches fabriquaient un alcool qui possédait plusieurs qualités dont celle, appréciable, d'être produit en abondance sur l'île. Quantité de tonneaux avaient été transbordés dans les cales des navires. Des éclats de voix et des jurons fusaient, troublant l'atmosphère paisible de la nuit.

La barque heurta mollement la carène du *Victorieux*. La Buse, agile comme un chat, s'accrocha fermement à l'échelle de corde qui pendait le long de la coque et en escalada la surface arrondie. D'un coup de reins, il se hissa à bord du vaisseau. Plutôt que d'aller retrouver ses hommes, il se faufila furtivement en direction de sa cabine.

Wilmington lui avait révélé ce dont il se doutait depuis quelque temps déjà: seuls quelques pirates lui accordaient encore leur confiance. Ce n'était guère suffisant pour l'innocenter si l'envie prenait à Taylor de faire voter contre lui les membres de l'équipage. Il ne fallait pas non plus écarter la possibilité que quelques hommes plus téméraires s'enhardissent au point de lui faire la peau par vengeance.

Il ne lui avait fallu que le trajet entre les deux vaisseaux pour mettre au point son projet de fuite. Son plan était simple: il s'emparerait de la baleinière, qui offrait comme avantage considérable un faible tirant d'eau. Il pourrait ainsi longer les côtes, se dissimuler dans les baies et les criques où les cachettes et les grottes foisonnaient, devenant ainsi insaisissable pour le *Cassandra* et le *Victorieux*, beaucoup trop massifs. Lorsque l'aube se lèverait dans quelques heures à peine, il se serait volatilisé.

Il se dirigea tout droit vers l'élégant secrétaire ayant appartenu au comte Ericeira et s'y assit. Autour de la surface destinée à l'écriture, plusieurs tiroirs et casiers étaient disposés en demi-cercle. Au centre se trouvait un tiroir à la devanture plus étroite que les autres. Il le fit glisser vers lui et le retira complètement de son fourreau. Sous l'emplacement, une rosace ouvragée de marqueterie grosse comme deux poings masquait une petite fente. Il y inséra la pointe d'un coupe-papier et, d'un léger coup de poignet, souleva la pièce. L'ouverture laissait entrevoir un double fond suffisamment grand pour contenir des documents confidentiels ou des sceaux.

Découvrir ce double fond avait été un jeu d'enfant: ce genre de trompe-l'œil n'avait plus de secrets pour lui depuis longtemps. Il inséra sa main à l'intérieur jusqu'à ce que ses doigts rencontrent l'objet qu'il cherchait et l'extirpa de sa cachette. Il s'agissait d'une pièce de cuir rectangulaire couleur sang-de-bœuf. Il fallait dénouer les deux liens de cuir, puis l'étendre. Des pochettes y avaient été aménagées afin d'y ranger de menus outils de chirurgie. À leur place, le pirate y avait dissimulé quelques pièces du trésor portugais.

Il prit le temps d'en vérifier le contenu : une poignée de diamants, la broche sertie d'émeraudes et de rubis ainsi que les six barres d'or qu'il avait conservés avec lui.

Il laissa glisser ses doigts comme une caresse sur le métal précieux. Le trésor des Portugais en comptait des coffres pleins ! Mais ses doigts butèrent sur de fines aspérités ciselées à même le métal. Étonné, il approcha une barre de la lumière du fanal pendue sur le chambranle de la porte. Une sueur glacée lui mouilla le front : les barres d'or étaient estampillées aux armes du Portugal ! Comment avait-il pu être aussi stupide ! Dans l'euphorie, il n'avait pas remarqué ce détail incriminant. Il remercia dans un souffle sa bonne étoile de n'avoir pas conduit Taylor jusqu'à l'étui.

Il remit fébrilement les barres d'or dans leur fourreau, le referma et l'inséra dans la ceinture de son pantalon. Sa redingote le dissimulerait s'il était surpris avant d'avoir pu atteindre la baleinière.

Sans un regard derrière lui, il se dirigea vers la poupe du navire, là où était amarrée la baleinière. Il lui fallait en premier lieu délester l'embarcation puis à l'aide des cordages, la faire glisser silencieusement contre la coque jusqu'à la mer. C'était le plus difficile, car il fallait procéder sans bruit et cela requérait toute sa force. Heureusement, le système de poulie élaboré par Snelgrave lui permettrait d'agir sans assistance. De là, il lui fallait espérer que personne n'ait l'idée d'aller pisser par-dessus bord et de porter son regard sur la mer. Du moins, jusqu'à ce qu'il ait réussi à contourner le bras de terre qui s'avançait un peu plus avant dans l'océan.

Cette étape franchie, les nombreuses criques, anses et grottes dissimulées le long des côtes échancrées lui fourniraient des cachettes. Il pourrait s'y reposer et reprendre des forces pour repartir la nuit venue.

Un bruit sourd, comme si un objet avait heurté la coque du navire, le fit sursauter. Il jeta un bref coup d'œil autour, mais tout semblait normal. Il entendait, en sourdine, les voix des gardes. Les éclats de rire se faisaient plus gras et les jurons aussi. D'ici une heure, ils ronfleraient tous comme des cochons sauvages, totalement inconscients. Il porta instinctivement la main contre son flanc et pressa contre lui le précieux étui de cuir collé contre sa peau.

Il atteignit enfin l'arrière du bateau où se trouvait la baleinière. Son sang ne fit qu'un tour : l'embarcation n'était plus sur le flanc du navire, mais déjà à flot, et il pouvait voir l'ombre d'un homme qui prenait place à son bord. La Buse reconnut immédiatement Richard. Les deux hommes, également surpris, s'observaient, déconcertés.

Richard étouffa un juron. La Buse avait-il projeté de s'enfuir lui aussi ? À sa mine, il en aurait juré. Allait-il le trahir ? Cet abruti allait faire rater son plan de fuite. Il n'avait pas le temps de réfléchir :

— Saute ! chuchota-t-il entre ses dents à La Buse.

Le pirate n'avait plus le choix. Il enjamba le garde-corps. Juste comme il allait se laisser doucement glisser le long de la corde jusqu'à l'embarcation, des cris le figèrent sur place.

— Halte ! Halte à toi Olivier Levasseur !

— Fuyard ! Traître !

C'était John Taylor qui accourait sur le pont, balbutiant de rage, accompagné de Wilmington.

Et déjà, les coups de pierrier du vaisseau sonnaient l'alarme.

La Buse était pris au piège comme un rat dans une trappe. Il n'avait plus le temps de fuir. Il lança un regard vers la baleinière: elle était vide, mais il vit une tête émerger silencieusement de l'eau. Richard reprenait son souffle, appuyé sous la courbure convexe de la coque demeurant ainsi invisible aux yeux de ceux qui étaient sur le pont.

La Buse réfléchissait à toute allure. Il n'avait que quelques secondes pour réagir avant que Taylor et Wilmington l'appréhendent. C'était la seule solution: il défit d'une main le lien qui attachait l'étui de cuir à sa ceinture.

— Attrape, chuchota-t-il à Richard. Il laissa tomber l'étui. Il lui restait peut-être encore une chance de se défendre. Mais s'ils découvraient l'étui et les barres d'or estampillées à l'effigie du Portugal, il n'était pas mieux que mort. Dans un mouvement instinctif, Richard tendit la main et cueillit l'étui.

— Une vie pour une vie, chuchota-t-il encore à l'adresse de Richard. D'un pas rapide, il se rendit à la rencontre des deux hommes, permettant ainsi à Richard de s'échapper.

II.

Île Bourbon
1726
(Cinq ans plus tard)

Hervé demeura sans voix pendant quelques instants. Il ne pouvait détacher son regard du corps amaigri, mais toujours étonnamment robuste de l'homme qui se tenait devant lui. Il reconnut les grandes mains, dont l'une tremblait légèrement. Son regard s'attarda au visage, toujours beau, mais creusé de profonds sillons. La peau avait la couleur et sans doute aussi la texture du cuir et était recouverte d'une barbe blonde où se mêlaient quelques fils argentés. Il avait toujours ses cheveux longs, mais les portait libres, à la mode normande, ce qui accentuait l'impression sauvage, presque inhumaine qui se dégageait de lui, impression encore amplifiée par le regard vide.

Cinq ans s'étaient écoulés depuis l'exil de Richard Deneuve. Il avait aujourd'hui 33 ans, mais le regard d'un vieillard.

Deux ans auparavant, le 24 janvier 1724, Olivier Levasseur avait envoyé un émissaire du nom de Clayton à l'île Bourbon, accompagné de dix hommes blancs et de leurs quarante esclaves, solliciter l'amnistie au gouverneur de l'île afin qu'il offre l'asile et la clémence aux pirates repentis.

L'épisode de la prise de la *Vierge du Cap* et les multiples sabordages de vaisseaux de la Compagnie étaient toujours frais dans la mémoire des Bourbonnais, mais la raison avait prévalu. Le nouveau gouverneur de l'île Bourbon, Antoine Desforges-Boucher, avait dit :

— Nous avons besoin de main-d'œuvre pour cultiver le café et un urgent besoin d'esclaves pour aider aux travaux. Ces hommes acceptent d'amener tous leurs esclaves ici, ils acceptent de servir le roi en échange de leur pardon. Profitons de cette manne inespérée, rajoutons-y quelques conditions pécuniaires et servons les intérêts du roi qui voit lui-même plus d'avantages à convertir les forbans en honnêtes sujets qu'à subir leurs méfaits qui nuisent grandement au commerce maritime.

Bien qu'il en fût l'instigateur, Olivier Levasseur n'accepta jamais l'amnistie. Il fit parvenir une lettre expliquant les motifs de son refus. Le pirate, soudainement envahi par la honte, avait écrit qu'il ne se trouvait pas assez riche pour se montrer en piètre équipage sur des lieux où il avait jadis été vainqueur. Il écrivait qu'il était établi « suivant la coutume du pays, qui est fusils, poudre, plomb, pierres à fusil, bœufs, habitation et rafraîchissements » et qu'il ne pouvait quitter tout cela sans l'avoir réalisé, ne possédant aucun argent comptant lui permettant de faire bonne figure.

Mais si La Buse refusa l'amnistie, plusieurs de ses hommes suivirent Clayton à l'île Bourbon.

Quant à Richard, il n'accordait aucune confiance à Antoine Desforges-Boucher et refusait de se jeter dans la gueule du loup. Mais sa patience fut rapidement récompensée: Antoine Desforges-Boucher mourut le 1er décembre 1725. Qui plus est, il avait été innocenté du meurtre de l'aubergiste. En effet, malgré sa fuite accablante qui le désignait aux yeux de tous comme l'assassin, aucune preuve n'avait permis de conclure à sa culpabilité. Et un témoin imprévu était venu fournir un alibi à Richard: Louise-Adélaïde jura avoir passé la nuit entière avec lui... Cette révélation, que personne n'osa contester, associée à l'aversion que Desforges-Boucher portait à Richard depuis toujours, suffit à convaincre le gouverneur de l'époque qui, à la surprise générale, passa outre la volonté de Desforges-Boucher. Plus rien ne l'empêchait désormais de regagner l'île Bourbon.

Lorsqu'il aperçut l'ombre des pics de l'île Bourbon qui se profilaient dans la lumière crue du jour, les battements de son cœur s'amplifièrent. Se pouvait-il que La Buse ait véritablement dissimulé une partie du fabuleux trésor des Portugais quelque part sur l'île comme le croyaient plusieurs ? Les cachettes étaient innombrables... Les grottes, les criques, les ravines mouchetaient le roc aux abords de l'île entre Saint-Denis et Saint-Paul et le temps avait sans doute effacé toute trace... Mais au-delà de l'excitante perspective d'un trésor, l'île Bourbon était encore le seul endroit où il se sentait chez lui. Et il assumerait ses actions et purgerait, s'il le fallait, ses peines, qu'elles soient siennes ou non. Et surtout, il était prêt à reconquérir l'amitié de ses amis.

Il avait attendu plusieurs heures au nouveau magasin de la Compagnie, le précédent ayant été détruit lors d'un incendie. Il avait espéré nous rencontrer et sans doute, avec un peu de chance, Jeanne. Mais depuis le matin, seules quelques créoles étaient venues s'approvisionner de fil à pêche ou de bouts de dentelle. Il avait arpenté les quelques rues du hameau et constaté les nombreux changements. Cinq ans avaient passé depuis son départ... Saint-Paul comptait maintenant une boulangerie équipée de deux fours, une poudrière ainsi que des logements destinés aux canonniers.

Enfin, Richard aperçut Hervé. Il eut de la difficulté à reconnaître en cet homme distingué, proprement coiffé et habillé de frais son ancien compagnon.

Il approcha sa grande main et tâta l'étoffe souple de la chemise d'Hervé. Quoique le médecin n'eût aucun goût véritable pour tout ce qui touchait l'habillement ou plus généralement l'esthétisme, il appréciait le confort que procurait une étoffe finement tissée ou un soulier bien ajusté.

Une de ses patientes, Virginie Mazeaud, dont l'abondante progéniture lui assurait de constantes consultations médicales, filait admirablement et troquait ses tissus légers comme le vent contre des potions, onguents et conseils.

— Tu me sembles bien prospère, l'apothicaire...

Le son de sa voix était toujours aussi profond qu'avant, mais un peu plus éraillé. Comme s'il n'avait pas parlé depuis longtemps. Hervé ignora la remarque.

— Tu comptes revenir t'installer ici ? Tu renonces donc à la piraterie ?

Richard hocha la tête en silence. Il était encore trop tôt... Trop tôt pour expliquer à Hervé tout ce qu'il avait enduré pendant ces années qui lui avaient paru un véritable enfer. Il s'était cru capable d'affronter l'horreur des combats et la cruauté des hommes. Mais il n'était pas préparé à l'aspect psychologique de sa conversion. Pirate, il s'était fait pourchasser comme une bête nuisible qu'il faut écraser du pied. Il avait vu des hommes se faire pendre, se faire ligoter au pilori au milieu des vagues en attendant que la marée monte et les noie. Il avait survécu sur les bateaux, emprisonné dans un microcosme malsain où les hommes se transformaient en bêtes, vidant leurs querelles à coups de poignard. Il avait vécu la misère physique, l'angoisse, la honte. Et la honte était pire que tout...

Il reprit d'une voix légèrement enrouée:

— J'aimerais revoir René.

— René a été bouleversé par ton départ, tu sais... Je ne crois pas qu'il te pardonnera aisément.

Et il avait raison ! La fuite de Richard m'avait profondément ébranlé. Jamais je n'avais douté de son innocence, aussi j'étais incapable de m'expliquer cette fuite que je considérais comme une traîtrise. Richard m'avait pris sous son aile dès notre première rencontre à Saint-Malo. Il s'était toujours occupé de moi et je le considérais comme un grand frère.

— Tu lui diras que je suis de retour ?

— Tu iras toi-même. Il demeure dans la *Belle Normande*.

Le cœur de Richard ne fit qu'un bond et Hervé vit jaillir des étincelles dans ses yeux. Pendant un instant, il retrouva le Richard qu'il avait connu et ce sentiment lui réchauffa le cœur.

Richard était convaincu que la *Belle Normande* avait été saisie par le gouverneur, ou par de Bougainville en paiement de ses dettes, ou encore tout simplement détruite pour récupérer les matériaux. Il s'était interdit d'espérer.

Je ne crois pas que Richard sût la contribution d'Hervé à la conservation de l'épave. Il avait dû user de chantage, affirmant qu'il quitterait l'île, la laissant ainsi sans aucune ressource médicale d'aucune sorte, si quelqu'un s'avisait de faire valoir ses droits sur l'épave de Richard Deneuve. Il avait dû, de plus, offrir une substantielle compensation monétaire qui avait suffi à apaiser les rancunes.

C'est à ce même instant que Richard aperçut Jeanne qui entrait dans le hangar. Elle s'arrêta net, interdite, en le voyant. Elle était encore plus belle qu'avant. Ses hanches et ses épaules s'étaient joliment arrondies et elle laissait tomber librement ses cheveux sur ses épaules. Il crut déceler un éclair de tristesse dans ses yeux et il en eut honte. Il devait faire peine à voir.

Elle récupéra rapidement son air digne, et ne lui adressa pas un regard alors qu'elle se dirigeait d'un pas assuré vers le comptoir. Richard l'observa de dos, la cascade de ses cheveux châtains emmêlés de fils roux et dorés lui frôlant les épaules, retenus sous un carré de dentelle blanche. Elle les portait beaucoup plus courts que les femmes de l'île, dénudant ainsi son dos au teint laiteux à la tendre nuance de pêche constellé de petits points de rousseur.

Elle portait une longue jupe d'une riche teinte de vert qui seyait parfaitement à son teint. Richard la trouvait, en ce moment même, follement séduisante.

Ç'aurait pu être la fureur d'une passion réfrénée jointe à sa hardiesse naturelle qui poussa Richard vers elle. Mais plus probablement le profond sentiment qu'il n'avait plus rien à perdre.

Il s'avança vers elle et posa fermement ses mains sur sa taille, l'amenant tout doucement à se retourner vers lui. Il la sentit se raidir, mais elle ne lui opposa aucune résistance.

Ils s'observèrent quelques instants, le regard de l'un plongé dans celui de l'autre. Il imaginait avec émotion, sans le voir, le petit grain de beauté en forme d'étoile qu'elle avait à la naissance du corsage.

C'est dans ce décor incongru, ce hangar sale, puant la viande salée et la farine rancie, au milieu des poches emplies de provisions, de sacs de haricots et de ferrures de toutes sortes que Richard prit délicatement les petites mains dans les siennes et lui demanda de devenir sa femme.

Elle serra doucement les grandes mains chaudes et calleuses de Richard. D'une voix très douce qu'il ne lui connaissait pas, elle lui murmura:

— Je suis mariée, Richard. À William Riley.

Jake reposa doucement le manuscrit, fortement ébranlé. Se pouvait-il que Kate lui eût légué autre chose que la généalogie romancée des Donovan! Aurait-il hérité d'une carte au trésor?...

12.

Newport, Rhode Island
19 mai 2012

Hagen était passé maître dans l'art de la dissimulation. Une foisonnante moustache en croc habilement collée et une casquette de pêcheur enfoncée sur sa tignasse ramassée en queue de cheval avaient été suffisantes pour passer incognito. En un instant, l'imposant gaillard s'était métamorphosé en vieux loup de mer au dos voûté, à la lippe baveuse et lourdement porté sur l'alcool. Cela avait été un jeu d'enfant de se fondre dans la clientèle bigarrée de chez Flo's.

Installé à quelques tabourets des deux jeunes gens, il avait ainsi capté toute leur conversation. Mais surtout noté les dernières paroles de Jake :

— Tiens-moi au courant pour ce que je t'ai donné, et surtout, fais-y attention comme à la prunelle de tes yeux, il s'agit de tout mon héritage !

C'est d'ailleurs parce qu'il avait clairement entendu ces dernières paroles qu'il était présentement très en rogne contre Daniel Finley, qui persistait à nier avoir en sa possession le document convoité.

Il s'approcha un peu plus de Finley qu'il avait fermement ligoté sur une chaise dans l'arrière-boutique de chez Finley's Antiques.

Cela faisait déjà un bon moment qu'il tentait de soutirer l'information du jeune homme qui maintenait, malgré les coups et les menaces, n'avoir jamais vu et encore moins possédé le parchemin que lui décrivait Hagen.

— Je vous jure que j'ignore de quoi vous parlez, lui répéta Finley. Jake ne m'a jamais remis de parchemin, de morceau de cuir ou quoi que ce soit de la sorte.

Hagen ferma les yeux et prit une grande respiration qui n'eut pas l'effet escompté. Dans un formidable élan, il lui asséna un coup de poing dans l'abdomen. Daniel laissa échapper un râlement suffoqué.

— Et maintenant, reprit-il, où est le document?

Daniel prit quelques secondes pour récupérer son souffle avant de répéter d'une voix faible:

— Je n'ai pas de document. Ni de parchemin.

Il allait mourir, c'était certain. Mais que lui voulait donc ce psychopathe? Il avait bien remarqué sa présence chez Flo's. Mais le type qui se tenait devant lui ne parlait plus avec l'accent particulier aux pêcheurs du coin! Il se tenait droit comme une tour de guet et s'exprimait clairement, sans amas de bave aux commissures des lèvres.

Il tentait de rassembler ses esprits, mais des étoiles dansaient devant ses yeux. Il souhaita, pour une millième fois au moins, perdre connaissance, en finir une fois pour toutes. Mais en vain: il demeurait tristement conscient.

Il serra les dents en voyant Hagen sortir un revolver de l'intérieur de son blouson. L'homme s'approcha de lui et lui envoya un vigoureux coup de crosse au visage.

Finley entendit ses os craquer sous l'impact puis sentit le sang tiède mêlé aux larmes de douleur s'écouler le long de sa joue. Ses paupières retombèrent doucement : ce coup-ci, enfin, ça y était. Il allait s'évanouir.

— Je n'hésiterai pas à vous faire sauter la cervelle, l'informa alors Hagen d'une voix blanche.

Finley n'en doutait plus un instant maintenant. Il attendait presque avec impatience le coup fatal qui mettrait un terme à ses souffrances.

Malgré les menaces proférées calmement, Hagen commençait à s'énerver. Il possédait suffisamment d'expérience pour savoir qu'il n'avait habituellement qu'à montrer son arme pour qu'un flemmard de la trempe de Daniel Finley vende sa mère.

Or, le gars tenait bon. Se pouvait-il que Finley démontre du courage ? Ou alors, c'est qu'il ne mentait pas. Il ne pouvait tout de même pas s'être fait abuser à ce point ! Il observa le visage tuméfié de sa victime, les taches de sang sur le vieux t-shirt taché de graisse. Se pouvait-il qu'il dise vrai et que Donovan ne lui ait remis qu'une horloge ?

Si c'était le cas, il lui fallait conclure que le document était encore en possession de Jake. Il jura entre ses dents. Bon Dieu ! Il lui fallait maintenant éliminer cet imbécile ! Il s'avança, son revolver pointé en direction du front de Finley. Le jeune homme avait gardé les yeux fermés et son corps était agité de soubresauts. Mais Hagen s'immobilisa subitement. Quelqu'un frappait furieusement à la porte.

— Daniel Finley ! Ouvrez cette porte immédiatement ! Nous savons très bien que vous êtes là, jeune homme !

Tenant toujours fermement son revolver à la main, Hagen se glissa doucement le long du mur et jeta un coup d'œil vers la porte en s'assurant de ne pas être vu.

— Allez ! Ouvrez maintenant, petite canaille ! Votre pauvre père doit se retourner dans sa tombe à l'heure qu'il est !

Deux bonnes femmes, escortées d'un policier, hurlaient des menaces, les mains en cornet.

Finley ouvrit les yeux, envahi d'un fol espoir. Se pourrait-il qu'il doive la vie aux deux folles du deuxième palier ? Il aurait reconnu entre toutes les voix nasillardes de ses locataires qui, probablement en réaction à la lettre particulièrement indécente qu'il leur avait fait parvenir, avaient alerté la police. Il se félicita encore une fois d'avoir riposté de façon aussi agressive. Les deux vieilles avaient considéré que l'outrage était suffisant pour constituer un cas d'intervention policière.

L'officier, un homme dans la jeune trentaine, fortement harangué par les deux bonnes femmes, avait défoncé le carreau et réussi à ouvrir la porte. C'est en hurlant que les deux harpies s'engouffrèrent dans la boutique.

Hagen n'eut que le temps d'emprunter la porte de secours située au fond du magasin et de se fondre comme une ombre dans la nuit.

Jake sursauta au bruit de la sonnerie du téléphone. Il était complètement captivé par la lecture et n'avait pas vu le temps passer. Il consulta sa montre d'un rapide coup d'œil.

Probablement Daniel, songea-t-il à part lui. Il n'est pas trop tôt ! Malgré ses multiples tentatives, il n'avait pas réussi à le joindre. Il étira vivement son bras et logea le combiné entre sa tête et son épaule.

Mais ce n'était pas Daniel au bout du fil. La voix de Caroline se fit entendre :

— Bonjour, Jake, c'est moi. Je suis à Boston…

— À Boston ? répondit-il surpris.

— Oui, l'avion faisait une escale à Boston et je n'ai pas pu résister, dit-elle en riant. Et comme j'ai encore une semaine libre devant moi… Je reprendrai un vol demain pour Washington. Écoute, reprit-elle en hésitant cette fois, j'ai fait ça sans savoir si tu étais libre, mais ne te gêne pas si tu as d'autres plans… Je tiens à ce que tu saches que ce n'est pas dans mes habitudes d'agir ainsi, je veux dire, d'insister… Mais je n'ai pas arrêté de penser à toi…

Il est vrai que les événements avaient fait en sorte de les rapprocher et il ne pouvait nier la complicité qui s'était installée entre eux.

Jake repoussa, définitivement cette fois, les ouvrages de droit qui l'attendaient sur la table.

Il était près de minuit lorsque Jake ouvrit les yeux. La grande fenêtre du salon était restée ouverte et laissait entrer le fracas des vagues mêlé aux hurlements du vent. Il bâilla bruyamment tout en étirant ses longs membres qui bruissèrent dans les draps. Mais son élan fut stoppé par une masse molle et chaude étendue près de lui. Quelques secondes lui furent nécessaires pour que la réalité émerge de son cerveau embrumé. Caroline… Ah… oui… Caroline…, répéta-t-il. Il laissa paresseusement son esprit réintégrer son corps, savourant le désir que faisait naître en lui le souvenir de la veille.

Elle était arrivée avec une bouteille de whisky. Il l'avait embrassée en retirant de ses mains la bouteille qu'il avait déposée sur la table. Il l'avait plaquée contre lui, sentant ses lèvres écrasées sous l'ardeur de ses baisers. Mais elle s'était écartée de lui en disant :

— Je n'ai pas eu le temps de te regarder la dernière fois et j'en rêve depuis.

Il avait enlevé sa chemise sans rouspéter. Elle avait fait une moue d'approbation en voyant le corps musclé de Jake. Elle s'était approchée de lui et avait défait son pantalon tandis qu'elle l'embrassait et le mordait avidement dans le cou et sur le torse. Il avait caressé la lourde masse de ses cheveux qui tombaient librement sur ses épaules et de l'autre, il avait déboutonné son chemisier. Il avait fait glisser sa jupe d'une main habile. Leurs deux corps serrés l'un contre l'autre, ils avaient rejoint le lit.

Il se retourna avec précaution sur le côté, sa tête calée contre son bras nu pour admirer Caroline, paisiblement endormie. Elle dormait sur le dos, les bras en croix, la bouche entrouverte. Elle ronronnait doucement comme un chaton. Elle portait encore à la joue la marque de l'agression qui s'estompait doucement et qui, d'ailleurs, n'entravait en rien sa beauté. Il embrassa furtivement l'intérieur de son poignet. Elle était émouvante, ainsi abandonnée.

Il se tira doucement du lit afin de ne pas la réveiller et se dirigea vers la table de la cuisine, encore jonchée des journaux de la veille. Il attrapa un jeans qu'il enfila et, torse nu, se servit un verre de jus d'orange.

Ils avaient fait honneur à l'excellent whisky qu'elle avait apporté et il était déshydraté comme une figue. Il caressa distraitement le museau de Zeus toujours affalé sur son éternelle paillasse. Un nonchalant remuement de la queue lui indiqua que son chien était toujours vivant, mais qu'il ne ressentait pas la nécessité d'en faire plus pour le moment.

Il l'entendit grogner dans son sommeil. Elle s'était retournée et rendormie aussitôt. Son studio au-dessus de la mer l'avait enchantée. Elle avait reconnu la couverture tissée par un Indien navajo – elle avait étudié les mœurs et les rites de cette tribu lors d'une visite au Grand Canyon –, s'était attardée à la photo de Jenny, son ancienne copine, et elle s'était liée d'amitié avec Zeus qui avait passé la soirée la tête sur ses cuisses à se faire gratter distraitement le crâne. Elle était plus détendue qu'en Suisse, ce qu'il comprenait aisément, et elle avait parlé plus ouvertement d'elle. Il avait appris qu'elle s'était mariée très jeune, mais elle était partie rapidement lorsqu'elle avait réalisé que son mari s'était acoquiné à un groupe aux activités clandestines. Ce n'était pas rare à Marseille où les rues n'étaient pas sûres. C'est à cette même époque qu'elle avait décidé de se rendre en Amérique. Pour fuir cet homme sans aucun doute, mais aussi pour s'assurer une existence à l'abri du besoin. Elle n'était pas la seule citoyenne française à espérer une vie meilleure en Amérique !

Elle s'était amusée de la présence de plusieurs ouvrages sur la piraterie qu'il s'était procurés à la librairie de l'aéroport. Refusant de passer pour un adolescent attardé, il lui avait sommairement raconté l'histoire léguée par Kate et ses liens avec Richard Donovan, d'où son récent intérêt pour les pirates.

Elle avait écouté avec fascination la suite de l'histoire du clan Donovan. Ses questions et ses commentaires avisés dénotaient une vaste culture en histoire, en anthropologie et en géographie qu'il avait d'ailleurs pu constater alors qu'ils étaient à Genève. Elle n'avait pas demandé à voir le document, et il ne proposa pas de le lui montrer. Si elle en fut déçue, elle n'en laissa toutefois rien paraître. Elle lui demanda néanmoins de lui raconter la fin de l'histoire, lorsqu'il aurait terminé sa lecture, ce qu'il lui promit entre deux étreintes.

Avec d'infinies précautions pour ne pas la réveiller, il ressortit le document de Kate qu'il avait rangé dans la bibliothèque, s'installa à sa table de travail et entreprit d'achever la lecture du document.

13.

Saint-Paul, île Bourbon
1730

William Riley. William Riley. William Riley... Ces mots défilaient dans sa tête comme une litanie. Son esprit répétait inlassablement les deux noms tant haïs, les scandait, en modifiait le rythme en le modulant sur celui de ses pas, accentuant une syllabe ou l'autre, comme s'il récitait une comptine pour enfant.

Ce crétin d'Irlandais lui pourrissait encore la vie. Chaque fois qu'il sombrait dans la folie que lui procurait l'alcool, il l'assassinait en esprit. Il lui suffirait de lui planter un couteau dans la nuque... Ou de lui trancher la gorge...

Ce matin, en allant quérir Léo Finch au village, il avait croisé Jeanne. Depuis l'épisode du magasin général quelques années auparavant, ils s'évitaient tacitement. Elle, sans doute par délicatesse, et lui, par honte. Combien de fois depuis s'était-il mortifié en repensant à cette ridicule demande en mariage. Comme elle avait dû le trouver pitoyable !

Le rouge lui montait systématiquement aux joues à cette pensée, même après quatre ans. Lorsqu'il l'avait aperçue, de dos, elle discutait avec Eudora Finch. Comme si elle avait senti sa présence, elle s'était retournée vers lui. D'un geste machinal, elle avait porté ses mains sur son ventre proéminent.

Il chassa rageusement, encore une fois, l'image obsédante de William Riley et de Jeanne étendus ensemble sur la même couche. À l'instar des habitants de Saint-Paul, jamais il n'avait compris ce qui l'avait poussée à épouser ce rustre. Les innombrables aventures amoureuses de Riley, son penchant pour l'alcool, le jeu, bref, la totalité des vices auxquels sont habitués les pirates était connue de tous. L'Irlandais, en épousant Jeanne, avait repris la taverne du Dragon volant et gérait l'endroit de la même manière que son prédécesseur. Plusieurs songeaient au triste sort de Jeanne, sans manquer de rajouter perfidement qu'elle l'avait bien cherché en épousant cette canaille.

Il avait été anéanti à la vue de ce ventre rond, tendu sous la fine cotonnade. La gorge serrée, il l'avait saluée d'un imperceptible signe de la tête et avait passé son chemin.

Réussirait-il un jour à chasser cette femme de son esprit ? Il y avait d'autres femmes sur l'île ! Malgré une succession d'aventures amoureuses, personne ne lui inspirait le genre de sentiments qu'il vouait à Jeanne. Lorsqu'il avait trop bu, le visage de Jeanne se confondait insidieusement avec celui d'Amélia pour ne former qu'une seule image, l'icône d'une femme inaccessible appartenant à un autre que lui.

— Tout va bien, Richard ? Tu veux qu'on commence à transborder la marchandise ?

Je m'étais approché de lui et lui tapais sur l'épaule. Je n'étais plus le jeune garçon efflanqué qu'il avait quitté cinq ans plus tôt et je m'étais transformé en un vigoureux jeune homme. Mon travail de secrétaire auprès du gouverneur m'avait avantageusement servi et je crois pouvoir dire que j'avais considérablement gagné en confiance. Je sentis que mon geste le touchait dans son orgueil. Je savais exactement ce à quoi il songeait, et il eut honte de sa faiblesse. Il chassa Jeanne de son esprit: il lui fallait d'abord et avant tout conclure cette transaction. Ensuite, il pourrait s'enivrer tranquillement.

— Non, attends encore un peu, me répondit-il en maugréant. Je veux m'assurer que tout y est. Rejoins Léo, je vous ferai signe.

Il estima du regard la qualité de la cargaison: il était évident que le capitaine Hay, qui dirigeait le vaisseau hollandais, connaissait les endroits où s'approvisionner. Il froissa entre ses doigts les soyeuses cotonnades et étoffes de Calicut pour en apprécier la finesse du tissage, compta les sacs de farine et de riz, les quintaux de froment et vérifia la riche couleur du vin de Bordeaux dont les cruchons s'empilaient dans des caisses que deux forts gaillards transbordaient dans la barque. S'y ajoutaient de la ferrure, des rubans, des outils et autres colifichets en quantité, dont il espérait de la vente une bonne part de profits.

Il était hors de question de se faire flouer, pas même d'une outre de vin. Les trois hommes avaient déjà effectué des dizaines de transactions de ce genre, et il suffisait de quelques tonneaux ou quintaux en moins pour anéantir le profit. Et bien que les affaires fussent florissantes, il avait besoin de chaque centime… Il songea, encore une fois, comme une obsession, au trésor de La Buse. Il avait ratissé, entre Saint-Denis et Saint-Paul, chaque crique, chaque ravine, exploré chaque grotte. Il avait attendu la marée basse, s'était engouffré à même les cavités creusées dans le roc et dissimulées derrière des rideaux de végétation, il avait creusé, sondé les fonds marins avec une perche, plongé entre les racines sous-marines des mangroves. Il n'avait rien trouvé. Pas même un indice de sol foulé. Il faut dire qu'il s'était bien passé neuf ans depuis la prise de la *Vierge du Cap* et la végétation avait fait disparaître toute trace de passage. Il lui fallait maintenant reconnaître qu'il n'existait sans doute pas de trésor…

Satisfait de son inspection, Richard approuva d'un signe de la tête en direction de ses associés, Léo et moi, avant de suivre le capitaine Hay dans sa cabine, où ils pourraient faire les comptes.

Il fallait conclure rapidement lorsqu'on négociait avec un navire interlope le long de l'île Bourbon; il suffisait que les représentants de la Compagnie des Indes orientales apprennent qu'un vaisseau battant pavillon étranger longe les côtes de l'île pour décréter un embargo.

Jorge de Ferreira, l'ancien garde du comte Ericeira, s'assurait de faire respecter les règles édictées par la compagnie relativement au commerce. Les nouvelles glanées aux marins des navires portugais de passage qui avaient mouillé à l'île depuis avaient confirmé la justesse de sa décision de ne pas rentrer au pays à bord du *Triton* en 1722 avec le comte. En effet, Jean V, roi du Portugal pourtant surnommé le magnanime, avait disgracié le pauvre comte, furieux d'avoir été dépossédé du fameux « Trésor du Roi ». De Ferreira n'aurait pas toléré être éclaboussé par cette défaveur, qui l'aurait relégué à une condition inférieure à son rang. Bien que son sort à l'île Bourbon ne fût pas des plus enviables, il se ralliait au proverbe qui voulait qu'au pays des aveugles, le borgne soit roi. Et, sait-on jamais ce que la vie nous réserve ? En attendant, il combattait de façon redoutable le commerce interlope qui nuisait au monopole royal tout en dirigeant la milice de l'île.

C'est que pour conserver le monopole, il faut être seul… Et ces navires étrangers, bourrés de vivres et de marchandises fraîches, perturbaient les marchés et fragilisaient les monopoles que la Compagnie tentait férocement de conserver. Le tout afin d'exercer un contrôle plus rigoureux sur les colons.

Mais les menaces ne pesaient pas lourd sur la conscience de Richard Deneuve. Pas plus que les opérations menées par de Ferreira. Même si plus d'une fois ils avaient frôlé la catastrophe… Toutefois, les trois hommes disposaient d'une arme que de Ferreira ne posséderait jamais : la collusion avec les habitants du hameau qui les couvraient et n'hésitaient pas à offrir de faux témoignages pour leur sauver la peau. Depuis son retour sur l'île Bourbon, il s'était installé dans l'épave de la *Belle Normande*. Enserrée comme un étau par les récifs dont les pointes coupantes avaient éventré la coque, elle gisait, suffisamment loin du village, dans une crique isolée. Il y avait vécu plusieurs mois comme un ermite, refusant avec opiniâtreté de se mêler à la vie des insulaires. Moi seul, que Richard n'avait sans doute pu se résoudre à déloger, vivais avec lui.

Je m'étais fait discret pendant quelques mois, l'évitant autant que je le pouvais. Je ne reconnaissais plus en ce fantôme l'homme que j'avais connu et, je l'avoue, je ne lui pardonnai pas facilement sa fuite.

Richard avait donc couvé en toute quiétude sa morosité en songeant à l'inutilité du chemin parcouru et à la futilité de sa vie en général. Seul lui restait l'alcool dont il abusait avec constance, avachi sur le pont de la *Belle Normande* dont le ventre rond dormait, à demi enfoui dans le sable blanc. Pendant plusieurs mois, il s'était abruti d'eau-de-vie au point d'ignorer des jours durant en quel lieu il se trouvait.

Un matin, alors qu'il était complètement ivre, une odeur chaude et suave, familière, vint lui chatouiller les narines. Un parfum lourd de vanille et de fleurs d'oranger. Instinctivement, il avait porté sa main à sa poitrine découverte et senti sous ses doigts la sueur qui perlait. Quelqu'un lui avait enlevé sa chemise. Il avait frissonné légèrement au contact d'une légère brise bienfaisante. Une brise qui se rapprochait doucement. Qui se transformait en un souffle léger contre sa peau, puis des lèvres molles et tièdes qui se pressaient contre lui.

Une main vigoureuse lui avait relevé la tête pour lui faire boire un liquide brûlant qui lui embrasait la gorge. Il reconnut la boisson particulière qu'Ira, cette jeune esclave malgache qu'il avait sauvée en l'achetant à prix d'or à son propriétaire qui la maltraitait, lui faisait boire afin de l'aider à se remettre de ses cuites mémorables. Cependant, la boisson était beaucoup plus forte et, surpris par le goût puissant du breuvage, il tenta de se dégager, mais la main lui força la bouche et il se laissa aller à l'étrange torpeur qui l'envahissait doucement et qui alourdissait ses membres. Il profita quelques instants de ce bienheureux moment avant d'ouvrir les yeux.

— Encore un peu remué, mon beau pêcheur ?

C'était la voix profonde et chaude de Louise-Adélaïde. Il ne l'avait pas revue depuis son retour à l'île, bien qu'il lui fût impossible d'ignorer son existence. Maintenant veuve, et très riche, elle prêtait de l'argent à des taux usuraires et en échange de garanties sur des terres, des maisons, des marchandises, des droits de puisage d'eau ou de chasse. Bref, tout ce qui se monnayait. Elle était rapidement devenue aussi importante que le gouverneur de l'île...

Un frisson de dédain lui remua les tripes en repensant à la trahison de Louise-Adélaïde, mais la boisson l'avait à ce point amorti qu'il était incapable d'effectuer un quelconque mouvement.

Elle lui essuya le front du plat de la main et d'un mouvement brusque, comme celui d'un serpent qui attaque, l'embrassa fougueusement sur la bouche. Elle laissa fuser un petit rire, lorsque, dans un terrible effort, il lui empoigna les cheveux. Ceux-ci s'enroulaient entre ses doigts comme un amas d'algues et ses lèvres au goût de vanille s'écrasèrent contre les siennes.

Il apprit de sa bouche que sans elle pour témoigner en sa faveur, il se balancerait au bout d'une corde à l'heure qu'il était. Richard, par faiblesse sans doute, reprit avec elle sa liaison.

Mais jamais il ne lui permit de venir le rejoindre sur son bateau. Louise-Adélaïde, contre toute attente, accepta docilement cette exigence. Elle était trop intelligente pour ignorer la précarité de sa liaison avec Richard et elle était à ce point obsédée par lui qu'elle était prête à toutes les concessions pour gagner son amour. Elle tolérait même la présence d'Ira, la jeune esclave que Richard avait sauvée.

Richard se sentait misérable lorsqu'il réalisait la petitesse de ses sentiments envers cette jeune femme qui le soignait et l'aimait sans rien exiger en retour. Il profitait égoïstement de tout ce qu'elle lui procurait et lorsqu'il couchait avec elle, c'était le visage d'une autre qu'il voyait. Mais son cœur était incapable de plus.

Et Louise-Adélaïde, patiente comme un fauve, attendait son heure.

Peu à peu, le temps s'était doucement écoulé et les nuits s'étaient apaisées. Si les blessures étaient toujours présentes, elles avaient pâli, pour devenir un paysage habituel que l'on finit par regarder presque avec indifférence.

Puis, un matin, il était allé retrouver Hervé dans l'infirmerie qu'il tenait avec Eudora. Il lui avait demandé de lui apprendre à lire, à écrire et surtout à maîtriser le calcul, les poids et les mesures. Il s'était consacré exclusivement à l'étude pendant plusieurs mois. Chaque fin d'après-midi, Hervé se rendait sur la *Belle Normande* et enseignait à Richard. Quelquefois, je me joignais à eux. Pour le simple plaisir de se retrouver à trois. Comme avant.

Hervé avait mis à sa disposition toute la bibliothèque qu'il s'était montée peu à peu, au gré des volumes qu'il était capable d'obtenir. Richard avait lu tous les ouvrages de médecine et de biologie, appris à distinguer les plantes curatives et thérapeutiques, à cautériser une plaie, à faire des points de suture, à préparer des potions et des onguents à base d'huile de foie de tortue. Il avait étudié Descartes, Corneille, Racine, Pascal, lu les grands auteurs classiques, dévoré Ulysse et *L'Odyssée*. Bref, il avait lu, avec plus ou moins de bonheur, tout ce qui lui tombait sous la main. J'avais moi-même hérité d'une belle collection de livres que monsieur Beauvollier de Courchant avait bien voulu me laisser lors de son retour en France.

Il apprenait rapidement et possédait une mémoire photographique qui lui permettait d'établir rapidement des liens. Son instinct naturel, allié aux connaissances ainsi acquises, lui permettait de jauger d'un coup d'œil l'exactitude d'une opération mathématique. Ce qui lui serait fort profitable dans l'avenir. Car il était revenu aux sources : il était déterminé à faire fortune dans le commerce.

Richard se cala confortablement sur une chaise dans la cabine du capitaine. Il apprécia du regard l'épaisseur des tapis tissés qui recouvraient les larges planches du sol. Son regard expérimenté s'attarda sur les riches essences de bois utilisées dans la fabrication du mobilier qui garnissait la cabine du capitaine. La pièce transpirait le luxe et la richesse. Il accepta le verre que lui tendit le capitaine Hay.

L'occasion était rare de savourer une boisson d'une telle qualité. Sur l'île, on se contentait généralement de frangourin, d'eau-de-vie, quelquefois d'un vin de Bordeaux. Il apprécia la chaleur de l'alcool au puissant goût d'agrumes qui lui enflamma la gorge, tandis que le capitaine terminait les comptes.

Richard prit le cahier que lui tendait Hay, qui avait pris la peine de revérifier l'exactitude de ses calculs. Homme de rigueur, il appréciait le travail bien fait. Il n'aurait de toute manière guère osé flouer ce nouveau client. Ce n'était pas que la carrure qui en imposait, mais également le sentiment indescriptible qu'on ressentait devant cet homme qui vous dévisageait d'un regard pénétrant. En fait, ce qui le mettait mal à l'aise, c'est qu'il ignorait jusqu'où Richard pourrait aller. Même si on lui avait affirmé qu'il était homme de parole, quelque chose d'indéfinissable dans les yeux lui imposait une certaine réserve. Comme en présence d'un animal sauvage. On suppose en observant son attitude affable qu'il ne mordra pas, mais un léger doute subsiste toujours.

Richard termina d'une lampée son verre et le déposa sur la table.

— Le compte me semble équitable. Accepteriez-vous d'être payé en bijoux ?

Richard, qui avait surpris un tressaillement dans l'expression de son vis-à-vis, poursuivit :

— Vous n'êtes pas sans savoir que plusieurs insulaires sont d'anciens forbans ayant profité de la charte d'amnistie. La plupart possèdent quantité de pierres précieuses et de bijoux difficiles à écouler sur l'île. Il vous sera plus aisé de les échanger contre des pièces sonnantes en Europe. Par contre, reprit-il en haussant les épaules, si vous préférez de l'argent, ce n'est pas un problème.

Tandis qu'il parlait, Richard extirpa d'un gousset de cuir tendu à sa ceinture une poignée de joyaux qu'il jeta sur la table. D'un geste rapide, le capitaine Hay s'en empara, les yeux pétillants de convoitise. Il les observa avec attention : des émeraudes, des diamants, des perles. Cela serait suffisant pour couvrir le prix de la cargaison. Il en obtiendrait un gros prix au pays.

Ils se levèrent et se serrèrent vigoureusement la main. Le capitaine Hay raccompagna Richard jusqu'à la barque où Finch et moi l'attendions patiemment, escortés de ses deux aides.

Alors qu'ils dirigeaient la barque vers la grève où ils entasseraient la marchandise dans les cales de la *Belle Normande*, je m'adressai à Richard :

— J'en ai une bien bonne à t'annoncer ! Le bruit court dans l'île qu'ils ont capturé un pirate dans la baie d'Antongyl et qu'ils vont le pendre à Saint-Paul dans la semaine. Un pirate à qui ils ont donné l'amnistie ! Peux-tu croire ça, toi ?

Richard s'était retourné vers moi, interdit. Un étrange sentiment d'appréhension l'avait saisi, sans qu'il pût dire pourquoi. Était-ce le fait que le gouverneur avait décidé de pendre un pirate malgré la charte d'amnistie, ce qui n'était guère de très bon augure pour lui ? Olivier Levasseur lui avait un jour affirmé qu'il demeurerait toujours l'un des leurs. Sa présente réaction lui donnait raison. Il se sentirait toujours comme un paria.

— Qui est-ce ? Tu le sais ?

— Mais oui, je le sais, et tu le connais sûrement. C'est Olivier Levasseur, un de ceux qui ont arraisonné le vaisseau des Portugais ! Il est emprisonné depuis ce matin et on dit qu'il sera pendu dans la semaine.

Richard eut peine à reconnaître l'orgueilleux et vindicatif chef pirate en l'homme accroupi sur le sol de terre battue, son dos osseux appuyé contre le mur de pierre. Olivier Levasseur releva les yeux. Son regard sombre ne luisait plus du même éclat arrogant et ses cheveux noirs tombaient en mèches crasseuses sur ses épaules décharnées qui pointaient comme celles d'une vache malade. Son visage émacié par la faim et la souffrance accentuait encore l'ossature saillante du visage. Il esquissa à l'adresse de Richard un faible rictus qui dévoila ses dents de carnassier. Mais déjà, sa bouche s'affaissait.

Cédant aux instances de Richard, Hervé avait sollicité un droit de visite pour son ami. Le chirurgien avait usé de toute l'influence que peut détenir un médecin sur une île isolée aux prises avec une épidémie de variole. C'est ainsi que Richard avait pu bénéficier de l'insigne faveur d'être admis dans la cellule du prisonnier, mais étroitement escorté par deux miliciens. Il était hors de question d'obtenir un entretien seul avec le prisonnier.

Richard s'accroupit près de lui. Aussitôt, les deux miliciens se rapprochèrent des deux hommes, à portée d'oreille.

— Ils croient tous que j'ai dissimulé mon trésor dans l'île, ricana La Buse. Ils ont l'ordre de répéter tout ce que je pourrai dévoiler.

Il se racla la gorge et cracha en direction des escortes qui évitèrent placidement le crachat.

Allait-il lui révéler la vérité ?

— C'est à cause de cette histoire d'amnistie que j'ai refusé, reprit-il.

Sa voix était rauque et affaiblie. Il semblait épuisé et même seulement parler exigeait de lui un effort.

— Si je ne suis pas revenu dans l'île, même après avoir été gracié, c'est parce que je n'y étais pas le bienvenu. Et non pour venir récupérer un trésor ! Plusieurs gars, ceux de Taylor, mais aussi des miens, savent que j'ai enfreint la charte-partie.

Il observa Richard comme s'il voulait à nouveau le jauger. Il ricana en reconnaissant l'attitude impénétrable de Richard. En cela, du moins, il n'avait guère changé.

— C'est parce que je savais qu'on voulait ma peau que je ne suis pas revenu dans l'île. À cause du trésor… Mais vois-tu, mon gars, ils m'ont eu quand même. De façon détournée, comme des traîtres, mais ils m'ont eu.

Olivier Levasseur et une dizaine de ses hommes, après avoir été pourchassés par le commodore Mathews mandaté par la couronne anglaise pour traquer les pirates, s'étaient embourbés dans un passage peu fréquenté de l'île de Madagascar. Sans bateau, les hommes avaient dû cohabiter quelque temps avec d'autres bandes de pirates.

Puis, Olivier Levasseur avait décidé d'offrir ses services aux navires désirant pénétrer dans la baie d'Antongyl, située sur la côte est de l'île de Madagascar, et suffisamment difficile d'accès pour requérir un guide accompli. C'est ainsi que Dumas, le nouveau gouverneur de l'île Bourbon, avait décidé d'envoyer d'Hermitte capturer le pirate.

Inconscient du guet-apens ainsi ourdi contre lui, Olivier Levasseur s'était tout simplement embarqué sur le navire du capitaine d'Hermitte qui l'avait capturé et ramené, les fers aux pieds, sur l'île Bourbon.

Il leva son regard vers Richard. Ils étaient assis si près l'un de l'autre que Richard sentait l'odeur aigre du souffle du prisonnier. Dans quelques jours, cet homme décharné, misérable, allait se balancer au bout d'une corde, même s'il avait été gracié deux fois et n'avait pas commis de crime de piraterie depuis. Mais il avait été un hors-la-loi, un assassin, un pilleur, un menteur et un traître.

Olivier Levasseur porta sa main à son cou et défit la chaîne au bout de laquelle pendait un lourd médaillon. De ses mains que l'épuisement rendait tremblantes, il l'enroula dans sa main dont les doigts se refermèrent dessus. Il ferma les yeux comme s'il lui fallait un effort pour se résoudre à s'en défaire. Puis, d'un élan, comme s'il avait peur de se rétracter, le tendit à Richard.

— Il représente la croix des huit béatitudes. C'est tout ce qui me reste, et je ne veux pas être enterré avec. On me le pillerait de toute manière. Garde-le, toi. En souvenir des services que nous nous sommes rendus.

Les gardes s'étaient rapprochés. Mais La Buse les arrêta d'un geste :

— C'est tout ce qui me reste, bande de chiens !

Les miliciens jetèrent un coup d'œil sur la croix de fer terni. Aucune pierre précieuse, aucune once d'or. Ils en feraient mention lors de leur rapport, sans plus. Les consignes du gouverneur se limitaient à rapporter les paroles qui pourraient être reliées à l'existence probable d'un trésor.

Richard s'approcha de La Buse. Il devait lui avouer quelque chose. Ce n'était sans doute pas le moment opportun, mais il n'avait guère le choix : c'était la dernière fois qu'il le verrait vivant. Il jeta un coup d'œil furtif aux gardes qui s'étaient rapprochés. Il chuchota rapidement :

— J'ai conservé ce que tu m'as donné.

La Buse fixa intensément Richard, sans aucune émotion. Puis, contre toute attente, il s'esclaffa. Un ricanement horrible qui fit sursauter les gardes. Mais qui s'éteignit aussi subitement qu'il avait éclaté.

— Mais qu'est-ce que tu veux que j'en fasse maintenant ! Garde-le donc, Deneuve ! Considère-le en paiement de ma dette envers toi.

— D'ailleurs, reprit-il plus sérieusement, tu sais qu'en vertu de l'amatelotage, tu hériteras de tous mes biens. Tu sais cela, n'est-ce pas ?

Combien de fois, le ventre creux, Richard avait-il refusé de céder à la tentation et de dilapider le contenu de l'étui de cuir ? Cela aurait été si simple d'échanger une breloque d'émeraude contre un passage sur un navire. Mais ces sacrifices ne représentaient rien pour un homme de la trempe de La Buse. Il répondit, les dents serrées :

— Je n'ai besoin de rien.

Surtout, rien qui vienne de toi, songea-t-il en son for intérieur.

— C'est ce que tu crois. On a toujours besoin de quelque chose.

Il observa une pause.

— Je veux que tu fasses une dernière chose pour moi. Assiste à l'exécution, au premier rang. Tu seras le dernier regard amical que je verrai avant d'aller brûler en enfer.

Richard fut surpris de cette requête. La Buse insista encore et lui fit promettre sur son honneur d'être présent. Richard s'exécuta. Ils se séparèrent en silence, sachant que tout avait été dit.

Il faut s'attendre, quand on est pirate, à ce qu'une mort violente nous pende au bout du nez. Et à ce qu'elle vienne nous prendre avant notre heure. C'est une réalité connue et assumée de tous les pirates. Ainsi va la vie.

La foule était nombreuse pour assister à la pendaison. Les habitants de l'île avaient suffisamment souffert de la famine qui avait suivi la prise de la *Duchesse de Noailles* par les pirates pour ne pas avoir oublié l'existence d'Olivier Levasseur ni pardonné ce dernier méfait.

Sur la place Saint-Paul, en face des entrepôts de la Compagnie des Indes, un échafaud de bois avait été érigé. La corde de chanvre, soigneusement enroulée autour du madrier fraîchement équarri, se balançait, sinistre, au gré de la brise marine. Le bourreau se tenait prêt, les mains légèrement tremblantes. On avait fait appel pour l'occasion à un esclave malgache trouvé coupable de marronnage. Il avait été convenu de lui accorder grâce en échange de cette sordide besogne.

Un brouhaha secoua la foule : on apercevait le condamné, escorté de gardes, en simple chemise et tenant dans sa main un flambeau allumé. Il marcha péniblement jusqu'au parvis de la chapelle de bois de Saint-Paul, où il devait publiquement demander pardon pour ses crimes. Il le fit : d'une voix forte, sans émotion. Puis, la procession reprit jusqu'à l'échafaud, où la sentence devait être lue.

Le procureur s'éclaircit la gorge. Il devait forcer la voix pour couvrir le bruit du vent et de la mer qui assourdissait son discours.

> « Le Conseil a déclaré le nommé Olivier Levasseur dit La Buse, natif de Calais, durement atteint de la connaissance du crime de la piraterie pendant plusieurs années, d'avoir commandé plusieurs vaisseaux forbans ayant pris et amené en rade de l'île Bourbon un vaisseau appartenant au roy du Portugal et un autre nommé le *Ville d'Ostende* appartenant à la compagnie de la même ville, mais pareillement participé à la prise, pillage et incendie de la *Duchesse de Noailles*, appartenant à la Compagnie de France pour réparation de quoi le Conseil l'a condamné et condamne à faire amende honorable devant la principale porte de

> l'église de cette paroisse, nu en chemise, la corde au col, à la main une torche ardente de poix de deux livres pour là, dire et déclarer d'intelligente voix que méchamment et témérairement il a fait pendant plusieurs années le métier de forban dont il se repent et demande pardon à Dieu, au roy et à la justice. Ce fait, sera conduit en place publique pour y être pendu et étranglé jusqu'à ce que mort s'ensuive à une potence dressée pour cet effet. Elle sera plantée à la place accoutumée, son corps mort y restera vingt-quatre heures et ensuite exposé en bord de mer. »[5]

Le bourreau entoura le col du pirate avant d'enserrer le nœud.

Louise-Adélaïde, confortablement assise à l'intérieur d'un palanquin tissé de soie jaune et crème que transportaient deux esclaves malgaches, ne quittait pas Richard des yeux. Elle ressemblait à une reine des Indes, couverte de bijoux et alanguie sur des coussins de soie. Mais ses yeux brûlaient de fureur. La veille, rongée de jalousie, elle avait décidé de le rejoindre sur son bateau. Elle savait qu'il passait ses nuits avec Ira alors qu'elle l'attendait désespérément. Elle se sentait vieillir, la belle Louise-Adélaïde, et elle ne pouvait plus nier qu'elle se consumait d'amour pour son beau pêcheur. Elle l'avait donc rejoint sur son bateau et lui avait proposé de tout quitter. Ils partiraient ensemble pour les Indes ou les Amériques. Ils referaient leur vie ensemble. Elle avait beaucoup d'argent, il pourrait faire tout ce qu'il désirait ! Elle ne voulait que lui... Mais il avait refusé tout net. Sans aucune explication.

En fait, ce qu'elle ne pouvait s'avouer, c'est qu'il ne l'avait jamais aimée. Elle qui lui offrait son cœur, son âme, ses

5 Tiré des délibérations du Conseil supérieur de l'île Bourbon le 7 juillet 1730, signé par Chassin, Dumas, Villarmooy, G. Dumas de Lanux.

nuits. Elle l'observait, les joues en feu, qui ne quittait pas Jeanne du regard et vit dans son expression un tel amour que les larmes lui vinrent aux yeux. Elle se jura qu'il le lui paierait très cher.

Tous les murmures se turent au son de la voix du prêtre qui demandait miséricorde au Seigneur. Puis, d'un coup de bâton, le bourreau frappa l'arrière-train de la mule à laquelle on avait attaché l'échafaud, et celle-ci, dans un soubresaut, arracha les fondations de l'estrade sur laquelle reposait La Buse.

14.

Newport, 2012

Dring ! Dring ! Dring !

Jake étouffa un juron d'impatience. Il ne lui restait qu'une dizaine de pages à lire ! Il jeta machinalement un coup d'œil à sa montre, qui marquait 1 h 05 du matin.

Il s'assura d'un regard que le téléphone n'avait pas réveillé Caroline. Mais elle avait à peine marmonné dans son sommeil avant de se retourner mollement sur le ventre. Il s'empara de son iPhone et se déplaça jusqu'au salon.

— Allo ?

La voix paniquée de Daniel se fit entendre au bout du fil.

— Jake !

— Et où t'étais, toi ? J'ai tenté de te joindre toute la journée. Tu étais chez le dentiste ? demanda-t-il à brûle-pourpoint. Tu parles comme si tu avais la bouche gelée. Écoute, je voulais te parler d'un truc que j'ai lu dans le document de Kate. Tu vas adorer ça ! À propos, tu as déjà entendu parler de la croix des huit béatitudes ?

— Oublie la croix des huit béatitudes, Jake, et écoute-moi. Attentivement.

Le timbre de voix de Daniel le fit frissonner. Il s'immobilisa net devant la baie vitrée qui donnait sur la mer. La nuit était claire, le ciel constellé d'étoiles. Tout semblait si calme...

Après quelques secondes de silence où Jake n'entendit que le souffle court de Daniel, celui-ci reprit:

— Tu dois venir me rejoindre à l'endroit où on se retrouvait jeunes, tu sais où on ramenait des filles...

Jake plissait les yeux sous la concentration. Daniel parlait maintenant précipitamment à voix basse.

— Ah oui, tu veux dire au...

— Silence!

Daniel avait hurlé dans le combiné.

Une angoisse terrible s'empara de Jake.

— Écoute-moi bien, Jake.

Daniel tentait de discipliner sa voix. Il lui fallait être concis, car il ne disposait pas de beaucoup de temps avant que le dégénéré ne revienne terminer sa besogne.

La police s'était évidemment mise immédiatement à la recherche de l'homme correspondant à la description fournie par Daniel, mais il ne faisait aucun doute dans l'esprit de Daniel qu'ils avaient affaire à un professionnel. Il s'était fait déjouer par un malheureux tour du hasard (malheureux pour l'assassin, cela va sans dire), mais l'homme n'en demeurerait certainement pas là. Il reviendrait chercher ce qu'il convoitait. Il fallait donc agir rapidement.

— Rejoins-moi là le plus rapidement possible. Si tu es suivi, retourne chez toi, verrouille toutes les portes et appelle-moi sur mon portable. Sinon, on se rejoint où je t'ai dit.

Il s'interrompit quelques instants avant de poursuivre:

— Est-ce que tu penses pouvoir venir armé?

Jake répéta:

— Armé?

Brutalement, les pièces du puzzle s'ordonnaient : le cauchemar se poursuivait. Il jura à voix basse avant de demander :

— À quoi il ressemble, ton gars ?

Il connaissait déjà la réponse. Daniel répondit, presque dans un murmure :

— À ton pire cauchemar.

Et il raccrocha.

Vers la fin des années 1960, la municipalité de Newport avait hérité d'une large bande de terres qui longeaient la mer. La plupart étant marécageuses et inaptes au développement immobilier, elles n'étaient bonnes qu'à servir de réserve naturelle pour une multitude d'espèces d'oiseaux et coquillages de toutes sortes. À l'origine, on y avait construit une conserverie de poissons et quelques petites bicoques appartenant sans doute à des pêcheurs ou à des ouvriers de la petite usine.

De cela, il ne restait que quelques quadrilatères de pierres, des amas de poutres vermoulues et de briques rongées par les marées qui s'enfonçaient, année après année, plus profondément dans le sol meuble. Et, à quelques pas de là sur un bras de mer plus élevé, se tenait, encore bien droite, une construction de pierre de forme rectangulaire qui ressemblait en fait à un ancien silo à grains et qui dominait la mer. Elle avait dû, à une autre époque, servir de phare pour les bateaux des pêcheurs.

Les garçons avaient surnommé cette construction le donjon. C'était sur ces terres désertes et infertiles que Jake et Daniel se rendaient, plus jeunes, pour échapper à l'autorité parentale. Ils y accédaient par un petit sentier sablonneux sous lequel les branches des arbres centenaires se refermaient pour former un tunnel.

Ce n'était que cette nuit que Jake réalisa à quel point l'endroit pouvait paraître lugubre et peu engageant. Il entendait le vent siffler dans les herbes hautes qui poussaient sur les dunes et le bruit des vagues déferler sur la grève de galets.

Il se félicitait de n'avoir pas cédé à Caroline qui tenait absolument à l'accompagner. Elle serait beaucoup plus en sécurité au loft. Après lui avoir brièvement expliqué la situation, il lui avait fait promettre de n'ouvrir à personne, sous aucun prétexte. Il avait entendu glisser le loquet de la porte lorsqu'il était parti. Ils se retrouveraient pour déjeuner ensemble.

Du moins, il l'espérait de tout son cœur.

Il s'était assuré qu'il n'était pas suivi: maintenant qu'il connaissait le signalement de son agresseur, il ne se laisserait plus berner. Il s'était éclipsé incognito de chez lui en empruntant l'escalier de service qui descendait jusqu'au hangar servant d'entrepôt au magasin au rez-de-chaussée. De là, une petite porte dans le mur mitoyen donnait sur l'entrepôt voisin. Il l'avait franchie, puis était ressorti deux maisons plus loin. Il n'avait repéré ni voiture ni individu suspect. D'ailleurs, si l'agresseur n'était pas déjà venu chez lui, c'est qu'il ignorait encore où il habitait. C'est pourquoi il était plus prudent que Caroline demeure barricadée dans l'appartement.

Il avançait d'un pas rapide, sursautant à chaque piaulement d'oiseau ou bruit inédit. Il serra encore plus fort contre lui le tomahawk, vestige d'un voyage au pays navajo. Il n'avait trouvé rien de plus… automatique. Mais cela valait sans doute mieux que rien, et il était déterminé à s'en servir si l'occasion se présentait.

Il aperçut finalement le haut du donjon dont l'ombre grisâtre se profilait derrière une dune. La lune éclairait faiblement le lieu, le nimbant d'une auréole presque surnaturelle. Une falaise abrupte et des landes vertes, et il se serait cru sur les côtes lugubres d'Irlande.

Puis, il remarqua quelque chose qui sortait de la lucarne. Il plissa les yeux et distingua un carré d'étoffe attaché au bout d'un petit bâton et qui claquait au vent. Malgré l'angoisse qui lui enserrait les tripes et l'empêchait presque de respirer, Jake ne put retenir un soupir de soulagement. Ce code secret de jeunesse le fit même sourire. À l'époque où, un peu plus âgés, ils avaient commencé à amener des filles au donjon, ils avaient élaboré ce code pour se tenir mutuellement informés si la place était déjà occupée…

Ce code signifiait sans doute que Daniel était en sécurité à l'intérieur et qu'il l'attendait. Il hâta le pas, lança un bref regard autour de lui et s'engouffra à l'intérieur du donjon.

Les gonds de la porte de bois vermoulu grincèrent alors que Jake pénétrait dans la tour. Une odeur de sel et d'iode, associée à celle plus âcre du bois qui pourrit et de la pierre humide, lui assaillit les narines. Seuls les minces filets de la lune qui avaient pénétré par la porte éclairaient la pièce. Malgré tout, Jake s'empressa de refermer derrière lui et s'assura que le verrou fonctionnait toujours.

— C'est toi, Jake ? Tu n'as pas été suivi ?

Daniel, couché sur le ventre sur le plancher du second étage, avait avancé sa tête hirsute par la trappe. Jake ne discernait que la silhouette de son ami.

— Non, tout va bien. Je suis seul. Je monte !

Jake s'agrippa à l'échelle de corde jadis fabriquée par les garçons et dans un mouvement de reptation vigoureux rejoignit Daniel. Il se hissa par la force de ses bras à travers la trappe qu'ils refermèrent dans un grand bruit sourd. Pour plus de sûreté, ils s'assirent dessus.

L'intérieur était plongé dans la pénombre. Lorsque Daniel alluma une lampe de poche, il sursauta à la vue de son ami. Son visage tuméfié faisait peine à voir. L'arcade sourcilière gauche était profondément fendue et un filet de sang achevait de sécher sous le nez dont l'angle avait légèrement dévié. L'œil gauche était si enflé qu'il formait une sphère grosse comme une balle de golf, avec en son milieu une fente laissant entrevoir la pupille de l'œil.

— Qu'est-ce qui s'est passé, bon Dieu ! s'exclama Jake.

Daniel ne se fit pas prier pour raconter son aventure, tout en jetant furtivement des coups d'œil par la fenêtre. Il entrecoupait son discours pour tirer fébrilement sur les cigarettes qu'il allumait les unes après les autres. Il bégayait, visiblement encore sous le choc. Après avoir été miraculeusement sauvé par l'entrée intempestive des sœurs Quinn et du policier qui avait demandé du renfort, Daniel avait dû raconter son aventure. Il lui avait été difficile d'expliquer ce qui semblait être le motif du cambrioleur : la quête d'un document dont personne ne connaissait l'existence.

Il réalisait maintenant avec angoisse avoir frôlé la mort et il se retint pour ne pas s'effondrer. Ses mains tremblaient encore alors qu'il tentait d'allumer une autre cigarette. Jake lui prit le briquet des mains et l'alluma, puis la lui tendit après en avoir aspiré lui-même une profonde bouffée. Il avait cessé de fumer depuis longtemps déjà, mais il en aurait bien grillé une ce soir.

— Et maintenant, reprit Daniel, tu vas me dire où il est ce p… de manuscrit. Parce que, vois-tu, la prochaine fois que je me ferai visiter par un psychopathe, j'aimerais vraiment l'avoir en main, tu comprends ?

Jake, consterné par tout ce que lui racontait son compagnon, l'avait écouté sans l'interrompre. Sa tête tournait à force de réfléchir pour tenter de mettre en place tout ce flux d'informations. Il lui fallait reconnaître l'évidence : il avait été suivi jusqu'en Amérique.

— Je t'ai raconté en gros ce que j'ai trouvé dans le coffret de sûreté. Une lettre, une liasse de documents historiques que je me suis fait voler après avoir été attaqué dans une rue de Genève, un récit historique que je n'ai pas encore terminé et l'horloge que tu as vue.

Jake reprit en hochant la tête.

— Je t'assure que je n'en sais pas plus long que toi. Dans la lettre, Kate me dit qu'elle me lègue l'histoire de la famille Donovan. Au début, j'ai supposé que le récit ne faisait que relater la vie de mon aïeul, Richard Deneuve. Une histoire palpitante, un peu romancée, sur la vie d'un ancêtre. Qu'étant un enfant naturel, elle avait ainsi voulu m'assurer qu'elle m'avait toujours considéré comme un Donovan, et qu'elle me le prouvait en me léguant l'histoire de la famille.

Il s'interrompit quelques secondes.

— Mais visiblement, il s'agit de beaucoup plus que ça ! reprit-il. Il est évident que Kate m'a légué autre chose que l'arbre généalogique des Donovan. En fait, je suis quasiment sûr que mon aïeul, Richard Donovan, connaissait la cachette d'un trésor de pirates qui n'aurait pas encore été découvert.

Daniel Finley dévisageait Jake l'air de se demander s'il ne se moquait pas de lui. D'un seul coup, il s'était senti catapulté quinze ans en arrière, alors que les deux gamins se racontaient des histoires de cowboys, de pirates et de superhéros. Mais ce que Jake lui racontait donnait un sens, le seul possible, semblait-il, aux sordides agressions dont ils avaient été victimes.

— Pour comprendre, il faut que tu me racontes l'histoire depuis le début, ordonna Finley.

Jake entreprit donc de résumer ce qu'il connaissait de l'histoire de Richard Deneuve.

Daniel l'interrompit quelques fois pour obtenir des précisions ou commenter. Les facultés de déduction et de logique de Daniel auraient pu le mener à une brillante carrière scientifique. Cependant, ces qualités se joignaient malheureusement à celle, moins productive, de la paresse. Mais ce soir, son cerveau fonctionnait à plein régime.

Ses yeux, ou plutôt son œil, l'autre demeurant toujours aussi clos, brillait d'excitation. Son âme d'aventurier reprenait le dessus.

— C'est tout à fait ça ! s'exclama-t-il. Tu m'as dit que l'homme à la tête de l'empire Donovan était Richard Deneuve. Donovan, en fait, rectifia-t-il. Comment un simple pêcheur de morue normand aurait-il pu disposer des capitaux nécessaires pour posséder un chantier naval et dominer l'industrie du bois et de la pêche sur toute la côte est au XVIIIe siècle ? Même s'il avait été suprêmement intelligent et capable, il lui fallait quand même un minimum d'argent liquide ! Il a tapé dans le trésor des Portugais, c'est évident !

— Kate parle de l'équivalent, en 1731, de soixante millions en livres tournois. J'ignore ce qu'est une livre tournois, mais elle parlait de caisses remplies de diamants, de barres d'or et d'argent, des coffres de pièces d'or !

Les deux hommes se turent. Cela voudrait dire qu'il y avait, enfoui quelque part sur l'île Bourbon, maintenant appelée l'île de la Réunion, le trésor du pirate Olivier Levasseur. Et que Kate semblait savoir exactement où…

— Mais le trésor a été partagé, reprit Jake. J'ignore l'importance de la part que le pirate Levasseur a subtilisée, mais ce devait être gros. Et, poursuivit Jake, si Kate m'a légué la clé de ce trésor, c'est que forcément, il en reste encore !

— Et ça expliquerait drôlement bien le fait que je sois poursuivi…

— Que NOUS soyons poursuivis ! corrigea Daniel.

— … par un psychopathe qui convoite ce trésor, et qui visiblement connaît l'existence d'une carte qui le mènerait droit au magot !

— Qui doit être d'une valeur assez considérable, pour que des types te traquent de Genève à ici !

Effectivement, songea Jake. Le trésor devait en valoir la peine !

Daniel se ralluma une cigarette. Il plissa l'œil embrumé par les volutes de fumée.

— Et tout ça, avoue que c'est en plein le genre de ta tante Kate ! Elle refusait de te léguer du tout cuit dans le bec ! Pour l'avoir, ton héritage, il faut que tu le gagnes !

— Alors, reprit Jake en poursuivant le raisonnement, s'ils sont revenus, c'est qu'ils n'ont pas trouvé ce qu'ils cherchaient ! Ce qu'ils cherchaient ne se trouvait pas dans les documents qu'ils m'ont volés à Genève ! Ce qui veut dire, poursuivit-il en se relevant d'un bond et en laissant fuser un juron sonore, que la clé de l'énigme se trouve dans le document écrit par Kate et c'est ce document qu'ils recherchent à tout prix !

Sa gorge s'assécha brusquement. Et ce document est chez moi, songea-t-il. Avec Caroline…

L'aube pointait lorsque Jake emprunta les quais pour regagner son appartement. Daniel, affaibli par l'agression dont il avait été victime et surtout peu entraîné à l'exercice physique, s'était rapidement fait distancer. Entre deux respirations saccadées, il avait crié à Jake de poursuivre sans lui.

Jake avait tenté à plusieurs reprises de joindre Caroline depuis son portable, mais toujours sans succès. Le sang pulsait dans ses tempes tandis qu'il tentait vainement de dominer son esprit envahi d'images sombres. S'il fallait que quelqu'un, fût-il le diable en personne, s'en prenne à elle, il le lui remettrait au centuple.

Il jura entre ses dents. Pourquoi l'avait-il abandonnée seule à l'appartement ? Il n'avait rien à lui cacher, il aurait pu l'amener avec lui… Il espérait seulement qu'elle n'irait pas tenter un acte insensé en voulant préserver les documents… En même temps, si cette fable de trésor s'avérait exacte… Mais il s'interdit d'y penser. Pour le moment, une seule chose importait : Caroline.

Il aperçut enfin la terrasse vitrée de son appartement qui se découpait entre les hautes bâtisses de bois. Il accéléra sa course. Ses pas résonnaient sur les planches du quai qui craquaient sous son poids. Cette fois, il ne prit pas la peine d'emprunter l'entrée de service et grimpa quatre à quatre les marches.

Il aperçut la vieille bouille de son chien Zeus, affalé sur le rebord de la fenêtre, comme à son habitude. Cette scène habituelle le réconforta. Mais l'impression de quiétude se dissipa rapidement. Lorsqu'il tourna la poignée, il constata que la porte était déverrouillée. Quelqu'un était entré, et comme il n'y avait aucune trace d'infraction ou de violence, Caroline avait dû tout bonnement ouvrir à l'intrus. Peut-être même avait-elle ouvert en croyant qu'il s'agissait de lui qui revenait… Ils avaient prévu déjeuner ensemble dès son retour…

Il s'engouffra comme une tornade dans l'appartement. Ses yeux ne repérèrent aucune trace suspecte de désordre, mais lorsqu'il jeta un œil vers le lit, Caroline n'y était plus.

Il tourna son regard sur la table de la cuisine. Le manuscrit y était. Dieu merci ! Mais lorsqu'il s'en empara, il remarqua avec stupéfaction que les dernières pages avaient été arrachées. Il voyait la déchirure du papier.

Un froid étrange l'envahit et il dut s'asseoir, car ses jambes ne le supportaient plus.

Où ces malades avaient-ils emmené Caroline ? Comment la retrouver ?

Il attrapa immédiatement le combiné pour alerter la police, mais s'interrompit brusquement en s'avisant qu'il ignorait son nom de famille ! Ce serait une des premières informations que les enquêteurs lui demanderaient !

Elle travaillait à l'Institut d'anthropologie de Washington. Il n'aurait qu'à appeler et demander des renseignements ! Mais à 5 h du matin, il tomba sur une boîte vocale. Il raccrocha en vitesse et s'installa sur son ordinateur portable : toutes les informations seraient sans doute disponibles sur le site de l'Institut.

Il repéra rapidement le site et cliqua sur le menu déroulant. Ses coordonnées s'y trouveraient sûrement.

— Ah, enfin, j'ai trouvé…

Mais lorsqu'il se mit à lire, son sang se glaça dans ses veines…

Jake était demeuré pétrifié par ce qu'il venait de découvrir et même les pas lourds de Daniel qui franchissait le seuil de l'appartement ne suffirent pas à le tirer de sa stupeur. Ce n'est que lorsqu'il entendit la voix entrecoupée de son ami qu'il leva les yeux. Daniel articulait péniblement, le corps plié en deux, ses mains sur ses genoux. Ses cheveux mouillés par la sueur lui collaient au crâne. Il ressemblait à Zeus lorsqu'il s'ébrouait dans les vagues.

— Je suis épuisé… à bout de souffle… je crois que je vais mourir.

Les sifflements asthmatiques qui soulevaient sa poitrine laissaient effectivement supposer qu'il vivait ses derniers instants, mais peu à peu, le souffle lui revint. Son corps n'était guère habitué à ce genre d'exercice. Il demeura silencieux un petit moment, puis s'enquit finalement si le document était toujours là.

Comme il n'obtenait aucune réponse, il redressa la tête et croisa le regard de Jake.

— Qu'est-ce qui se passe ? demanda-t-il, soudainement inquiet à la vue du visage blafard de Jake.

Celui-ci se passa la main sur le front et Daniel remarqua qu'elle tremblait légèrement.

— La fille dont je t'ai parlé, Caroline... Elle a dormi ici hier.

Daniel réprima les commentaires salaces qu'il se serait normalement permis en pareilles circonstances. Mais ce n'était guère le moment. D'ailleurs, il commençait clairement à entrevoir ce qui inquiétait Jake.

— Le document est parti, c'est ça? Et ils ont pris la fille avec.

Jake hocha la tête de droite à gauche. Il avait l'air sinistre.

— C'est d'abord ce que j'ai cru.

Il montra d'un doigt las le document toujours au même endroit.

Daniel s'approcha de la table. Il s'empara du manuscrit que lui désignait Jake: il pouvait voir nettement la dentelure du papier là où des pages avaient été arrachées.

Il leva des yeux interrogateurs. Les traits de Jake s'étaient durcis.

— En voulant alerter la police, j'ai réalisé que je ne connaissais même pas le nom de famille de Caroline.

Daniel lui lança un regard un peu découragé que Jake ignora.

Il inclina alors l'écran de son portable de manière à ce que Daniel puisse lire ce qui y était écrit.

— Oh merde! admit Daniel à contrecœur.

— Merde! reprit-il plus fort. Tu crois que?... Oui, bon d'accord, concéda Daniel après un bref instant. Ça ne sent pas bon comme ça à première vue, mais quand même...

Il articulait lentement, avec précaution, usant du même ton que celui qu'il aurait utilisé pour amadouer un fou furieux.

— Mais ce ne serait sans doute qu'un hasard, rajouta-t-il même s'il n'y croyait qu'à demi.

Ils échangèrent un regard.

— Le problème, c'est qu'il n'y a que des hasards depuis que Kate est morte.

Jake s'exprimait d'une voix morne. En seulement quelques jours, il avait foutu en l'air sa dernière session en droit, il avait frôlé la mort à plusieurs reprises, il avait été traqué par des chasseurs de trésors prêts à tout, il était lui-même passé à deux doigts de découvrir un trésor fabuleux, il avait rencontré une fille géniale qui lui semblait différente des autres (pour ça, elle l'était, sans aucun doute) et il l'avait perdue en moins de deux parce qu'elle l'avait volé et trahi...

— Alors quoi ! déclara finalement Daniel, excédé. Tu ne crois quand même pas que c'est elle qui est derrière toute cette mise en scène ? Ce serait un peu fort, non ?

— Je l'ignore tout à fait ! Mais une chose est certaine : elle s'est tirée sans un mot et il me manque les dernières pages du manuscrit de Kate !

Il se tut quelques instants. En fait, il espérait de toute son âme se tromper sur son compte. Mais les faits parlaient d'eux-mêmes, et plus il ressassait toute l'affaire, plus il était convaincu de ce qu'il avançait. Il massa ses tempes endolories. La fatigue et l'énervement de la nuit commençaient à se faire sentir.

— Elle savait forcément qui j'étais, que j'avais hérité de Kate Donovan, poursuivit-il à mi-voix, comme pour lui-même. Je lui racontais tout comme un abruti, je répondais à ses questions. Il lui a été facile de me suivre, de m'apprivoiser…

Il ignora le coup d'œil narquois de Daniel qui avait souri en imaginant un séducteur de la trempe de Jake se laisser « apprivoiser » par une femme…

— Et puis à la première occasion, elle se tire avec la clé de l'énigme ! Où elle est maintenant ? En route pour l'île de la Réunion sans doute !

Fulminant, il parcourait la pièce à grandes enjambées. Il puisait son énergie dans son humiliation. Comment avait-il pu être aussi stupide ! Il repoussa la vague de souvenirs qui déferlaient dans son esprit : l'intérieur de son poignet là où une petite veine palpitait, l'odeur chaude de vanille de sa chevelure, son beau regard qui riait… Il était d'un ridicule à pleurer !

— Qu'est-ce qu'on fout maintenant ?

— J'en sais rien, reprit Jake.

Il ouvrit le réfrigérateur et en tira deux canettes de bière froide. Il en lança une à Daniel qui l'attrapa adroitement. Il se fichait de l'heure qu'il était : il avait besoin d'un remontant. Daniel en avala quelques goulées dans un bruit de gorge et poursuivit :

— Mais laisse-moi te dire qu'on est dans la merde jusqu'au cou. Parce qu'en plus d'avoir perdu ce qui pouvait nous mener au trésor, on n'a plus rien à offrir au psychopathe si celui-ci nous retrouve.

Il s'assura d'un rapide coup d'œil que la porte d'entrée était bien verrouillée.

Daniel se laissa glisser le long du mur et tira de la poche arrière de son jeans son paquet de cigarettes aplati comme une galette. Il en retira une, qu'il se ficha au coin de la bouche en tâtant ses poches à la recherche de son briquet. Il en fit tourner la molette d'un brusque mouvement du pouce et aspira avec bonheur une longue bouffée en fermant les yeux. Les volutes de fumée se mouvaient langoureusement devant son visage dans une ombre blanche et violacée.

Il avala d'un trait le contenu de la canette et s'en servit comme d'un cendrier. L'épisode lui avait momentanément fait oublier la menace que constituait leur agresseur. Le dégénéré devait probablement se terrer à l'heure qu'il était : il avait fourni une identification précise de l'homme à la police et sa capture n'était sans doute qu'une question de temps. Qui plus est, la présence rassurante de Jake contribuait beaucoup à sa tranquillité d'esprit. Il avait eu maintes occasions dans leur jeunesse de profiter de l'aptitude au combat de Jake. Ce ne serait en effet pas la première fois que son ami le défendrait…

Il aspira une nouvelle bouffée de cigarette : cela l'aidait à réfléchir. Il leur fallait trouver une issue à la situation impossible dans laquelle ils s'étaient fourrés. Il demeura silencieux un moment, puis, subitement inspiré, demanda :

— De quoi traitait le dernier passage que tu as lu ?

Jake, emporté par ses sombres pensées, avait sursauté au son de la voix.

— Je me suis arrêté après la lecture du verdict, juste avant qu'Olivier Levasseur ne soit pendu.

— Et elle a déchiré juste après ce passage, n'est-ce pas ? observa Daniel. Alors il me semble évident que Carole…

— Caroline.

— … Caroline, rectifia placidement Daniel, n'aurait pas pris la peine de le déchirer pour l'emporter avec elle si la suite n'avait pas fourni des renseignements auxquels il lui fallait se référer. Sinon, elle l'aurait lu et aurait filé sans son reste. Il s'agissait probablement de la carte au trésor, déclara-t-il en hochant la tête avec énergie, sûr de lui. Eh oui ! Là où on indique avec un X où se trouve le magot.

— Hum… oui, peut-être, finit par répondre Jake, sceptique. Mais il avait feuilleté une première fois le document avant de le lire et n'avait remarqué ni croquis ni illustration pouvant ressembler à une carte au trésor. Il lui avait semblé ne voir que de l'écriture.

Une idée germa néanmoins dans son esprit.

— Et si elle avait arraché les pages parce que celles-ci contenaient des informations qu'elle désirait me voir ignorer...

— Oui, coupa Daniel laconiquement. Une carte au trésor. Là où on indique avec un X où se trouve le magot…

Jake ignora le ton ironique. Caroline avait nécessairement voulu lui dissimuler de l'information qui lui aurait permis de la suivre et peut-être de la rattraper. Et elle avait réussi. Il n'avait aucune idée de l'endroit où elle avait pu aller.

Il leur fallait se documenter le plus possible sur Olivier Levasseur !

S'il était vrai que ce pirate avait hérité d'un fabuleux trésor appartenant à un vaisseau portugais, on trouverait sans doute une foule d'informations sur Internet. Peut-être même des indices ou des pistes.

Daniel ficha sa cigarette au coin de sa bouche et prit place sur la chaise devant l'ordinateur. Les yeux plissés par la fumée, il inscrivit « Olivier Levasseur », puis « trésor ». Une série de sites défilèrent devant lui. Il déplaça l'écran légèrement afin que Jake, qui s'était vivement tiré une chaise près de lui, puisse voir.

Les doigts de Daniel se déplaçaient à une vitesse vertigineuse sur le clavier. Une série de sites se succédèrent à l'écran. Il en choisit un au hasard, puis deux, puis trois. Les textes défilaient devant leurs yeux ahuris.

> « Mystérieux, fabuleux, insaisissable, il est sûr d'entrer dans la légende immortelle, d'autant que son existence ne peut guère être mise en doute. Quand il monta sur l'échafaud pour expier ses crimes de pirate, Olivier Levasseur, dit La Buse, lança dans la foule un cryptogramme et s'écria :
> – Mes trésors à qui saura comprendre !
> Qui ramassa le cryptogramme? Nul ne saurait le dire, mais depuis plus de deux siècles, l'océan Indien, des îles Seychelles à la pointe de Madagascar, est le centre de recherches incessantes et foisonne de documents à clés, de rébus et de signes gravés, qui tous, selon la tradition, se rapportent aux prodigieux trésors de La Buse. »[6]

Ainsi, il s'agissait d'un cryptogramme, un message codé.

Et Kate connaissait l'existence de ce cryptogramme. Kate Donovan, une descendante directe de Richard Deneuve. Ce même homme auprès duquel Olivier Levasseur avait insisté pour qu'il assiste à son exécution, « *le plus près possible de moi afin que je quitte ce monde avec au moins un regard ami.* »

Lorsqu'ils les avaient lues, ces paroles lui avaient semblé sonner étrangement dans la gueule d'un assassin de la

---

6 Tiré de : *Trésors du monde : Enterrés, emmurés, engloutis* de Robert Charroux, président du Club international des chercheurs de trésors, Éditions J'ai lu, 1962.

trempe d'Olivier Levasseur. À la lumière de ce qu'ils venaient d'apprendre, elles prenaient ici tout leur sens.

Richard, bien posté près du condamné et plus grand d'une tête que tout le monde, avait dû être celui qui avait attrapé le cryptogramme…

Et c'est ce bout de vélin, ce code secret, que tout le monde convoitait, et Kate en avait sans doute retranscrit le contenu sur les dernières pages du récit. Et Caroline, maintenant, l'avait en sa possession…

— Merde…

— Ouais, comme tu dis…

Jake avala la dernière gorgée de sa bière et lança distraitement sa canette vide dans le panier.

— Eh, regarde !

Daniel pointait subitement l'écran du doigt. Sur la toile qui défilait, un cryptogramme avait été reproduit !

Daniel zooma sur le cryptogramme afin de mieux l'étudier. À vue de nez, le message était impossible à déchiffrer. C'était un ramassis de signes ressemblant à de petits quadrilatères mal définis ou à des pentagrammes, quelquefois pointés, desquels un côté ou l'autre avait été retranché.

L'hypothèse la plus plausible, selon les auteurs, référait à l'alphabet templier.

— Les Templiers, lut Daniel, codaient les lettres de crédit qu'ils mettaient en circulation entre leurs commanderies pour éviter les transports de fonds. Leur code était construit à partir de la croix des huit béatitudes qui constituait l'emblème de l'ordre…

Le visage incrédule de Jake fit sourire Daniel.

— Les Templiers étaient un ordre religieux et militaire créé lors des croisades par les chrétiens, expliqua Daniel d'un air suffisant, vers 1130. C'étaient des chevaliers qui avaient pour mission de protéger les chrétiens qui se rendaient en pèlerinage à Jérusalem. Mais de fil en aiguille, l'Ordre, on ne sait trop pour quelle raison, est devenu immensément riche et a commencé à agir presque comme une banque. Les Templiers prêtaient de l'argent même au roi. Ils bâtirent plusieurs centaines de commanderies, des châteaux, reprit-il en constatant le regard perplexe de Jake. En fait, de ce que j'en comprends ici, c'est que pour éviter que les gens ne se promènent avec de l'argent sonnant sur les routes de France, ils se promenaient finalement avec des lettres de change codées qu'ils échangeaient contre de l'argent à n'importe quelle commanderie. Des chèques, finalement, mais codés. Et le code utilisé était basé sur la croix des huit béatitudes.

— Mais la croix des huit béatitudes… reprit Jake, quel est le rapport ?

— Regarde comment elle est construite. Il s'agissait tout simplement d'intégrer les lettres de l'alphabet dans les espaces de la croix. Regarde…

— C'est tellement ingénieux ! s'exclama Jake. L'excitation s'emparait de lui.

— Oui, mais le résultat de la traduction n'est pas très concluant… Le texte ainsi traduit parle de miel, de cœur, de chiens.

— Ah…

Jake ne put dissimuler sa déception.

— D'autres chercheurs ont utilisé des lettres repères parsemées dans le texte à partir desquelles ils ont tracé des vecteurs sur le cryptogramme et ainsi fait apparaître la représentation de la constellation de la Croix du Sud, résuma Daniel qui poursuivait sa lecture. Cette constellation concordait avec une certaine pierre gravée trouvée à la Ravine à Malheur sur l'île Bourbon et pouvait constituer un repère géographique permettant de trouver la cachette du trésor.

— Ce nom… Ravine à Malheur… Je m'en souviens. René de Saint-Malo y avait fait allusion dans son récit.

Daniel poursuivit sa lecture sans néanmoins obtenir plus d'éclaircissements. Le mystère demeurait consternant.

— En fait, déclara Jake, l'hypothèse la plus plausible, c'est que Kate connaissait la clé pour déchiffrer correctement le cryptogramme. Sans quoi, tout cela n'a aucun sens ! Détenir l'original du cryptogramme ne nous avance aucunement !

Daniel hocha la tête..

— Attends, reprit-il. Le cryptogramme reproduit sur le Net semble avoir été attribué par la tradition à La Buse, mais pourrait avoir été confondu avec le trésor d'un autre pirate.

— Un autre pirate ?

— Oui, écoute. Bernardin Nageond de l'Estang dit « Butin », – le moins qu'on puisse dire c'est qu'il avait un surnom prédestiné – a laissé dans son testament des indications cryptées pouvant mener à son trésor qu'il aurait enfoui quelque part sur l'île… Le cryptogramme circulant sur le Net pourrait ne pas être celui de La Buse… Kate détenait donc le véritable cryptogramme…

Jake se leva de sa chaise en se dirigeant vers la baie vitrée. Il s'y appuya le front. Il lui fallait réfléchir… Il ferma les yeux et tenta de se propulser à l'île Bourbon, le 7 juillet 1730.

Il pouvait presque sentir le vent chaud faire danser ses cheveux, et même l'odeur de chanvre graissé de la corde. Il pouvait observer les contrastes agressants des couleurs des îles, les dernières images du pirate déchu attendant la mort sur l'échafaud de bois. Cherchant Richard Deneuve du regard en tâtant peut-être, dans la poche de sa culotte, le bout de vélin chiffonné entre ses doigts. Il lui fallait attendre le bon moment. Quelques secondes avant que le nœud de corde qui lui enserrait le cou ne l'étrangle définitivement. Saurait-il conserver son sang-froid et lancer vers Richard son dernier secret ? Et lui, saurait-il s'emparer de cette seule et unique trace de son passage sur terre ?…

Mais que s'était-il passé ensuite ? songea Jake.

— Où est-ce que ce bout de vélin a pu être dissimulé pendant toutes ces années ? grogna Daniel. Car ce cryptogramme devait faire l'objet de convoitises, surtout si le gars a vraiment crié : « Mes trésors à qui saura comprendre ! » Tout le monde savait donc que Richard Deneuve possédait une carte au trésor ! Il a fallu le cacher, ce code secret !

Ils tournaient en rond. En effet, même s'ils connaissaient maintenant l'existence du cryptogramme, ils devaient le retrouver.

Daniel repoussa mollement d'une chiquenaude un bout de cendre tombé sur son jeans.

— J'en ai ras-le-bol, déclara-t-il finalement.

— Les gens normaux lèguent des actions dans une compagnie. Kate Donovan, elle, lègue des emmerdes, cracha Jake avec dépit.

Ils furent brusquement interrompus par la sonnerie du portable de Daniel. Sur l'afficheur, le nom de monsieur Hereford se dessinait en lettres noires.

La voix étouffée de ce dernier se fit entendre :

— Monsieur Finley ?

Daniel ne reconnut pas immédiatement la voix du vieil homme. Celui-ci s'exprimait normalement avec un débit lent, appuyé et dans un langage si châtié qu'on se croyait en train de discuter avec un lord anglais du XIXe siècle. Mais ce matin, les mots se bousculaient dans sa bouche et Daniel dut faire des efforts de concentration pour saisir tout ce que lui racontait le pauvre homme.

— Je ne sais pas précisément ce qui se passe, mais une jeune furie est débarquée chez moi à l'aube, en me menaçant si je refusais de lui remettre une horloge que vous m'auriez, paraît-il, confiée. Je lui ai juré que vous n'étiez pas passé chez moi depuis plusieurs jours et j'ai finalement réussi à me débarrasser de cette… (monsieur Hereford balbutiait) de cette outrageuse jeune fille ! Mais j'ai été contraint de lui fournir l'adresse de votre boutique, monsieur Finley. J'espère ne pas avoir eu tort ?

— La salope !

Daniel appliqua sa main contre le micro du téléphone et en quelques mots informa Jake de la situation. Celui-ci retourna instinctivement la tête vers le réfrigérateur : la carte de monsieur Hereford avait disparu.

À l'autre bout du fil, la voix chevrotante de monsieur Hereford demandait :

— J'ai eu tort, monsieur Finley ? Vous aurais-je causé des problèmes ?

Daniel le rassura du mieux qu'il put. Il avait toujours apprécié le vieil homme avec qui son père faisait jadis des affaires. C'était un ancien professeur, sensible aux bonnes manières et maniaque du protocole. Il ne sortait jamais sans son chapeau, respectait scrupuleusement l'heure du thé et n'aurait jamais envisagé qu'on puisse le traiter autrement qu'avec politesse et déférence. L'arrivée intempestive d'une jeune femme menaçante lui procurerait sans doute des insomnies pour les dix prochaines années. Le pauvre vieux sembla néanmoins rassuré par les paroles de Daniel. Mais il crut bon de le mettre en garde :

— Il faut savoir, monsieur Finley, que cette jeune femme semble terriblement déterminée…

Daniel raccrocha. Un enfant aurait terrorisé monsieur Hereford.

Mais ils étaient maintenant fixés : les dernières pages du document avaient trait à l'horloge.

Ils n'avaient à aucun moment envisagé que cette antiquité puisse avoir une quelconque importance dans l'histoire, sauf une curiosité historique liée à la visite des pirates sur l'île. Ainsi, tout n'était pas encore perdu ! Ils n'eurent pas besoin de se consulter. Ils dévalèrent en vitesse les marches en direction de la boutique. Avec un peu de chance, Caroline s'y trouverait encore. Ainsi que l'horloge.

15.

Newport, 2012

Hagen chiffonna entre ses doigts la carte où était inscrit en lettres dorées le nom de monsieur Hereford, suivi de son titre: «évaluateur d'objets antiques de toutes sortes», et la jeta par la fenêtre de sa voiture de location. Le petit bout de carton fut aspiré sous les roues d'une voiture. Il était inutile de s'embarrasser de tout ce qui était susceptible de constituer une preuve de culpabilité. D'ailleurs, il possédait une mémoire photographique stupéfiante et un seul coup d'œil avait suffi pour qu'il retienne à tout jamais les coordonnées de sa prochaine victime.

Il immobilisa la voiture à l'arrêt et jeta un bref coup d'œil sur le panneau indicateur: Church Street. Plus que quelques minutes avant d'arriver à la résidence de monsieur Hereford.

Le feu changea et il redémarra en douceur, malgré la hâte qu'il avait d'en finir avec cette affaire catastrophique qui lui avait presque coûté son poste. Heureusement, les faux pas qui s'étaient succédé avaient été balayés d'un coup par l'aveu tardif de cet imbécile de chercheur de trésors.

Une heure après s'être enfui de chez Finley, il avait reçu un coup de fil du patron. Il avait décroché, avec un goût de bile dans la bouche : allait-il se faire virer ? Mais ce n'était guère le motif de l'appel : le patron détenait de nouvelles informations.

— Selon monsieur Bernard, le parchemin pourrait avoir été dissimulé dans le mécanisme de l'horloge dont vous m'avez parlé.

En effet, Hagen avait juré n'avoir vu aucun parchemin pouvant ressembler de près ou de loin à ce que M. Bernard cherchait. Lorsqu'il avait mentionné l'horloge, le chercheur de trésors avait immédiatement établi le lien : il s'agissait sans aucun doute de l'horloge anglaise offerte par les pirates lors de leur départ de l'île et qui avait orné les murs de l'auberge du Dragon volant. Plusieurs documents d'époque avaient rapporté cette anecdote. C'était la seule explication plausible à la présence incongrue d'une horloge antique dans un coffret de sûreté suisse.

Hagen avait fermé les yeux et inspirait profondément, tentant désespérément de se calmer.

L'horloge ! Il l'avait vue dans la chambre de Jake en Suisse, mais n'y avait porté aucune attention : ce n'était pas ce qu'on lui avait demandé de chercher ! Qui l'avait entre les mains maintenant, cette horloge ? Finley, Jake ?

Ce crétin de chercheur de trésors ! Un jour, il lui ferait la peau.

Frederick Falconer avait senti la transformation qui s'était opérée dans l'attitude de son employé et pouvait percevoir la rage qu'il contenait tant bien que mal. Décidément, cette mission avait réussi à lui faire perdre son flegme ! Il dissimula sa satisfaction. L'attitude hautaine de Hagen l'agressait souverainement et il ne lui déplaisait pas de le voir se débattre un peu.

— J'imputerai vos échecs au fait que vous ne possédiez pas toutes les données, reprit-il calmement. Mais il s'agit de votre dernière chance, Hagen. Tenez-vous-le pour dit. Sans quoi, je vous mute à la surveillance des entrepôts à la place de Perón. Vous m'avez bien compris ?

Il raccrocha, sans attendre de réponse. Il savait qu'il avait été compris.

Il connaissait les capacités de Hagen et savait comment fonctionnait son cerveau. Il userait de tout son talent plutôt que de céder sa place à Perón. Les menaces d'humiliation étaient, pour Hagen, de puissants motivateurs.

Il se resservit un cognac, ne s'inquiétant plus du tout de la réussite de cette mission. D'ici soixante-douze heures, avait-il estimé, il serait propriétaire d'un des trésors les plus convoités de l'histoire. Dans ses yeux, une étrange lueur brillait.

Déterminé à mettre un terme à cette mission et à mener à bien la tâche qui lui avait été confiée, Hagen avait mentalement arrêté ce qui lui semblait être le meilleur plan à suivre. Et il fallait bien le dire, l'ultime plan. S'il n'y arrivait pas ce coup-ci, il était clair que Falconer ne se limiterait pas à le muter à la surveillance des entrepôts. Il ne donnait pas cher de sa peau…

Il avait décidé qu'il était temps de rendre une petite visite à Jake. De toute évidence, le jeune homme ignorait encore l'importance de l'horloge. Sans quoi il aurait filé directement pour l'île de la Réunion à la recherche du trésor : on ne retarde pas un voyage d'une telle importance.

Ces deux imbéciles croyaient sans doute que la vieille tante leur avait légué une horloge de valeur susceptible d'être revendue à prix d'or. Ils avaient probablement contacté un évaluateur professionnel qui leur confirmerait la valeur du bibelot…

Mais Newport et les environs comptaient une dizaine d'évaluateurs en tout genre… C'est pourquoi il était maintenant temps de rendre une petite visite de courtoisie à Jake Donovan.

La porte était déverrouillée et le loft vide lorsqu'il y pénétra. Le vieux chien affalé sur le rebord de la baie vitrée leva à peine le nez lorsqu'il entra. C'était presque trop facile.

Lorsqu'il aperçut sur le réfrigérateur la carte professionnelle de monsieur Hereford, un sourire se dessina sur ses lèvres. Il y vit un signe du destin pour le succès de son entreprise.

La voiture de Hagen s'immobilisa devant une jolie demeure de pierres grises ressemblant en tout point à ces anciens cottages anglais, charmants et confortables, peints sur les cartes de Noël. Le contraste avec l'architecture type de la côte est, qui privilégiait l'utilisation du bois, était remarquable.

Le gazon était parfaitement coupé, les bordures abondamment fleuries. Le propriétaire avait suspendu sur le devant de la porte d'entrée une couronne de fleurs et de fruits. Il ne manquait plus que le tapis de bienvenue et le yorkshire couché dessus.

Hagen jeta un bref coup d'œil aux alentours. Le quartier semblait tout à fait paisible. Mais il ne prendrait aucun risque. Il jeta un coup d'œil dans le rétroviseur et jura encore une fois entre ses dents en constatant son allure. Il avait dû, pour faire échec à l'identification fournie par Finley à la police, se raser la tête. Il glissa sa main sur son crâne luisant, sentant les os sous ses doigts. Cela ne valait certainement pas le charme de son ancienne chevelure, mais l'opération avait réussi : il était méconnaissable.

Il se coiffa d'une casquette molle en tissu portant l'effigie d'une compagnie de livraison et empoigna un paquet ficelé.

Il grimpa les marches de pierres de l'entrée en sifflant et fit mine de frapper à la porte.

D'une main habilement dissimulée sous le paquet, Hagen avait, d'un adroit mouvement, fait sauter le verrou de la porte d'entrée et pénétrait chez monsieur Hereford, gesticulant comme si le propriétaire en personne l'invitait à entrer. Il referma doucement derrière lui et se dirigea tranquillement dans l'étroit corridor, attiré par une voix. Sans doute celle de monsieur Hereford.

Tout en avançant furtivement, il inséra sa main dans son veston et en sortit un revolver.

Tout en suivant la voix, il constata encore une fois ce qu'un décor d'intérieur révélait de la personnalité de son propriétaire. Ici, cela était si flagrant qu'il pouvait sans difficulté imaginer monsieur Hereford. Des pantoufles de petite taille, faites de cuir et fourrées de laine de mouton, se tenaient côte à côte près de l'entrée. Un parapluie aux motifs écossais était suspendu sur un crochet de bois vissé sous une tablette sur laquelle trônait un chapeau de feutre parfaitement formé. Aucune présence de vêtements féminins, et de toute évidence aucun enfant, songea-t-il en jetant un coup d'œil à la finesse des bibelots de porcelaine qui trônaient dans les guéridons vitrés. Le havre de paix d'un vieux garçon maniéré et précieux. Il n'écarta cependant pas la possibilité d'une gouvernante et redoubla de prudence.

Il longea les murs à pas feutrés tout en suivant l'écho de la voix qui s'enflait à mesure qu'il avançait. Il commençait d'ailleurs à distinguer quelques mots, lorsqu'il s'immobilisa brusquement. Monsieur Hereford parlait de l'horloge.

— Je lui ai juré que vous n'étiez pas passé chez moi depuis plusieurs jours et j'ai finalement réussi à m'en débarrasser, monsieur Finley ! Mais j'ai dû lui fournir l'adresse de votre boutique. J'espère ne pas avoir eu tort ?

Hagen sourit en rangeant son revolver à l'intérieur de sa veste et ressortit sans que monsieur Hereford se doute jamais à quel point il avait frôlé la mort ce jour-là.

Caroline resserra d'un coup sec en serrant les dents le bout de tissu taché de sang qui entourait sa main droite. Briser le carreau de la porte de la boutique Finley's Antiques n'avait guère été très difficile, mais la maigre protection de l'étoffe avait été insuffisante et le verre lui avait entaillé profondément la main. Dans les films, briser un carreau semblait toujours un jeu d'enfant.

Elle inspira profondément, déterminée à ignorer la douleur. Il lui fallait agir rapidement. Elle n'avait pas beaucoup de temps devant elle.

Elle espérait avoir agi correctement en déchirant les dernières pages du récit, même si cela pouvait l'incriminer. Il fallait que Jake ignore le plus longtemps possible l'importance de l'horloge, sans quoi il saurait exactement où la retrouver. La carte sur le réfrigérateur laissait supposer qu'il n'avait pas encore lu la fin du récit ! Il lui restait peut-être encore une chance ! Lorsqu'il remettrait en place les morceaux du puzzle, elle espérait qu'il croie qu'elle s'était enfuie à l'île de la Réunion…

Les battements de son cœur se déchaînèrent dans sa poitrine en imaginant la réaction de Jake lorsqu'il constaterait qu'elle l'avait trahi. Mais elle se ressaisit rapidement : le temps n'était guère propice aux remords. Il lui avait fallu choisir son camp, et elle avait choisi le trésor. Avec tous les sacrifices que cela impliquait, dont celui de mentir à Jake. Rien ne l'empêcherait de mettre la main sur le trésor. Surtout pas un Donovan.

D'ailleurs, elle avait fait le nécessaire pour ne jamais revoir Jake. Sa démission au musée avait déjà été envoyée.

Maintenant, il fallait faire vite. Elle se déplaçait fébrilement à travers les objets hétéroclites empilés çà et là, déplaçant un bibelot, ouvrant les tiroirs. Elle ignorait à quoi ressemblait exactement l'horloge, mais elle tomberait bientôt sur celle qu'elle cherchait. Elle en avait déjà décroché une du mur, puis ouverte, mais sans résultat.

Après les échecs consécutifs de plusieurs générations, c'était à elle que revenait enfin la gloire. C'est avec elle et grâce à elle que s'achèverait la quête poursuivie par ses ancêtres, cette quête qui durait depuis des années...

Alors qu'elle tendait la main vers une petite horloge grossièrement enveloppée dans un papier brun, elle entendit le bruit de la porte qui s'ouvrait. Elle s'écrasa sous une vieille table de découpe de viande dont l'un des rabats descendait presque jusqu'au sol. Elle attendit, tapie comme une souris, les yeux agrandis par l'horreur. Se pouvait-il que Jake l'ait si vite retracée ? Elle l'espérait presque. Car si ce n'était pas lui, il s'agissait sans aucun doute de l'homme de Genève... Et elle aurait juré qu'il ne serait pas aussi sensible à son charme que Jake !

Elle savait que cette quête pouvait être dangereuse et qu'elle ne pesait pas lourd dans la balance. Des gens très puissants, avec des moyens autrement supérieurs aux siens, convoitaient eux aussi ce trésor. Elle avait vu ce dont ils avaient été capables en Suisse... Elle serra très fort la lame qu'elle portait toujours dans la poche de sa veste. Elle ne pouvait plus reculer maintenant.

Elle baissa doucement la tête pour glisser un coup d'œil sous le rabat de bois qui laissait filtrer la lumière. Elle aperçut, à travers les caisses de microsillons empilés devant elle, des bottes de cuir italien à talons plats, qui, n'eût été leur taille gigantesque, auraient pu appartenir à une femme tant elles étaient fines. Si celles-ci étaient un tant soit peu proportionnelles au reste du corps, elle avait affaire à un géant. Elle ravala juste à temps un cri d'horreur lorsqu'elle entendit une voix profonde, avec un fort accent étranger, chuchoter à quelques pas d'elle :

— Où te caches-tu donc, jeune demoiselle ? Hagen avait vu la jeune femme le précéder dans la boutique.

Elle était coincée. Prise au piège. Impossible de fuir sans croiser l'homme. Elle n'avait aucun autre choix que d'attendre, tapie, en espérant un miracle.

Elle ne nourrissait plus aucun doute quant aux intentions malveillantes qui animaient l'immense ombre qu'elle entrevoyait : elle avait vu le revolver qui semblait prolonger le bras comme s'il était vissé à son poignet. Il se tenait à quelques pas d'elle. Elle pouvait même sentir le parfum puissant qui se dégageait de l'homme. Une odeur de cèdre et de lavande...

Avant qu'elle ait eu la possibilité d'effectuer un seul geste, elle sentit brusquement la tiédeur écœurante de deux puissantes mains qui lui enserraient le cou comme un étau. L'homme la tira ainsi de dessous le meuble et la plaqua violemment contre le mur. Ses yeux se fermèrent sous l'impact et elle sentit dans sa bouche le goût ferreux du sang. Il coinça l'immense masse chaude de son corps contre le sien. Seuls quelques centimètres séparaient leurs visages et elle pouvait sentir l'haleine brûlante de menthol de son agresseur. Aucun son ne pouvait sortir de sa gorge fermement comprimée, mais elle tentait toujours dans un effort désespéré et guidé par l'instinct animal de survie de desserrer l'étreinte qui l'étouffait. Elle sentait les doigts puissants pénétrer dans sa chair.

Ses jambes battaient l'air et l'image horrible d'Olivier Levasseur pendu au bout d'une corde surgit inopinément dans son esprit. Elle n'avait jamais pris le temps d'imaginer ce que le pirate avait pu ressentir lorsque le nœud de chanvre s'était resserré autour de son cou...

Peu à peu, ses mouvements se firent moins énergiques, plus convulsifs. Elle ne distinguait plus qu'avec difficulté le regard bleu azur de son assaillant qui l'observait, impassible.

Mais d'un seul coup, elle sentit l'étreinte se relâcher et l'air réintégrer péniblement son corps. Elle glissa, inerte comme une poupée désarticulée, le long du mur.

Deux bras vigoureux s'étaient enroulés autour du cou de l'agresseur, momentanément empêché d'achever sa macabre tâche. D'un coup d'œil latéral, il avait aperçu Jake.

Il se libéra aisément d'un brusque mouvement de la hanche couplé à une clé de bras, suivi d'un puissant coup de poing dans l'estomac. Jake fut stupéfait de la facilité avec laquelle Hagen s'était libéré.

Hagen empoigna d'une main Jake et lui envoya un crochet dans la mâchoire. La puissance de l'impact lui scia les jambes et il tomba à genoux, certain d'avoir la mâchoire défoncée. Étourdi, il se cramponna à ce qui lui tombait sous la main pour s'aider à se relever.

D'un lent mouvement de la tête, il parcourut la pièce des yeux, cherchant fébrilement une arme quelconque, un objet lourd qu'il pourrait utiliser contre son agresseur.

Il possédait habituellement l'avantage de la taille, ainsi que l'agilité et une force plus élevées que la moyenne. Mais la masse de muscles devant lui bénéficiait de façon exponentielle de ces mêmes attributs.

Il aperçut à travers les larmes de douleur, à quelques pas de lui, l'arme de Hagen qui gisait à terre. Dans un élan, il se propulsa d'un vigoureux mouvement des jambes vers l'arme, mais Hagen avait anticipé le geste et lorsque la main de Jake atteignit le revolver, Hagen la lui écrasa de son pied. Jake hurlait de douleur, sa main emprisonnée sous la botte de l'homme qui devait bien faire dans les cent dix kilos. Il entendait, mais surtout sentait, l'horrible craquement des os des phalanges écrasées sous le poids.

Lorsque le géant libéra enfin sa main, bien qu'il sentît le froid de l'acier de l'arme sous ses doigts, il fut incapable de les refermer pour s'en emparer. Il réprima une vague de nausée et lutta pour ne pas s'évanouir.

Sa victime ainsi maîtrisée, Hagen tendit une main tranquille vers son revolver. Il jeta un bref coup d'œil vers Caroline : elle gisait toujours inerte, dans la même position. Peut-être était-elle morte, finalement.

— Contre le mur tous les deux, ordonna-t-il en menaçant Jake et Daniel de son arme.

Il aurait bien le temps de les exécuter après, mais il avait besoin de leur aide pour trouver l'horloge dans ce fourbi. Et le temps pressait.

— Toi, rugit-il en pointant Finley de son arme.

Daniel, qui avait bien failli tourner de l'œil en apercevant Hagen dans sa boutique, était resté pétrifié d'horreur durant l'altercation qui n'avait duré que quelques secondes.

— Dis à ton copain où est l'horloge.

Il arma son revolver et l'appuya sur la tempe de Daniel en rajoutant :

— Le sens de l'humour n'est pas mon trait de caractère dominant. Ne t'avise pas de te moquer de moi.

Finley bégaya :

— Elle… elle… est sous le comptoir.

Il désignait d'un doigt tremblant l'imposant comptoir de chêne dans le fond du magasin.

— Vas-y, ordonna-t-il à l'adresse de Jake. Et au moindre faux pas, j'abats ton petit copain.

Il fit semblant d'appuyer sur la détente en remuant ses lèvres : Bang !

Jake n'avait aucune intention de désobéir à Hagen. D'ailleurs, même s'il avait voulu trouver le moyen d'échafauder un plan pour échapper à ce psychopathe, il avait de la difficulté à aligner des idées une à la suite de l'autre. En outre, le peu de force qui lui restait était utilisée pour l'empêcher de s'effondrer de douleur.

Visiblement, cet homme ne nourrissait aucun scrupule à l'idée de tuer. Et il ne crèverait pas pour une breloque vieille de cinq cents ans, puisse-t-elle mener au plus fabuleux de tous les trésors ! Il chassa de son esprit le regard terrifié de Caroline tandis que Hagen refermait ses doigts sur sa gorge. Il ignorait toujours s'il avait réussi à la sauver. Il ferma les yeux quelques secondes. *Je vous en prie, mon Dieu. Faites qu'elle soit toujours en vie !*

Pour la énième fois depuis qu'il avait ouvert ce satané coffret de sûreté, il adressa à Kate quelques injures bien senties avant de la supplier de leur venir en aide.

Il se dirigea lentement vers le comptoir, sa main blessée comprimée contre sa poitrine. Sur le dessus de bois patiné par le temps trônait une vieille caisse enregistreuse encore en usage. Un rouleau de papier brun d'emballage tenait en équilibre sur un tas d'annuaires téléphoniques de toutes les villes de la région. Des crayons, cartes professionnelles, découpures de journaux, annonces en tout genre, s'éparpillaient pêle-mêle sur les larges lattes de bois.

Jake plia les genoux pour trouver l'horloge qui devait, selon les indications de Finley, se trouver sur la tablette où étaient fourrées une multitude de choses toutes plus inutiles les unes que les autres.

Il glissa sa main valide sur la tablette. Puis s'immobilisa brusquement.

Il n'osa pas regarder Finley de peur de se trahir.

Hagen s'impatientait. Il n'aimait pas que Jake soit dissimulé derrière le comptoir, bien qu'il jugeât le risque minime. Il avait lu la capitulation dans ses yeux. Il lui obéirait, espérant encore sauver sa vie et celle de son ami.

Il se rapprocha de Finley pour encourager Jake à plus d'empressement. Retrouver seul l'horloge dans ce capharnaüm lui aurait pris des heures, voire des jours entiers !

Il était préférable d'utiliser Jake et Daniel avant de les abattre et de mettre le feu au magasin. Il y gagnerait beaucoup de temps. Un temps précieux, puisqu'il était toujours poursuivi par la police. Dès que Jake lui fournirait l'horloge, il les exécuterait sans sommation.

— Presse-toi ! gronda Hagen. La rue commençait doucement à s'éveiller et il n'était pas exclu qu'un client se hasarde à pousser la porte du commerce.

— Je cherche toujours, l'informa Jake. Il fourrageait furieusement dans les papiers pour prouver ses dires. La sueur ruisselait sur son front et lui piquait les yeux.

Ses doigts se serraient nerveusement autour du manche en corne taillé d'un magnifique spécimen de colt. Le revolver de monsieur Finley père. À la suite d'un cambriolage plusieurs années auparavant, il s'était muni d'un pistolet, déterminé à abattre un prochain voleur. Lorsqu'ils étaient gamins, monsieur Finley les avait solennellement informés de la présence d'une arme en leur faisant promettre de ne jamais y toucher, sauf si leur vie était menacée.

Il serra l'arme dans ses mains tremblantes. Il savait que le forcené les abattrait froidement sitôt l'horloge en sa possession. Il lui fallait tenter le tout pour le tout. Il lutterait jusqu'au bout pour sauver sa vie.

Mais Hagen, comme une bête à l'affût, avait ressenti un infime changement dans l'atmosphère. Il s'empara brusquement de Finley qu'il plaqua contre son corps et lui enfonça le canon du revolver dans la bouche. Jake se pétrifia d'horreur. Il n'était plus en mesure de tirer sur Hagen sans atteindre Daniel. Affolé de sa propre audace, il marmonna :

— Libère Daniel et je te rends l'horloge.

Hagen dut tendre l'oreille pour saisir l'ultimatum que venait de lui servir Jake. Il ricana sauvagement avant de répliquer d'un ton glacial :

— Je descends Finley, je te descends, et je prends l'horloge. Tu saisis ?

Jake avait très bien saisi. Même s'il avait douté de l'efficacité de l'ultimatum, il avait espéré que la vigilance de Hagen se relâche et que Finley puisse se déplacer afin de ne plus servir de rempart humain à Hagen.

— C'est moi qui ai l'horloge, émit une faible voix derrière eux.

C'était Caroline, étendue dans la même position, qui désignait faiblement une petite horloge finement sculptée qui gisait sous la table, à ses pieds.

Au même moment, tous les regards convergèrent vers la façade du magasin, où un couple de touristes, le nez collé sur la vitre et les mains en visière, commentaient l'assortiment d'anciennes cannes à pêche étalées dans la devanture. Le client consulta sa montre, puis la carte des heures d'ouverture affichée sur la vitrine et fit mine de se diriger vers la porte d'entrée. Daniel, Jake et Caroline retinrent leur souffle : peut-être étaient-ils sauvés. Mais son épouse, sans doute alléchée par les luxueuses boutiques de vêtements, attira son mari un peu plus loin. Résigné, celui-ci lança une dernière œillade de convoitise vers les cannes à pêche et suivit docilement son épouse.

Hagen grommela. Il l'avait échappé belle. Il n'avait plus une seconde à perdre.

Il poussa brutalement Daniel vers Caroline pour qu'il lui rapporte l'horloge et recula de quelques pas afin de conserver ses trois victimes dans son champ de tir. Sans quitter Finley du regard, il ordonna sèchement à Jake de rejoindre les deux autres.

Mais c'était le moment d'inattention que Jake attendait : il fit rapidement glisser le pan amovible aménagé par monsieur Finley dans le devant du comptoir, braqua le canon directement vers l'abdomen de Hagen et pressa sur la détente.

Les yeux bleus de Hagen se figèrent de surprise. Les doigts fermés autour du revolver se détendirent suffisamment pour que l'arme glisse par terre. Il baissa doucement la tête vers la tache sombre qui s'agrandissait sur son chandail de cachemire grège.

Jake, figé, réprima un haut-le-cœur lorsqu'il vit Hagen insérer lentement son doigt dans le trou laissé par la balle, comme s'il voulait vérifier d'où s'écoulait tout ce sang. Il releva les yeux vers Jake et l'observa quelques secondes de son regard absent. Puis, au ralenti, ses genoux fléchirent et ses bras s'ouvrirent à la recherche de quelque chose pour se raccrocher. Il s'effondra comme une masse sur le sol, dans un dernier soubresaut.

— Jake ? demanda Caroline d'une voix faible.

Elle avait relevé la tête en direction de Jake, qui s'était effondré contre le mur à quelques mètres d'elle.

Il tenait sa main droite, qui avait doublé de volume, toujours comprimée contre sa poitrine. De temps à autre, il jetait un regard vers la masse inerte étendue tout près de lui, comme pour s'assurer de son immobilité.

Tout était parfaitement calme dans la boutique maintenant, comme lors d'une matinée ordinaire. Dehors, des passants inconscients de la tragédie qui venait à peine de se jouer à quelques mètres d'eux déambulaient tranquillement sur le trottoir, jetant des œillades paresseuses à la devanture.

Jake songea qu'il suffisait que l'un d'eux poussât légèrement le regard un peu vers la gauche pour apercevoir le corps de Hagen baignant dans une mare de sang.

Au son de la voix de Caroline, Jake leva le regard vers elle. Elle était très pâle, ses lèvres étaient bleutées et il distinguait sur son cou les marques rouges des doigts de son agresseur. Des larmes coulaient sur ses joues. Caroline sentit son cœur se serrer lorsqu'elle croisa le regard froid de Jake. Elle ravala sa salive qui passa difficilement dans sa gorge encore nouée puis baissa la tête, vidée de toute énergie.

Daniel retira son cellulaire de la poche arrière de son jeans.

Jake observa les mains agitées de tremblement de Daniel et douta qu'il puisse composer correctement. Il rajouta :

— Laisse faire le 911. Ce n'est plus une urgence maintenant, dit-il en désignant du menton le corps inerte de Hagen. Appelle simplement l'ambulance. Et la police.

Daniel s'exécuta sans commentaire. Après avoir brièvement expliqué la situation à la standardiste, il s'alluma une cigarette d'une main tremblante. Il évitait soigneusement de regarder en direction du cadavre. Malgré la scène sordide, il se sentait profondément soulagé.

Il s'avisa brusquement qu'il tenait encore l'horloge entre ses mains. Il vissa sa cigarette au coin de sa bouche et tenta de l'ouvrir. Jake s'émerveilla une fois de plus de l'incroyable résilience de son ami. Toute la tension des événements précédents semblait s'être évaporée en même temps que le nuage de fumée de sa cigarette qui s'échappait de sa bouche et de son nez.

Il était en train de forcer la petite porte lorsque Jake l'interrompit :

— Attends, Daniel. Pas ici, dit-il en faisant un signe de tête en direction de Caroline.

Caroline tressaillit malgré elle sous l'hostilité du regard.

Elle avait pu facilement faire abstraction de Jake lorsqu'il était loin d'elle. Mais de le voir ainsi, serrant les dents sous la douleur et l'enveloppant de son regard profond, la fit fondre en larmes.

Jake l'ignora et reprit :

— Quel est ton nom de famille ?

Caroline s'essuya les yeux du revers de la manche. Elle était épuisée. Elle réussit malgré tout à répondre, d'une voix quasi inaudible :

— Riley. William Riley a épousé Jeanne Regneault et ils ont eu un fils, Malcolm. Mon aïeul.

Caroline avait été étendue sur une civière, puis bordée et intubée par une infirmière d'une efficacité aussi redoutable que réconfortante tandis qu'un infirmier pansait adroitement la main de Jake. Dès leur arrivée à l'hôpital, il lui faudrait obtenir une radiographie. Mais le visage de l'infirmier en disait long sur l'évidence des résultats: les phalanges souffraient de multiples fractures. Jake, le visage livide, ne se fit pas prier pour avaler quelques comprimés contre la douleur.

Une escouade de policiers et d'enquêteurs dépêchés sur les lieux s'attardaient, calepin à la main, au-dessus de la silhouette tracée autour du corps de Hagen. Des badauds s'étaient attroupés devant la boutique et assistaient, silencieux, au transport de la civière où un drap blanc recouvrait le corps du mort.

La sirène de l'ambulance résonna et le véhicule démarra prestement. Le corps de Caroline était agité de tremblements convulsifs qu'elle était incapable de contenir, comme si son corps ne réalisait que maintenant l'ampleur du traumatisme dont il avait été victime. L'infirmière lui caressa doucement le front en lui prodiguant des paroles réconfortantes.

Elle se racla la gorge et eut la désagréable impression que seul un mince filet d'air y pénétrait. Elle inspira profondément en tentant de dominer l'onde de panique qui s'emparait d'elle. L'infirmière vérifia le débit d'oxygène. Elle était hors de danger et une équipe de professionnels de la santé s'occuperait d'elle dès son arrivée à l'hôpital. Les battements de son cœur s'estompèrent et retrouvèrent leur rythme habituel. Elle leva les yeux vers Jake. Il ne lui avait pas adressé la parole depuis ses aveux dans la boutique. Il semblait tout à fait calme et maître de lui, et contemplait d'un air absent sa main bandée. Elle brisa le silence:

— Richard et Jeanne ont fui ensemble l'île quelque temps après l'exécution d'Olivier Levasseur.

Jake ne prit même pas la peine de la regarder.

— Plus tard. Repose-toi, maintenant, lui intima-t-il d'un ton calme, mais sans douceur.

Elle l'ignora. Elle devait poursuivre, malgré la douleur qui lui contractait la gorge.

— Ils se sont mariés ici, sur les côtes de la Nouvelle-Angleterre, et ils ont fondé une famille.

Jake se refusait toujours à accorder son attention à Caroline, mais Daniel, curieux, voulait entendre la suite.

— Pourquoi a-t-elle épousé Riley? demanda-t-il.

— Tout simplement parce qu'elle y a été obligée. Il la faisait chanter.

— J'ignore si le document de ta tante en parlait, poursuivit Caroline en lançant un regard à Jake qui serra les dents à l'évocation du document déchiré. Elle poursuivit néanmoins:

— Jeanne avait été mariée à un certain Jean-Baptiste Mussard. Cet homme fut assassiné et on accusa injustement Richard Deneuve. Mais William Riley avait surpris l'assassin de Mussard... Et il avait décidé de la faire chanter.

— C'est Jeanne Regneault qui a assassiné son mari? demanda Daniel interloqué.

— Précisément. Elle l'a assommé avec un poêlon de cuivre. Il avait tenté, à plusieurs reprises, de la violer et Jeanne s'était défendue. Mais Riley, qui l'avait suivie à son insu hors de l'auberge, l'a surprise. Lorsqu'il est revenu sur l'île, il l'a menacée de révéler ce qu'il savait, à moins qu'elle n'accepte de l'épouser. Sachant qu'il était à l'époque interdit de témoigner contre son épouse, elle a été contrainte d'accepter pour éviter la pendaison. C'était la seule façon de faire taire à jamais le seul témoin du meurtre.

Elle poursuivit:

— Richard Deneuve était follement amoureux d'elle, mais William Riley aussi. C'est d'ailleurs l'un des motifs de leur profonde haine. Il ne faut pas non plus oublier que les femmes étaient très rares sur l'île, donc très convoitées. Et qui plus est, elle était propriétaire de l'auberge du Dragon volant, qui lui rapportait une somme considérable. Elle constituait un parti fort honorable. Et il ne devait pas déplaire à William de posséder la femme que son rival aimait…

— Et le trésor? demanda Daniel avec impatience.

— Cela suffit maintenant, messieurs, il faut la laisser se reposer, grogna l'infirmière d'un ton sans réplique en vérifiant si son pouls était toujours régulier.

— Elle se reposera plus tard, coupa Daniel. Il désirait entendre la fin de l'histoire. L'infirmière lui jeta un regard noir suffisamment éloquent pour le convaincre de cesser d'insister.

— Une dernière chose, Caroline, demanda finalement Jake. Notre rencontre à Genève n'était pas fortuite, n'est-ce pas? Non, bien sûr que non, répondit-il à la place de Caroline qui avait baissé les yeux. Je suis stupide…

— Mon père est un chercheur de trésors, expliqua-t-elle pour se justifier, et il est sur les traces du trésor de La Buse depuis aussi longtemps que je me souvienne, reprit finalement Caroline. Il habite avec son épouse et ses enfants à l'île de la Réunion. Là-bas, on le surnomme monsieur Bernard, mais son nom véritable est Bernard Guy Riley. Même si nous ne sommes pas très près l'un de l'autre, il me tenait régulièrement au courant du résultat de ses recherches, connaissant mon intérêt pour le trésor. Il n'avait pas encore fait le lien entre Deneuve et Donovan, mais moi, oui. Je ne lui ai pas révélé ce que je savais, car j'étais certaine qu'il transmettrait le résultat de ses recherches à un puissant mécène dont j'ignore cependant le nom. Mais une chose est certaine, il travaillait pour quelqu'un d'autre. C'est pourquoi j'ai décidé de tenter l'aventure seule… Jake blêmissait à mesure que Caroline parlait. Autant de rouerie… Et pourtant, elle ne semblait même pas s'en repentir. Ou alors si peu…

— Alors tout ce que tu m'as dit était faux…

— Non… J'ai réellement étudié l'anthropologie à l'université, mais à l'Université de l'île de la Réunion. Et dès l'instant où j'ai pris la décision de poursuivre le trésor, j'ai fait en sorte d'obtenir un stage le plus près possible de Newport. Je me suis dit qu'il serait plus facile d'être près… Et ta tante est décédée… Et le reste fut un concours de circonstances. Il était plus facile de t'approcher toi que d'approcher Katherine Ann Donovan…

Tout en ignorant les recommandations de l'infirmière qui l'exhortait à demeurer immobile, Caroline se tortilla pour atteindre la poche arrière de son jeans. Elle en sortit quelques feuilles pliées qu'elle tendit à Jake. Les feuilles manquantes du manuscrit de Kate.

Il se leva péniblement en réprimant un gémissement de douleur. Sa main élançait cruellement et il pouvait voir, débordant du bandage, l'inquiétante teinte pourpre qui se propageait jusqu'au poignet. Il prit des mains de Caroline les feuilles qu'il déplia de sa main valide en les appuyant contre sa cuisse. Daniel se rapprocha pour lire au-dessus de son épaule.

Olivier Levasseur, avant de trépasser, lança dans la foule un cryptogramme en hurlant: «Mes trésors à qui saura comprendre!»

Lorsque le pirate lança le tube de cuir dans la foule, il visait bien Richard. Richard qui se tenait à une dizaine de pas de Jeanne et qui l'observait intensément. Et Jeanne attendait un enfant.

Jake frissonna. Il s'agissait sans doute de Malcolm Riley, l'aïeul de Caroline… Il réalisa soudainement, troublé, qu'il avait couché avec la descendante du pire ennemi de son ancêtre. Richard Donovan devait se retourner dans sa tombe… Il poursuivit la lecture.

Le message ne s'est pas rendu jusqu'à Richard, mais jusqu'à Jeanne, qui l'a rattrapé, puis camouflé sous ses jupes. Dans la cohue du moment, elle a feint un malaise dû à son état et elle fut transportée au frais, dans la petite chapelle de bois, en attendant d'aller quérir le médecin. Personne ne la soupçonna jamais. Sauf évidemment Richard, qui ne l'avait pas quittée des yeux.

Plus tard, elle le dissimula à l'intérieur de l'horloge qui avait été accrochée au mur de l'auberge du Dragon volant, en souvenir de la visite des pirates…

16.

Newport, 2012

Me Elias L. Flaherty referma le volumineux dossier étalé devant lui d'un geste lent, ce qui lui donnait le temps de réfléchir. Il était à peine 6 h du matin et déjà, assise de l'autre côté de son bureau, sa première cliente attendait. Malgré l'attitude indéchiffrable que miss Sarah Donovan affichait en toutes circonstances, la tension qui émanait d'elle était palpable. Il avait senti, durant tout le temps qu'avait duré l'analyse sommaire qu'il avait faite du dossier, les yeux bleus imperturbables posés sur lui.

La requête de sa cliente l'avait étonné. Même après avoir pris connaissance du dossier, il n'arrivait toujours pas à déterminer quel intérêt Sarah Donovan pouvait retirer de l'annulation du testament de Katherine Ann Donovan.

— Je suis d'avis, commença Me Flaherty en choisissant ses mots avec soin, que les chances de réussite d'une telle démarche sont très minces, voire inexistantes. En effet…

— Pardon ? coupa Sarah d'un ton sans réplique. Ma tante a rédigé un testament de sa main sans conseils juridiques, quelques mois seulement avant de mourir…

— D'une crise cardiaque, poursuivit Me Flaherty, impassible. Il avait une voix calme et profonde qui inspirait le respect depuis plus de cinquante années de pratique privée. Mais visiblement, il en fallait plus pour démonter Sarah Donovan.

— Rien n'empêche le fait qu'elle ait pu être sénile ! répliqua Sarah du tac au tac.

— Le rapport médical ne fait état d'aucun trouble sénile, d'alzheimer ou autres désordres mentaux, poursuivit calmement Me Flaherty. Votre tante était tout à fait apte psychologiquement à rédiger ses dernières volontés. Et elle avait parfaitement le droit de le faire sans assistance… C'était une femme d'affaires aguerrie…

— À moins bien sûr, poursuivit-il comme s'il se parlait à lui-même, que nous soyons en mesure de prouver qu'elle ait été contrainte d'agir contre son gré… Mais qui, à part vous, aurait eu l'intérêt requis ? Car c'est vous, miss, qui héritez de la majeure partie de sa fortune. Votre cousin n'a hérité en fait que de *Donovan's Manor…*

— De *Donovan's Manor…* et de ce satané coffret de sûreté en Suisse !

Ce coffret de sûreté l'obsédait nuit et jour. Que pouvait-il receler ? Même la quantité astronomique de somnifères qu'elle ingurgitait chaque soir n'avait pas eu raison de son insomnie.

— Vous savez ce qu'il contient ? s'enquit Me Flaherty avec curiosité.

— Non, pas encore, mais croyez-moi, ce n'est qu'une question de temps. Il n'est pas dit que la fortune familiale me glissera entre les doigts au bénéfice de ce… bâtard !

La rancune lui déformait les traits. Elle tira nerveusement une fine cigarette brune d'un étui, attendant que Me Flaherty lui offre du feu, ce qu'il fit. Elle avait souffert toute son enfance du lien particulier qui unissait son cousin à Kate. Il était orphelin, soit. Mais elle aussi avait perdu son père. Et jamais elle n'avait ressenti dans le regard de Kate cette affection presque maternelle qu'elle vouait à Jake. Elle avait maintenant l'occasion de rétablir l'équilibre.

— Je suis convaincue que nous pourrions réussir à prouver que mon cousin est coupable de captation envers ma tante, reprit Sarah en portant la cigarette à ses lèvres. Elle aspirait à petites bouffées saccadées, sans inhaler la fumée. D'ailleurs, reprit-elle sournoisement, y avait-il vraiment droit, à cet héritage ?

— Jake Donovan est le fils biologique de Michael Donovan, lui rappela Me Flaherty en levant des sourcils réprobateurs. Elle n'avait tout de même pas l'intention d'entamer une procédure de reconnaissance d'ADN !

Il se recula dans son fauteuil dont le cuir grinça, observant Sarah. Il connaissait la famille Donovan depuis le tout début de sa pratique, bien que ce ne fussent pas ses clients directement. À l'époque, c'était Me Hercule Rosenberg, le père de Marcus, qui s'occupait exclusivement des affaires de la famille, mais Me Flaherty avait eu l'occasion de travailler certains dossiers avec eux.

Bien malgré lui, il devait admettre que cette jeune femme avait du cran. Sa tante avait eu raison de lui léguer les rênes de la société. Elle la dirigerait d'une main de fer. Mais Sarah Donovan aurait été consternée d'apprendre que ce qu'elle inspirait à Me Flaherty ressemblait plus à de la pitié qu'à de l'admiration. Il soupira, résigné.

— Vous connaissez les témoins qui ont signé avec votre tante ?

— Parfaitement, déclara Sarah qui dissimulait mal sa satisfaction.

Elle savait qu'elle venait de gagner la partie.

— Vous n'aurez qu'à les travailler un peu lors de l'interrogatoire, je me charge du reste.

— Alors, tentons le coup, déclara Me Flaherty. Mais je maintiens que votre démarche est vouée à l'échec.

— Qui ne risque rien n'a rien, déclara-t-elle sans ambages. Inutile de vous rappeler que le temps est compté, n'est-ce pas ?

Sarah s'était déjà levée et tendait la main à Me Flaherty. Il la serra de façon un peu trop paternaliste à son goût. Puis, il appuya sur le bouton de l'interphone.

— Dorothée, auriez-vous l'obligeance de bien vouloir raccompagner miss Donovan ?

— Certainement.

Sarah ramassa son sac à main et suivit Dorothée jusqu'aux ascenseurs.

Miss Dorothée, toujours impeccablement vêtue, s'entretenait de la pluie et du beau temps avec Sarah qui répondait par monosyllabes en pianotant sur son cellulaire.

— Et dites-moi, comment se porte votre cousin ? demanda poliment Dorothée tandis que les deux femmes attendaient le retour de l'ascenseur.

— Très bien, répondit sèchement Sarah que la question avait surprise un peu. Mais je crois qu'il est un peu jeune pour vous, Dorothée, reprit-elle sur un ton mesquin en la détaillant de haut en bas.

Dorothée se figea, abasourdie que miss Donovan ait pu s'imaginer une telle chose. Bien sûr, elle devait admettre que Jake était un bien beau jeune homme, mais tout de même, elle devait bien avoir trente ans de plus que lui…

Sans un mot, les lèvres pincées et le rouge aux joues, elle avança la main vers le guéridon qui se trouvait à droite de l'ascenseur et tendit le journal du matin à Sarah.

Sur la première page, on voyait la devanture du magasin Finley's Antiques, plusieurs voitures de police et en gros plan une civière entièrement recouverte d'un drap blanc dissimulant un corps. Un peu en arrière-plan, un ambulancier soutenait Jake.

— C'en est trop ! cracha Sarah entre ses dents en s'emparant vivement du journal qu'elle parcourut fébrilement.

Un homme entré par effraction dans la boutique avait été assassiné par Jake Donovan. Il semblait avoir agi en toute légitime défense et aucune accusation ne serait portée contre lui. L'article spécifiait que l'homme était connu des milieux policiers, mais qu'il ne faisait partie d'aucun gang. Par contre, une déclaration de l'un des policiers attira l'attention de Sarah.

> *« La vérification de l'identité du cadavre a permis à la police de résoudre une affaire de tentative d'assassinat perpétré contre la personne de monsieur Donovan alors qu'il voyageait en Suisse. »*

C'était beaucoup de coïncidences au goût de Sarah. Le « suicide » de Me Rosenberg, la double tentative de meurtre contre son cousin et finalement cet homme abattu d'une balle !

Elle s'engouffra dans l'ascenseur sans même saluer Dorothée. Sa voiture l'attendait devant l'entrée. À sa vue, son chauffeur se précipita pour lui ouvrir la portière. Elle prit place sur le siège arrière de la Bentley noire et composa un numéro de téléphone.

— Oui, monsieur Hayes, ici Sarah Donovan. Je veux que vous suiviez Jake Donovan et que vous ne le quittiez pas d'un pas. Je veux tout savoir sur lui : ses allées et venues, ce qui s'est passé en Suisse, qui il fréquente, qui il appelle, avec qui il couche, le solde de son compte bancaire, ce qu'il a mangé pour dîner. Vous me suivez ? Et..., reprit-elle après un moment d'hésitation, informez-moi de tous les faits et gestes de Me Rosenberg la semaine précédant sa mort.

Pete Hayes était un ancien agent du FBI maintenant à la retraite qui s'était converti à la filature privée. Les cachets qu'il demandait pour effectuer ce travail étaient suffisamment substantiels pour laisser croire qu'il était le meilleur. Ce qu'il était, en vérité.

Il n'avait pas tardé à fournir à sa riche cliente les renseignements qu'elle attendait. Toutes les pistes convergeaient vers le même point: une société anonyme ayant son siège social en Nouvelle-Zélande, apparemment au-dessus de tout soupçon, mais qui s'avéra être une société bidon. Grâce aux renseignements fournis par les quelques contacts qu'il détenait encore à l'interne et à l'analyse des appels effectués par Me Rosenberg les semaines précédant sa mort, Hayes avait rapidement retrouvé le milliardaire Frederick Falconer.

La passion du milliardaire pour l'archéologie et le renflouement d'épaves disparues n'était un secret pour personne. Lorsqu'il avait parlé du trésor de la *Vierge du Cap* à Sarah, celle-ci avait esquissé une moue dégoûtée. Jusqu'à ce qu'il lui révèle l'estimation de la valeur de ce trésor, soit plus de 4,5 milliards de dollars. Ainsi, comme tous ceux avant elle qui avaient entendu parler du trésor, une lueur de convoitise s'était allumée dans ses yeux.

Elle avait immédiatement contacté Falconer par téléphone et celui-ci avait consenti à la recevoir à ses bureaux de New York, où il était justement par affaires, jugeant la situation urgente dès les premiers mots:

— Je détiens des preuves irréfutables de votre implication dans le meurtre de Me Rosenberg. Et j'aimerais vous rencontrer pour que nous trouvions ensemble une solution qui saura nous satisfaire tous les deux.

Malgré toutes les précautions dont il s'était entouré, cet imbécile de Rosenberg avait vraisemblablement fiché son numéro de téléphone dans son portable! Évidemment, bien des explications pouvaient justifier la relation entre les deux hommes d'affaires… Mais il sentait l'étau se resserrer et la mort de Hagen avait considérablement compliqué les choses. Il lui avait fallu user de ses contacts les plus influents pour éviter la catastrophe.

— Du chantage, miss Donovan ? déclara-t-il donc de but en blanc en tendant à Sarah un verre de cognac. Il débutait leur entretien de façon aussi intempestive qu'elle l'avait faite au téléphone quelques heures auparavant.

Elle sourit tranquillement en acceptant le cognac. Elle le fit tournoyer délicatement dans son verre et en apprécia la teinte avant de le humer, les yeux à demi fermés. Elle avait particulièrement en horreur toutes ces boissons alcoolisées qui vous brûlaient l'intérieur des tripes. Mais elle ne refuserait pas le verre que lui tendait Falconer. Elle en aspira une minuscule gorgée et hocha la tête en feignant un air de connaisseur.

Ils demeurèrent ainsi quelques instants, les yeux fixés l'un sur l'autre, se jaugeant mutuellement. L'homme devant elle dégageait une aura de puissance tranquille alliée à une féroce détermination. La lueur qui dansait dans ses yeux ne pouvait la tromper. Rien n'arrêterait cet homme. Elle devait agir avec tact et éviter le moindre faux pas.

Elle replaça nonchalamment une mèche de ses cheveux et croisa ses longues jambes d'un geste étudié. Sa jupe de soie brute bleu pâle remonta sur ses cuisses, dévoilant la peau satinée, et elle sentit avec satisfaction le regard de son adversaire s'y poser. Il était sensible à son charme. Une arme qu'elle avait bien l'intention d'utiliser.

— En fait, monsieur Falconer, reprit-elle finalement, il s'agit effectivement de chantage. J'exige que vous me remettiez tous les documents qui se trouvaient dans le coffret de sûreté et que vous avez volés à mon cousin. Ces documents sont ma propriété.

Falconer sourit.

— En fait, mademoiselle, ils appartiennent à votre cousin, si je ne m'abuse.

— Mon avocat a déposé ce matin une injonction pour lui interdire l'accès à *Donovan's Manor* tant que le jugement en annulation de testament ne sera pas rendu. Sachez, monsieur Falconer, que ma tante souffrait de troubles mentaux sévères qui affectaient son jugement et sa mémoire. Mon cousin a abusé de sa faiblesse pour se faire déclarer héritier. Ainsi, vous pouvez considérer que je suis dorénavant la seule et unique héritière de Katherine Ann Donovan.

Frederick Falconer se recula dans sa chaise, songeur. Cette jeune femme avait du cran. Mais ce n'était pas la première qu'il rencontrait. Il poursuivit :

— Dans l'éventualité où je serais réellement en possession des documents que vous me mentionnez et que j'acceptais de vous les rendre, quelle serait la suite de votre plan ?

— Dans un premier temps, vous me révélerez tout ce que vous savez à propos de ce fameux trésor. Je sais que vous maintenez un contact régulier avec un certain monsieur Bernard, qui habite à l'île de la Réunion, et que vous êtes au courant de bien des choses... Par la suite, nous nous associerons pour le découvrir. Vous détenez l'information et tous les effectifs requis. Et une fois que nous l'aurons trouvé, nous le partagerons, disons 30 % pour vous et 70 % pour moi...

Falconer sourcilla.

— Vous êtes bien gourmande, mademoiselle...

— Eh bien oui, monsieur Falconer. N'oubliez pas que j'ai de bonnes raisons de croire à votre implication dans l'assassinat de Me Rosenberg...

La suffisance de cette petite commençait à l'échauffer.

— Ce ne sont là que des suppositions, mademoiselle. Vous n'avez aucune preuve de ce que vous avancez.

Il semblait tout à fait maître de lui, mais une veine battait à sa tempe, ce qui n'avait pas échappé à Sarah. Elle le tenait, c'était une question de temps.

— Vous ai-je mentionné, reprit-elle d'un ton doucereux en s'avançant légèrement vers lui, que je détenais un enregistrement de Me Rosenberg et vous-même où il vous révèle le contenu du testament? Cette bande a été enregistrée quelques minutes après l'ouverture du testament. Si l'on additionne le virement électronique de 250 000 dollars en provenance d'un compte anonyme en Afrique du Sud dans le compte personnel de Me Rosenberg, je considère détenir suffisamment de preuves…

Décidément, Pete Hayes avait fait du bon travail, conclut Sarah en observant la physionomie de Falconer se décomposer à mesure qu'elle parlait. Elle savait qu'elle jouait avec le feu, elle ne détenait pas vraiment cet enregistrement, mais la fièvre de la quête l'avait gagnée. Elle devait à tout prix découvrir ce trésor. Si un homme de la trempe de Falconer était prêt à tuer pour le découvrir, c'est que le jeu en valait la chandelle.

— C'est d'accord, finit par dire Falconer. Je vous remets les documents en échange de 30 % des parts dans le butin. Et vous me remettez les enregistrements. Maintenant.

— Vous me sous-estimez, monsieur Falconer, se moqua Sarah. Comment saurais-je si vous me remettez bien tous les documents? Non. Je propose plutôt de vous remettre toutes les preuves que je détiens contre vous une fois que nous aurons trouvé, et partagé à ma convenance, le trésor. Pas avant.

Falconer réfléchissait à toute vitesse. Il n'avait pas le choix. Pour le moment.

— Très bien.

Il sortit de la pièce et revint avec une liasse de documents ficelés ensemble.

— Voici les documents, comme convenu. Par contre, vous faites en sorte d'accélérer les procédures judiciaires afin de confirmer vos droits sur la fortune de Kate Donovan. Il nous faut avoir le champ totalement libre et je ne veux plus avoir votre emmerdeur de cousin dans les pattes. Et dès que ce sera fait, contactez-moi. Je vous révélerai ce que je sais du trésor et nous déterminerons alors ce qu'il convient de faire.

Il espérait ainsi gagner un peu de temps.

17.

Newport, 2012

Une infirmière replaçait, satisfaite, le bracelet de tension : la pression était redevenue normale. Caroline était hors de danger, mais elle demeurerait encore sous surveillance vingt-quatre heures. Son teint avait graduellement repris ses couleurs habituelles même si les marques bleuâtres de doigts marquaient toujours la peau sensible de la gorge. Elle tapota son oreiller et lui tendit un autre mouchoir pour essuyer les larmes qui coulaient sans arrêt depuis son arrivée à l'hôpital. Le choc, sans doute…

Elle se dirigea ensuite vers la seconde chambre, dans laquelle se trouvait Jake, assis sur son lit, son bras plâtré jusqu'au coude déposé sur un accoudoir. Il avait demandé à ne pas être installé près de Caroline. L'infirmière s'enquit gentiment de son état : tout semblait bien aller. Évidemment, la main devait être encore très souffrante, bien que la dose musclée de morphine prescrite eût sans aucun doute apaisé la douleur, songea-t-elle en consultant le dossier… La radiographie avait confirmé le diagnostic de l'infirmier : tous les os de ses phalanges avaient été broyés.

— Je reviendrai vous voir dans une heure, lui dit-elle en refermant la porte.

Il aperçut enfin Daniel pénétrer dans la chambre, deux cafés à la main. Il s'écrasa lourdement sur le lit de Jake, ses vêtements empestant la fumée de cigarette.

— Alors ! déclara-t-il sans autre préambule en s'emparant de la petite horloge que Jake avait déposée près de lui, sur la table de chevet. On regarde finalement ce que contient ce petit bijou ? Une lueur d'excitation brillait dans ses yeux.

Il prit l'horloge dans ses mains et défit l'emballage sommaire de papier brun avec l'étrange impression d'ouvrir la boîte de Pandore. Inviolés, l'horloge et son contenu ne demeuraient qu'une hypothèse, un fantasme. Une fois ouverte et son contenu mis à jour, il serait pris dans l'engrenage et ne pourrait plus faire marche arrière.

Mais sa curiosité et le regard encourageant de Daniel eurent raison de ses dernières hésitations.

Il ouvrit délicatement la petite porte de bronze aménagée sur le dos de l'horloge. Elle résista quelques instants avant de céder dans un craquement de bois sec. La face intérieure de la pièce de bois était gravée. Il reconnut ce qui lui semblait vraisemblablement être la fameuse croix des huit béatitudes. Sans doute la représentation du pendentif remis par La Buse à Richard Deneuve. Peut-être afin de pouvoir traduire le message codé qui s'y trouvait…

Son cœur battait la chamade.

Il inséra doucement ses doigts tremblants à l'intérieur du mécanisme de métal. Cela ne lui prit que quelques secondes pour reconnaître la texture molle d'un tube de cuir qui devait mesurer cinq centimètres au plus. Il déglutit, le cœur battant. Il le retira délicatement et le déposa devant lui sur le cabaret de métal posé sur l'accoudoir. Deux paires d'yeux convergeaient vers ce petit artefact de cuir, vieux de près de trois cents ans. L'objet semblait tout à fait incongru dans le décor vert pâle et blanc aseptisé de la chambre d'hôpital.

— Tu crois qu'il y a quelque chose dedans? se hasarda Daniel. Il penchait la tête, comme pour apercevoir l'intérieur du tube creux.

— On ne le saura qu'en regardant, décida Jake. Il s'empara du cylindre de cuir et y glissa son doigt. Il retira le cryptogramme écrit plus de trois cents ans auparavant par Olivier Levasseur. Qui ne ressemblait en rien à celui qui circulait sur le Net... Jake laissa doucement glisser ses doigts sur cet artefact tant convoité. L'encre brunie, probablement de la poudre à canon mélangée à du sang ou à de l'urine, était encore lisible, parfaitement conservée. À l'intérieur du tube, il retira une feuille d'un papier fin comme de la soie. À l'encre également, mais d'une écriture plus soignée, on pouvait lire:

«Sans mors, sans éperon, sans bride, partons à cheval sur le vin pour un ciel féérique et divin.»

— Qu'est-ce que ça veut dire? grogna Daniel. C'est incompréhensible... Et comment déchiffrer le cryptogramme?

— Nous n'avons pas fini de lire le manuscrit, peut-être que l'explication s'y trouve, proposa Jake. Il reprit où ils s'étaient interrompus.

Richard Deneuve constituait l'unique chance de Jeanne de quitter l'île et d'échapper à William. Elle savait pouvoir le convaincre de la prendre à bord de la *Belle Normande*, car il l'avait vue attraper le cryptogramme, le jour de la pendaison du pirate...

C'est grâce au bijou de fer, une croix à huit pattes codées remise par le pirate à Richard avant de mourir, qu'ils réussirent à décrypter le code. La suite fut un jeu d'enfant...

— La croix gravée à l'intérieur de la portière de l'horloge ! souffla Daniel.

Jake poursuivit sa lecture.

Quelques années plus tôt, alors qu'il regagnait Saint-Paul, traînant la *Vierge du Cap* en remorque, Olivier Levasseur, à la recherche d'un endroit où dissimuler son trésor, avait remarqué dans le flanc de la montagne une petite ouverture aménagée dans le roc et dissimulée derrière un amas d'énormes racines de tamarinier. Cette ouverture donnait accès à la vaste Ravine à Malheur, appelée ainsi pour avoir été le théâtre d'une tragédie funeste. En effet, le gouverneur La Hure, avisé d'un complot fomenté par des esclaves contre lui, avait ordonné à ses soldats de les jeter vivants du haut de cette énorme ravine. Les corps d'une dizaine d'esclaves noirs s'étaient écrasés au fond de cette cavité. Et l'hiver, elle était remplie d'eau... Richard ne l'avait donc pas remarquée, puisqu'il avait procédé à ses recherches alors que la mer la dissimulait complètement à la vue.

Nous nous rendîmes donc tous au lieu-dit indiqué par le cryptogramme. La ravine était profonde, tapissée de crevasses et de tunnels sculptés par la marée. À moins de connaître exactement l'emplacement de la cachette, il était quasi impossible de découvrir le trésor. Nous y trouvâmes les restes des esclaves sacrifiés et cette sordide découverte nous décida à nous presser.

La *Belle Normande*, amarrée à l'endroit même où l'avait été le *Victorieux* quelques années auparavant, attendait tandis que nous transbordions le butin directement dans ses cales.

Jeanne nous attendait un peu plus haut sur la falaise. Elle avait pour mission de siffler dans un coquillage si quelqu'un s'aventurait. Mais ainsi, à la faveur de la nuit, nous ne rencontrâmes âme qui vive. Nous n'avions guère tardé… Le corps d'Olivier Levasseur, toujours pendu sur la place de l'église, était à peine refroidi.

L'aube se leva doucement et il fallait appareiller. Richard dut aider Jeanne à embarquer sur le bateau. Le ventre tendu sous sa robe, nous savions tous qu'elle allait donner naissance à son enfant durant la traversée. Mais elle était prête à tout pour quitter cette misérable existence. Et surtout pour fuir William…

Elle sentit contre ses reins les larges mains chaudes et solides de Richard. Elle ignorait encore si elle allait aimer cet homme, mais elle était certaine, du moins, qu'elle pouvait lui faire confiance. Et c'est tout ce qu'elle demandait. Un homme pour prendre soin de son enfant.

Et cette nuit-là, Richard Deneuve et Jeanne Regneault se sont embarqués sur la *Belle Normande* pour l'Amérique. Richard a changé son nom pour Donovan et a accosté sur la côte est américaine en 1730. À cette époque, le port de Newport était en pleine effervescence et rivalisait même en popularité avec celui, pourtant fameux, de New York.

Richard décida d'investir dans la construction d'un chantier naval: il allait bâtir une flotte de navires qu'il louerait aux importateurs et commerçants installés le long de la côte est américaine. Il utilisa ce que La Buse lui avait confié: des lingots d'or estampillés aux armoiries du Portugal. C'est avec cet argent qu'il débuta son entreprise. Il refusa cependant de se soumettre au commerce triangulaire où des commerçants de toutes sortes allaient chercher dans les Caraïbes la mélasse et le sucre nécessaires à la fabrication du rhum qui était distillé à Newport même dans l'une de ses nombreuses distilleries. Le produit ainsi fini était acheminé en Afrique où il était offert aux chefs des tribus locales en échange d'esclaves qu'ils ramenaient au pays et vendaient à prix d'or. Ce commerce, fort lucratif, avait assuré la fortune de plusieurs hommes d'affaires sans scrupules du Rhode Island et avait contribué à faire de Newport l'un des plus importants ports de l'époque pour le commerce des esclaves.

Se refusant à louer ses bateaux pour participer à cette traite dégradante, Richard se retrouva propriétaire d'une flotte de navires, dont plusieurs demeuraient à cale sèche, faute de trouver preneur.

Il entreprit alors d'effectuer lui-même la traversée outre-mer. Il arma quelques-uns de ses vaisseaux, remonta les côtes américaines pour aller chercher à Halifax et à Gaspé, au Canada, la morue séchée par les pêcheurs des bancs de Terre-Neuve, ainsi que les imposants chênes des forêts canadiennes, si convoités en Europe. En effet, leur taille et leur solidité en faisaient des pièces de choix dans la fabrication des mâts de bateaux.

Ses navires ainsi remplis, il acheminait sa cargaison dans les ports de France, d'Angleterre et de Hollande, où il écoulait sa marchandise. De là, il ramenait tous les produits dont les colons américains avaient grand besoin : d'Angleterre, tous les produits manufacturés, tels que vêtements, outillages et bouteilles de verre et barils pour le rhum ; de la France, du vin et le sel si précieux aux pêcheurs de morue.

De fil en aiguille, la société Pegasus Corp. se retrouva donc à la tête d'une florissante industrie de bois et de pêche le long des côtes canadiennes, ainsi que d'une entreprise de transport maritime. Ces opérations commerciales avaient fait de Donovan, dès 1750, l'un des hommes les plus riches du Rhode Island. Sans pour cela qu'il puise dans le trésor…

Mais c'était sans compter sur William Riley...

Il mit trois ans avant de nous retrouver. Louise-Adélaïde, dévorée par la haine et la jalousie lorsqu'elle comprit que Richard s'était enfui avec Jeanne, en avait informé William. Elle avait, pour une dernière fois, trahi celui qu'elle aimait tant...

Un matin de septembre, alors que Jeanne revenait de l'église, elle tomba face à face avec lui sur les quais de Newport. Elle l'eut reconnu entre mille, même s'il avait beaucoup changé.

Elle hâta le pas, mais il la suivit, jusqu'à ce qu'elle atteigne le chantier où Richard et ses hommes s'affairaient. Il était seul; il préféra disparaître. Pour le moment.

Il rôda des semaines durant autour du chantier naval. Elle le rencontrait fréquemment au détour d'un sentier, sur le quai, assis sur une bitte d'amarrage, à l'observer de son air de chacal. Mais chaque fois qu'elle était avec Richard, il se dérobait toujours, si bien que Richard ne put jamais le confronter. Cette attitude de prédateur sournois la mettait dans un état de tension extrême et épuisait un peu plus chaque jour ses forces.

Quelques semaines plus tard, alors que son fils Malcolm s'amusait dehors avec son petit chien et qu'elle était aux cuisines, elle l'entendit hurler. Alertée, elle se précipita vers lui et n'eut que le temps d'apercevoir William qui filait entre les bois. Lorsqu'elle en informa Richard, il entra dans une rage folle. Escorté de deux de ses meilleurs hommes, il sillonna toute la nuit les quais et les tavernes pour le retrouver. Sans résultat. Il s'était volatilisé. À partir de ce moment, Richard les fit escorter en tout temps, son fils et elle, par deux de ses hommes.

Nous avions ramené avec nous sur la *Belle Normande* des esclaves en fuite à qui il avait promis la liberté en échange de leur travail sur le bateau. Parmi eux, Ira, avec qui il avait vécu sur la *Belle Normande*. William l'approcha et dut lui faire miroiter monts et merveilles. Elle lui permit, une nuit, de s'introduire dans la demeure de Richard.

Et maintenant, William venait récupérer son dû : le trésor, mais aussi Jeanne. Et surtout son fils Malcolm.

Richard gisait inerte sur le sol, baignant dans une mare de sang. William l'avait attaqué par-derrière alors qu'il se précipitait dans la chambre, alerté par les hurlements de Malcolm qui se débattait comme une furie dans les mains d'Ira. William l'avait assommé avec la crosse de son pistolet.

Richard avait caché le trésor dans le caveau aménagé sous la cuisine. La trappe était bien dissimulée, recouverte par des cageots de pommes et les fûts de vin. Le trésor ne représentait plus pour Jeanne qu'une monnaie d'échange pour récupérer son fils. Et Richard, s'il était toujours vivant.

William s'approcha d'elle. Il tenait dans ses mains un lien de cuir. Elle s'empara du tisonnier rangé près de l'âtre où brûlait un feu de bois. Nous étions au mois d'octobre et il faisait frais. Nullement impressionné par l'arme qu'elle brandissait, William s'avança vers elle. Elle recula sous la menace tant et si bien que sa jupe, trop près du feu, s'enflamma comme un feu d'étoupe. Elle étouffa un cri en arrachant le vêtement en feu dont les flammes lui brûlaient déjà les jambes. William en profita pour la saisir et lui lia les mains derrière le dos. Vêtue de son simple jupon, les mains immobilisées, il la traîna par les cheveux dans les escaliers jusqu'au rez-de-chaussée. Ses pieds touchaient à peine à terre. Toute la fureur comprimée chez cet homme se déchaînait comme une tempête.

Elle hurla de toutes ses forces en appelant Richard: de la chambre, les flammes avaient déjà envahi le lit et léchaient le parquet.

Ils franchissaient la porte, elle qui se démenait et hurlait, décuplant la colère de Riley. Il lui asséna un coup de poing au visage. Presque étouffée par le sang qui s'écoulait de son nez et de sa bouche, elle suffoquait, tentant de reprendre son souffle. Sa tête se vidait, les sons s'atténuaient, même les cris de son petit qui se débattait toujours dans les mains d'Ira.

C'est alors qu'elle entendit un coup de feu provenant du haut de l'escalier. Elle se retourna et aperçut Richard effondré contre la rambarde, tenant dans sa main le pistolet qui avait servi à l'assommer. Elle se retourna vers William, elle sentait son haleine âcre sur son visage. Mais elle sentait aussi sa poigne se desserrer. Elle vit avec horreur le sang s'échapper de sa bouche et de ses oreilles. La balle lui avait traversé le crâne. Il s'effondra sur le sol en l'emportant avec lui dans sa chute. Elle hurlait comme une forcenée, incapable de détourner le regard de la masse sanguinolente de chair et de sang qui sortait de son crâne. Richard dégringola plus qu'il ne descendit les escaliers et, l'agrippant par les épaules, il l'arracha à l'étreinte de William. Pendant ce temps, Ira s'était enfuie, abandonnant leur fils en larmes qui titubait vers eux. Ils s'effondrèrent tous les trois l'un contre l'autre.

Nous étions tous, finalement, débarrassés de William Riley.

À la fin du récit, Kate avait rajouté quelques mots:

Ils ont procédé par la suite à la reconstruction de la résidence, assurément au-dessus du trésor pour n'avoir pas à le transporter et ainsi éveiller les soupçons. Tu retrouveras les plans de la première demeure dans la liasse de documents que je t'ai léguée. Cela te sera peut-être utile pour localiser le trésor. Car j'ignore où il a été dissimulé et René de Saint-Malo ne le mentionne pas non plus. Est-ce à la demande de Richard qu'il en a tu l'endroit? Quoi qu'il en soit, la fin abrupte du récit laisse planer le doute...

Comme tu le constateras en consultant l'arbre généalogique des Donovan qui se retrouve aussi dans la liasse de documents, Richard et Jeanne ont eu un autre fils, Adrien, et deux filles, Marguerite et Eugénie. Nous sommes les descendants d'Adrien. Et tu verras aussi que j'ai rajouté ton nom...

Tu me pardonneras de ne pas t'avoir légué Pegasus Corporation. Mais l'aventure et ce trésor sont pour toi.

Alors, mon cher et adoré neveu, ne t'ai-je pas légué le plus merveilleux des héritages?

C'est ainsi, avec la signature fleurie de sa tante, que se terminait le volumineux manuscrit.

Ainsi, le trésor n'était donc plus dissimulé à l'île de la Réunion... Il avait été rapatrié trois cents ans plus tôt et se trouvait ici, à Newport. Vraisemblablement enfoui quelque part sur les terres ayant toujours appartenu à la famille Donovan. Et qui appartenaient maintenant à Jake.

Les pneus de la vieille Volvo crissèrent sur le gravier de l'entrée de *Donovan's Manor*. Les deux jeunes hommes s'y étaient précipités dès que Jake avait pu obtenir son congé de l'hôpital. La bibliothèque de *Donovan's Manor* abritait les archives familiales depuis au moins trois cents ans. À travers la masse des documents, il devait vraisemblablement s'y trouver un plan d'architecture ou un relevé d'arpentage, ou encore des titres de propriété permettant de déterminer la localisation précise de la maison de Richard et Jeanne en 1730. Daniel contenait difficilement son exaltation et ne cessait de se trémousser sur son siège comme s'il voulait faire avancer plus vite la voiture.

Mais une surprise de taille les attendait: des banderoles jaunes encerclaient le périmètre de la résidence et leur interdisaient l'entrée. À leur arrivée, quatre hommes en complets foncés sortirent des deux voitures noires qui étaient stationnées devant le porche.

— Vous êtes Jake Donovan ? s'enquit l'un d'eux. Il avait enlevé ses verres fumés et tenait dans ses mains un document plié en quatre qu'il tendit à Jake.

— Moi-même.

Jake le parcourut rapidement. La fureur décomposa son visage à mesure qu'il lisait. Il grommela une série de jurons bien sentis. Comment cette garce avait-elle pu obtenir une injonction si rapidement? Mais le document était on ne peut plus clair. Nul n'avait la permission d'accéder à la résidence tant que le jugement ne serait pas rendu. Et Sarah avait personnellement veillé à ce que *Donovan's Manor* demeure inviolé en postant ses propres gardes du corps.

Jake s'empara de son cellulaire. Il eut de la difficulté à composer le numéro de sa cousine tant ses doigts tremblaient de rage.

— Qu'est-ce que c'est que cette histoire? Es-tu devenue complètement folle? C'est ma propriété, dorénavant! Tu as eu ta part et grassement, à ce que je sache ! Et enlève tes gros gorilles de chez moi !

Daniel lança une œillade à Jake en faisant un geste de la main pour le calmer. Les gorilles s'étaient en effet rapprochés de Jake et Daniel doutait de leur attitude pacifiste.

— Je m'apprête à entrer en réunion avec les membres du conseil d'administration. Tu t'entretiendras avec mon avocat, susurra Sarah à l'autre bout du fil. Et d'ailleurs, reprit-elle sur un autre ton, ne sois donc pas si sûr de toi. Tu n'es pas encore propriétaire de la maison. Loin de là.

— Et comment comptes-tu faire croire au Tribunal que j'ai forcé Kate à me léguer la maison alors que je suis son neveu au même titre que toi ? C'est complètement ridicule !

— J'ai des témoins sûrs qui prétendent que tu as influencé tante Kate en usant de chantage émotif à son égard.

Jake était estomaqué.

— N'importe qui connaissant Kate pourra confirmer qu'elle n'était pas du genre à se laisser influencer !

— En outre, cher cousin, poursuivit Sarah sans répondre, il semblerait que tu ne sois peut-être pas le fils légitime de mon oncle Michael... Ce qui remettrait bien sûr en question la légitimité de ton héritage...

Jake émit un hoquet sidéré. Comment pouvait-elle utiliser un tel argument contre lui ?

— Salope ! murmura-t-il entre ses dents.

— Et tu n'as pas hérité que de la maison à ce que je sache... Tu as aussi hérité d'une clé. Et si mes sources sont sûres, cette clé vaut plusieurs fois ce que représente *Donovan's Manor*...

Jake se demanda un instant ce que sa cousine savait à propos de cette clé... Elle était sans doute au courant de l'existence du trésor et du fait qu'il se trouvait probablement quelque part sur la propriété dont il avait hérité. Cela expliquait l'injonction et la garde rapprochée de la résidence.

Jake bouillonnait de fureur ! Il avait les mains liées. Et pendant ce temps, le trésor l'attendait bien paisiblement sous les fondations du manoir. Inaccessible. Il raccrocha furieusement.

À bord de sa petite Mercedes décapotable grise, Sarah regagnait, satisfaite, sa résidence après sa réunion. Julius Van Eyke avait été nommé président du conseil d'administration de Pegasus Corp., comme elle l'avait promis à sa mère Alicia

Van Eyke. Elle s'assurait ainsi l'entière collaboration de l'une des témoins au testament de sa tante.

Elle inspira l'air salin à pleins poumons. La route panoramique longeait la mer et offrait une vue plongeante ahurissante sur les vagues qui se fracassaient le long des rochers.

Elle jeta un coup d'œil sur sa montre : son avocat lui avait assuré qu'ils auraient la décision du jugement ce jour même. Il n'avait pas traîné. Au prix où elle le payait d'ailleurs…

Elle se sentait particulièrement confiante. Tout se déroulait selon ses plans. Miss Mc Dermott, le second témoin, ne l'inquiétait pas outre mesure. Elle était si impressionnable que son avocat, Me Flaherty, saurait lui faire dire n'importe quoi. Elle savait pouvoir convaincre le Tribunal que Jake Donovan avait profité de la faiblesse mentale et psychologique de sa tante. Et ce, malgré les doutes que nourrissait son avocat. Il n'avait pas la même trempe que Me Rosenberg, celui-là… Elle trouvait qu'il manquait cruellement d'imagination.

L'allusion à Me Rosenberg lui fit penser à Falconer. Elle avait tenté de le joindre toute la matinée, sans réponse. Elle ressentit un étrange malaise qu'elle repoussa du revers de la main. Il ne pouvait pas la laisser tomber avec les preuves qu'elle détenait quant à son implication dans le meurtre de Rosenberg…

Comment se faisait-il que son avocat ne l'ait pas encore appelée ? songea-t-elle encore une fois, impatiente. Dès qu'elle serait confirmée dans ses droits d'unique héritière, Falconer lui révélerait tout ce qu'il savait à propos du trésor. Elle avait accepté ce délai, bien que cela ne lui fasse guère plaisir. C'était la seule concession qu'elle lui avait accordée. Elle haussa les épaules. Ce n'était plus qu'une question d'heures maintenant…

Elle doubla une voiture en effectuant un rapide crochet. Le moteur de sa Mercedes ronronnait. Les somptueuses résidences dominant la crête défilaient rapidement. Elle aimait la vitesse. La sonnerie du téléphone se fit finalement entendre.

Elle appuya sur le haut-parleur. C'était la voix de Me Flaherty. Elle laissa fuser un juron de colère : la procédure avait avorté. Manque de preuves. Le juge avait considéré qu'il s'agissait d'une procédure frivole. Elle raccrocha rageusement, coupant la parole à son avocat qui lui rappelait qu'il l'avait prévenue…

Elle serra les dents en imaginant la jubilation de son cousin en apprenant la décision.

Furieuse de s'être ainsi laissé doubler, Sarah appuya fortement sur l'accélérateur. La voiture de sport gronda. Les cheveux au vent, les mains crispées sur le volant, elle enrageait. Lorsqu'elle aperçut le virage, Sarah leva le pied de l'accélérateur, mais la voiture filait à toute allure. Elle appuya sur le frein sans que la voiture réponde. Elle appuya plus profondément : encore rien. Sa tête se vida d'un coup et une sueur froide l'envahit tout entière. Elle allait beaucoup trop vite pour négocier le virage à cette vitesse. La voiture défonça le parapet de bois blanc, plongea vers la mer et alla se fracasser contre les rochers.

Falconer avait décidé qu'il était plus que temps de prendre personnellement en mains cette affaire.

18.

Newport, 2012

Abritée derrière d'immenses chênes centenaires, la splendide propriété s'érigeait fièrement devant eux comme dans un écrin de végétation. La vieille Volvo, après avoir franchi la grille ouvragée de l'entrée et parcouru les deux cents mètres d'entrée pavée de motifs, s'immobilisa sous la corniche de marbre sculptée et maintenue par quatre imposantes colonnes blanches.

Le vent de la mer faisait battre furieusement les banderoles jaunes qui, la veille encore, interdisaient l'accès à la propriété. Mais ce matin, plus personne ne barrait le passage. De toute manière, Jake tenait serré dans sa main la décision du Tribunal. Plus rien maintenant ne l'empêcherait de prendre possession de son héritage.

Bien qu'il ait franchi des centaines de fois cette entrée sans en être ému outre mesure, il composa le code d'accès les doigts tremblants. Il s'agissait maintenant de sa maison. C'est là, à ce moment précis, qu'il le réalisa.

Il poussa la porte. Rien n'avait été déplacé. Le parfum caractéristique de Kate flottait encore dans le vestibule. En passant, sa main caressa distraitement les foulards de soie de sa tante qui pendaient encore aux crochets de l'entrée.

— On commence par où ? s'enquit Daniel impatiemment. Il avait vissé au coin de sa bouche une cigarette dont la fumée lui faisait plisser l'œil et avait sanglé sur son dos un détecteur de métal. Il était prêt à découvrir le fameux trésor…

— Le seul indice que nous possédons, commença Jake en s'emparant impatiemment de la main de Daniel pour qu'il cesse de jouer nerveusement avec le bouton de son détecteur de métal, est que Richard et Jeanne avaient dissimulé le trésor dans le caveau à provision. Dans l'éventualité où ils ne l'ont pas déménagé, et c'est ce qui semble le plus vraisemblable, le trésor s'y trouverait encore aujourd'hui.

Mais ils ignoraient exactement où avait été construite la première maison de Richard…

À cette évocation, les deux jeunes hommes levèrent les yeux vers l'énorme baie vitrée qui s'ouvrait sur l'arrière du domaine. Les vastes jardins luxuriants s'étalaient jusqu'à la mer, sillonnés d'allées pavées menant à des aires de repos ou des points d'observation disposés avec un goût exquis. Une jolie petite folie aménagée au siècle dernier laissait profiter de la vue sur la roseraie dont la renommée n'était plus à faire avec, en fond de toile, l'océan qui s'étendait à perte de vue.

Un peu plus loin, abritée sous les arbres et dissimulée par la végétation, se dressait fièrement l'icône du fabuleux succès de la famille Donovan : une fontaine constituée d'une sculpture représentant Pégase, le cheval ailé, qui, d'un coup de sabot, faisait jaillir la source Hippocrène. Toute l'histoire et la réussite de la famille Donovan étaient représentées par cette sculpture, qui avait donné son nom à la principale société de la famille.

Plus près de la maison, la piscine, d'un vert émeraude, était aménagée tout en longueur et offrait une vue panoramique sur la mer bleutée.

Il leur faudrait des semaines, voire des mois pour passer la propriété au peigne fin…

— Je crois, reprit Jake, qu'il serait pertinent de commencer par visiter le cellier actuel. Il serait logique que Richard ait décidé de bâtir la nouvelle propriété exactement sur les bases de l'ancienne, n'est-ce pas ? Ainsi, il n'avait pas à déplacer le trésor et à éveiller la curiosité des ouvriers.

— Oui, effectivement, c'est logique.

Ils empruntèrent l'escalier menant au sous-sol. Le cellier se trouvait dans la plus ancienne partie de la maison et ils devaient traverser la salle d'armes pour y accéder. Cette pièce aux vastes dimensions ressemblait aux voûtes d'un château médiéval. Au fond, un immense foyer capable de contenir un tronc d'arbre de bonne dimension était encastré dans le mur au-dessus duquel une tête de sanglier empaillée surgissait du mur de pierres. Des mousquets anciens, des haches de guerre amérindiennes, des arquebuses d'argent ciselé, des arbalètes de toutes les époques et leurs flèches, des sabres et des épées ainsi qu'une panoplie d'autres armes plus récentes étaient accrochés sur les murs.

Les Donovan avaient toujours été de fervents amateurs de chasse et d'armes de toutes sortes en général. Que ce soit la chasse à courre, la chasse au renard, les safaris ou simplement la chasse au petit gibier, chaque génération de Donovan s'était intéressée de près ou de loin aux armes. Quelques-unes, de plus grande valeur, étaient exposées derrière une cage de verre munie d'une serrure.

Les deux hommes traversèrent la pièce. Ils y avaient passé, plus jeunes, des moments mémorables à simuler des combats de samouraïs, à s'inventer des histoires de cowboys et d'Indiens ou tout simplement à rêvasser d'aventures. Kate les laissait quelquefois tirer avec elle lorsqu'elle pratiquait à l'extérieur le tir au pigeon d'argile. Une fois, elle avait même installé pour eux une cible sur laquelle ils avaient tiré avec des arcs pendant tout un été, le carquois de flèches sanglé sur le dos et coiffés d'un ornement de plumes.

Jake ressentit un bref vertige à la pensée que tout ceci, maintenant, lui appartenait…

Ils arrivèrent au cellier. Ils poussèrent les portes de fer forgé et accédèrent à la pièce. Daniel s'arrêta net, stupéfait.

Les murs étaient constitués de maçonnerie de pierres des champs érigées en voûte, donnant ainsi l'illusion d'être dans une cave romaine antique. Tout un pan était drapé d'une imposante tapisserie médiévale représentant des scènes où la thématique du vin était à l'honneur. Des niches aménagées à même les murs, comme s'il s'agissait d'une crypte mortuaire, contenaient des centaines et des centaines de bouteilles des plus grands crus. Daniel siffla à la vue de noms tels que Pétrus, Château d'Yquem, Richebourg, Romanée-Conti, Krug, qui s'empilaient par caisses. Et au fond, une imposante armoire tout en verre. À l'intérieur, dans des écrins de velours bleu royal, les bouteilles de liqueurs fines se succédaient: des scotchs prestigieux, des cognacs Henri IV, des portos. À côté de chaque bouteille, des coupes de cristal taillé étaient disposées pour en apprécier plus finement le goût. Au milieu de la pièce, sous un imposant chandelier antique diffusant une douce lumière feutrée, Kate avait aménagé pour le confort de ses hôtes une aire de dégustation constituée de fauteuils cuvette de cuir brun chocolat entourant un guéridon en bois de rose où un coffret de cigares en sycomore d'Écosse trônait.

Daniel se dirigea d'un pas décidé vers le boîtier et choisit à l'intérieur un Cohiba parfaitement humidifié. Il l'alluma et s'avachit confortablement dans l'un des fauteuils de cuir, les pieds croisés en soupirant de béatitude. Il aspira la fumée du cigare en fermant les yeux.

— Nous avons trouvé la chambre au trésor, soupira-t-il d'un air entièrement satisfait. Il n'en désirait pas plus.

Jake sourit et s'assit près de lui. Ils avaient effectivement tout le temps devant eux. Pourquoi ne pas en profiter un peu? Il leur versa chacun un verre de cognac dans une coupe ciselée qu'ils dégustèrent en silence, profitant de cet instant de profonde béatitude.

— Tu y crois vraiment, toi, au trésor? demanda Jake en replaçant mécaniquement le bandage autour de sa main. Les événements s'étaient tellement précipités qu'il se demandait quelquefois s'il n'avait pas rêvé tout ça.

— En tout cas, d'autres y croient, déclara Daniel entre deux bouffées.

La mort de Hagen avait apaisé leur inquiétude, mais Jake était convaincu que l'homme n'agissait pas seul. Caroline leur avait parlé de son père, monsieur Bernard, qui transmettait toutes ses informations à un individu dont elle ignorait le nom. À l'évocation de Caroline, Jake serra les dents. Il l'avait quittée le matin même sans un mot. Jamais il ne prononcerait son nom à nouveau. Cette histoire était maintenant derrière lui.

— Allez! Enfile ton costume de chercheur de trésors, dit Jake en pointant l'appareil servant à détecter le métal que Daniel avait déposé près de lui, et allons-y! Il avala d'un trait ce qui restait de cognac et se dirigea vers les escaliers.

Il n'avait pas encore atteint le rez-de-chaussée que Jake s'immobilisa brusquement dans les marches. Devant lui se tenait un homme bronzé aux cheveux blancs lui tombant sur les épaules, vêtu d'un jeans, d'une chemise de lin et de bottes de cuir de crocodile. Il tenait braqué dans sa direction le canon de son revolver. À sa droite, un molosse en complet sombre le dépassant bien de deux têtes se tenait prêt à dégainer, la main droite insérée dans son revers de veston.

— L'horloge, ordonna l'homme sans autre préambule. Il avait décidé qu'il avait déjà trop perdu de temps avec cette histoire.

Jake avait la gueule du canon braquée en direction de son front à quelques mètres seulement de lui. Il devait lever la tête pour apercevoir Falconer, le dominant du haut des quelques marches qui les séparaient. Il était pris dans un corridor étroit, ne pouvant ni avancer ni reculer. Il n'avait pas d'arme et sa position inférieure ne lui permettait pas de tenter un combat.

Jake était figé, incapable de faire un geste et encore moins de proférer un son. Mais son esprit tournait à toute vitesse.

Il lui fallait gagner du temps.

— Que me voulez-vous ?

L'homme devant lui ricana méchamment. Falconer avait épuisé toute sa patience. Le cafouillage en Suisse autour de l'horloge, le suicide déguisé de Rosenberg, la mort de Hagen, les menaces de chantage de cette petite pute mondaine, puis le sabotage de sa voiture… Cette histoire avait dégénéré, il ignorait pourquoi, mais il ne perdrait pas tout. Il désirait, comme il ne l'avait jamais désiré, trouver le trésor de la *Vierge du Cap*.

Il fit un signe de tête à l'homme qui se tenait à ses côtés. Jake le suivit du regard et reconnut celui qui l'avait attaqué en Suisse, dans la ruelle. Un frisson lui parcourut l'échine. Perón sortit de sa veste un couteau à cran d'arrêt dont la lame lui sembla particulièrement impressionnante. Perón se dirigea tranquillement vers Jake qui recula d'instinct jusqu'à heurter un objet abandonné dans les marches derrière lui.

Falconer plissa des yeux et s'avança de quelques pas pour voir ce qui avait fait trébucher Jake. Jake suivit le regard de son assaillant. L'appareil à détecter le métal de Daniel avait été abandonné dans les escaliers.

— Qu'est-ce que ça signifie ? demanda Falconer en désignant du menton l'appareil. Perón s'avança résolument vers Jake tandis que Falconer se rapprochait dangereusement de lui d'un air menaçant.

Un bruit sec derrière lui les figea tous sur place. Jake n'eut que le temps d'entendre un sifflement à ses oreilles et de voir le visage de Falconer se décomposer. La flèche avait atteint Falconer en pleine poitrine et l'avait transpercé de part en part. La chemise de lin se colora de rouge et Falconer s'effondra dans un bruit sourd.

Déjà, une autre flèche atteignait Perón. Sa lourde masse s'écroula sur le sol.

Jake n'avait eu que le temps de s'écraser contre le sol à la sommation de Daniel qui hurla:

— À terre!

Quelques secondes s'écoulèrent. Les gargouillis inintelligibles provenant de la gorge de Falconer s'étaient tus. Jake, comme dans un songe, tourna la tête. Il tremblait comme une feuille et il réprimait une profonde envie de vomir. Derrière lui, Daniel tenait une arbalète, le corps et la tête complètement adossés contre le mur.

Il avait revêtu un heaume dont la visière était relevée pour s'ajuster aux lunettes. L'effet de surprise avait eu raison de Falconer.

Jake et Daniel profitaient de la piscine, confortablement assis dans des fauteuils de toile, quelques bouteilles de champagne bien au frais dans un seau à glace. Le doux clapotis de la chute aménagée à l'extrémité du bassin et le pépiement des mouettes contribuaient, avec l'alcool, au parfait bonheur des deux amis.

Le soleil tombait doucement à l'horizon, nimbant l'océan d'une multitude de petites étoiles argentées. Les policiers étaient finalement partis et déjà, le drame de l'avant-veille faisait partie du passé. Il avait bien sûr fallu repousser la horde de journalistes qui se délectaient déjà de l'article sensationnel: un chercheur de trésors milliardaire assassiné à l'aide d'une arbalète. La mort de Frederick Falconer venait clore la série de meurtres et de drames à travers lesquels les deux hommes venaient de passer et ils profitaient d'un indicible soulagement quasi euphorique.

Seule l'annonce de la mort sordide de Sarah avait assombri leur bonheur. Quant à Daniel, il avait déclaré, en aspirant avec délectation sur son cigare, qu'elle n'avait eu que ce qu'elle méritait. Jake n'était pas aussi catégorique. La mort de sa cousine le troublait. Elle ne méritait pas de mourir de cette façon.

— TU ES maintenant l'empire Donovan, déclara Daniel avec majesté en remplissant jusqu'à ras bord sa coupe de champagne. Il en lécha goulûment les gouttes qui s'étaient déversées sur sa main.

Sa chemise était largement ouverte sur sa poitrine pâle clairsemée de quelques poils épars et il arborait, depuis son acte de bravoure, un air de profonde satisfaction dont il n'était pas près de se départir. Comme il l'avait avoué solennellement à Jake, il avait enfin l'impression d'avoir acquitté sa dette envers son ami de toujours.

— Je me suis dit : Jake mérite que tu mettes ta vie en péril, pour toutes les fois où il t'a tiré de l'embarras. Parce que, poursuivit-il après avoir avalé une autre gorgée, j'aurais facilement pu me planquer dans le cellier et attendre que ça passe…

Daniel avait dû expliquer à Jake qu'il était retourné au cellier pour prendre quelques cigares pour la route…

— C'est pourquoi je ne te suivais pas de très près… Et là, je les ai entendus, ces malades… Ils ne pouvaient pas me voir… J'étais là, coincé comme un rat dans cette salle d'armes, avec tout ce qu'il fallait pour les buter une fois pour toutes, ces psychopathes de chercheurs de trésors…

Et Daniel recommençait l'histoire, en s'enflammant et en rajoutant quelques détails d'une version à l'autre.

— Et là, je me suis rappelé : la seule chose que je faisais mieux que toi, c'était tirer à l'arc… J'ai pris mon courage à deux mains, j'ai décroché l'arbalète et j'ai revêtu le plus rapidement que je pouvais toute la protection que j'étais capable d'enfiler, et je me suis dit : tu dois sauver Jake. Même si tu y laisses ta peau…

— Et maintenant, reprit-il d'un air satisfait, tu es riche à craquer, et comme tu me dois la vie, je vais profiter de ta richesse jusqu'à ma mort…

Jake ouvrit une autre bouteille de champagne et accepta un cigare.

— Mais on n'a pas encore le trésor…, déclara Jake les yeux perdus au loin.

— En fait, on est plus ou moins assis dessus. On poursuivra les recherches plus tard, on a toute la vie devant nous. Et d'ailleurs, reprit-il, que nous faut-il de plus ? Vraiment…

Jake acquiesça en souriant. Il comprenait un peu plus maintenant que Kate n'ait pas ressenti le besoin de retrouver le trésor bien qu'elle en connût l'existence. Elle avait déjà tout ce dont elle avait besoin. Mais tout de même, un trésor… À ce simple mot, une fièvre inexplicable s'emparait de lui.

— Sans mors, sans éperon, sans bride, partons à cheval sur le vin pour un ciel féérique et divin…

— Qu'est-ce que tu dis ?

— Je viens de me rappeler le petit poème qui se trouvait à l'intérieur de l'horloge. Qu'est-ce que cela peut bien vouloir dire ?…

Jake regardait au loin, les yeux perdus dans le vide.

— Sans mors, sans éperon, sans bride, partons à cheval…, reprit Jake en se levant doucement en répétant inlassablement les vers. Il se dirigeait comme un automate droit devant lui vers la fontaine antique presque entièrement dissimulée sous la végétation, construite par Richard Deneuve, trois cents ans plus tôt, et au milieu de laquelle trônait la sculpture de Pégase, le cheval ailé, sans mors, sans éperon et sans bride…

ÉPILOGUE

Sous les dalles de pierre moussues de la fontaine aménagée au pied de la sculpture, ils découvrirent une trappe en vieux chêne sur laquelle était gravé :

Sans mors, sans éperon, sans bride, partons à cheval
sur le vin pour un ciel féérique et divin...

Cette trappe dissimulait l'entrée d'une cave en terre battue. Parmi les odeurs de bois vermoulu, d'humus et d'algues en décomposition, ils découvrirent, entassées les unes contre les autres, une dizaine de vieilles barriques de bois rongées par les vers et l'humidité qui dataient de 1720. Sur le devant était imprimé au charbon : « *Le vin de Pégase* ». C'est ainsi que les frères lazaristes de l'île Bourbon avaient appelé leur vin.

Le bois s'était partiellement décomposé et dans les barriques affaissées, les deux jeunes hommes découvrirent avec stupéfaction les joyaux du fameux trésor d'Olivier Levasseur qui scintillaient, intacts, sous le faisceau de leur lampe électrique.

Jake choisit de remettre à différents musées à travers le monde la plupart des pièces à caractère religieux, telles que les sceptres sertis d'émeraudes et de rubis, un magnifique tabernacle doré, deux patènes en argent et quelques autres bibelots. Quant au reste, il s'ajouta à la fortune colossale dont il était maintenant le bénéficiaire étant donné la mort de Sarah.

Il abandonna sans regret ses études de droit et, assisté de Daniel et d'une équipe chevronnée d'archéologues, d'historiens et de plongeurs, il fonda une société spécialisée dans l'exploration et la recherche de trésors en tout genre. Kate lui avait légué plus d'argent qu'il ne pourrait jamais en dépenser. Mais elle lui avait légué plus important encore : le goût de l'aventure...

FIN

NOTE DE L'AUTEURE

Là où se termine l'histoire et où commence la légende...

L'idée de ce roman m'est venue tout naturellement à la lecture d'un fait divers datant de près de 300 ans : la prise par des pirates d'un vaisseau portugais dans l'océan Indien. La *Vierge du Cap*, remplie des richesses amassées aux Indes, rapatriait au Portugal le vice-roi dont le mandat venait de se terminer lorsque Olivier Levasseur l'attaqua.

La plupart des historiens s'entendent pour dire que le trésor dont s'empara le pirate ce jour-là (et qui n'a toujours pas été retrouvé) s'estime aujourd'hui à plus de 4,5 milliards de dollars...

Le sabordage de la *Vierge du Cap*, le souper donné par Beauvollier de Courchant et Desforges-Boucher, la singulière demande de rançon par La Buse, l'attaque du *Ville d'Ostende*, la remise de l'horloge ancienne à Beauvollier de Courchant par les pirates, le procès-verbal de l'exécution du forban, tous ces événements sont des faits historiques indéniables que j'ai rapportés le plus fidèlement possible et autour desquels j'ai construit l'intrigue.

Mais en marge de l'Histoire, la légende se tissait...

Alors qu'on le conduisait à l'échafaud et qu'il enjambait le pont de bois au-dessus de la Ravine à Malheur, La Buse aurait dit: *Avec ce que j'ai caché ici, je pourrais acheter l'île entière...*

Et, quelques secondes avant d'être exécuté, il aurait lancé un cryptogramme dans la foule en hurlant: *Mes trésors à qui saura comprendre!* [7]

Ce cryptogramme a inspiré plusieurs écrits fascinants, notamment ceux de Charles de la Roncière[8] et de Robert Charroux, fondateur du club international des chercheurs de trésors[9] qui foisonnent de coïncidences étranges et mystérieuses. Car, en marge de ce cryptogramme, existent aussi une pierre gravée retrouvée près de la Ravine à Malheur toujours exposée dans un musée de l'île de la Réunion, des archives mystérieuses conservées dans une étude de notaire et fournissant des informations sur un trésor caché sur une île de l'océan Indien, des pierres sculptées qui se découvrent à la marée basse et bien d'autres éléments encore dont il m'a été impossible de traiter dans un même ouvrage.

Autant dire que le mystère, encore à ce jour, demeure...

Et si le cœur vous dit de lire un peu plus sur le sujet, vous découvrirez, tout comme moi, que la ligne est fine entre la réalité et la fiction...

---

7 La plupart des auteurs ou même historiens consultés attribuent la paternité du cryptogramme que l'on peut consulter sur le Net et dans différents ouvrages à Olivier Levasseur.

8 *Le flibustier mystérieux, histoire d'un trésor caché,* Charles de la Roncière

9 *Trésors du monde, enterrés, emmurés et engloutis,* Robert Charroux

Achevé d'imprimer chez
Imprimerie Norecob
en mai 2017